U0131546

独自生还

Dear Edward

（美）安·纳波利塔诺 著

孙璐 译

台海出版社

北京市版权局著作合同登记号：图字 01-2020-4823

Copyright © 2020 by Ann Napolitano. Published by arrangement with
The Book Group，through The Grayhawk Agency Ltd.

图书在版编目（CIP）数据

　独自生还 /（美）安·纳波利塔诺著；孙璐译 . --
北京：台海出版社，2022.11
　书名原文：Dear Edward
　ISBN 978-7-5168-2712-3

　Ⅰ . ①独… Ⅱ . ①安… ②孙… Ⅲ . ①长篇小说—美
国—现代 Ⅳ . ① I712.45

中国版本图书馆 CIP 数据核字 (2021) 第 278007 号

独自生还

著　　者：〔美〕安·纳波利塔诺　　　译　者：孙　璐

出 版 人：蔡　旭　　　　　　　　　　责任编辑：俞滟荣

出版发行：台海出版社
地　　址：北京市东城区景山东街 20 号　　邮政编码：100009
电　　话：010-64041652（发行，邮购）
传　　真：010-84045799（总编室）
网　　址：www.taimeng.org.cn/thcbs/default.htm
E - m a i l：thcbs@126.com

经　　销：全国各地新华书店
印　　刷：北京美图印务有限公司
本书如有破损、缺页、装订错误，请与本社联系调换

开　　本：880 毫米 × 1230 毫米　　　1/32
字　　数：227 千字　　　　　　　　印　张：9.375
版　　次：2022 年 11 月第 1 版　　　印　次：2022 年 11 月第 1 次印刷
书　　号：ISBN 978-7-5168-2712-3

定　　价：49.80 元

版权所有　　翻印必究

目录

...

第一部分

"既然人固有一死，唯独死期无法确定，
那么对你来说，什么才是最重要的？"

——白玛秋卓

2013年6月12日上午7:45

近期的修缮工程使得纽瓦克机场焕然一新，安全警戒线的每个衔接点都摆上了盆栽，以防旅客感觉排队等候安检的时间太久。旅客们或站或坐，有的靠在墙边，有的坐在行李箱上，天还没亮，他们就全都起床赶到了机场，眼下正哈欠连天，疲惫不堪。

排在队伍最前面的是阿德勒一家，他们把行李中的电脑和鞋子放进安检托盘。布鲁斯·阿德勒摘下腰带，整整齐齐地卷好，将它摆在灰色塑料托盘里他那双棕色的乐福鞋旁边。他的两个儿子却不像父亲这么从容，他们手忙脚乱地把自己的运动鞋扔到托盘里的笔记本电脑和钱包上，鞋带晃晃悠悠地挂在托盘边缘，站在一旁的布鲁斯忍不住伸出手来，把搭在外面的鞋带放进托盘里。

安检口旁边的长方形大标牌上写着：所有钱包、钥匙、手机、珠宝首饰、电子设备、电脑、平板电脑、金属物品、鞋、皮带和食物都必须放入安检托盘接受检查。所有饮料和违禁品都必须丢弃。

一家人朝扫描仪走去。布鲁斯·阿德勒夫妇走在前面，两人中间夹着十二岁的小儿子埃迪①，十五岁的大儿子乔丹跟在后面。父母和

---

① 埃迪：爱德华的昵称。

弟弟都通过安检门之后，乔丹却退缩了。

乔丹对操作扫描仪的警官说："我拒绝扫描。"

安检员看了他一眼："你说什么？"

男孩两手往口袋里一插，说："我拒绝接受这台机器的扫描。"

安检员提高声音喊了起来，显然想让大厅里的所有人全都听见："这里有位男士拒绝接受扫描！"

"乔丹，"男孩的父亲站在安检门的另一侧说，"你是怎么回事？"

男孩耸了耸肩："这是一台反向散射型全身扫描仪，爸爸。我读过资料，它是市面上最危险、效率最低的扫描仪。我不会接受这种机器的扫描。"

十码之外的布鲁斯清楚，警官是不会允许他折回去、再次穿过安检门——就为了让他的儿子闭嘴的，但他不希望乔丹再多说一句话。

"靠边站，孩子。"安检员说，"不要妨碍交通。"

男孩顺从地挪到一边，安检员这才开口道："实话告诉你，孩子，比起找个人来搜你的身，让这种机器扫描一下真的没什么大不了的，简直可以说轻松愉快。假如是人工搜身，那可需要非常彻底地搜……你明白我的意思吧？"

男孩把挡住前额的头发拢到后面。相比去年，他足足长高了六英寸，身材愈发显得像惠比特犬那样瘦长，与他的母亲和兄弟一样，他卷曲的头发也长得快极了，根本来不及控制。他父亲则有一头白色的短发。布鲁斯二十七岁时，头发就开始变白，而那一年乔丹刚好出生，因此，布鲁斯喜欢指着自己的脑袋，跟儿子打趣：看看你对我做了什么。此时此刻，男孩知道父亲正专注地盯着他，似乎打算隔着空气弄明白儿子究竟在想什么。

乔丹说："我有四条不接受这台机器扫描的理由。你想听听吗？"

安检员乐了，露出饶有兴致的表情，周围的旅客也纷纷竖起了耳朵。

"唉，老天爷。"布鲁斯低声说道。

埃迪·阿德勒拉住母亲的手，至少一年以来，他还是第一次主动这样做。自从父亲宣布全家人要从纽约搬到洛杉矶的"重大决定"，经常看到父母打包行李的埃迪似乎受到了刺激，紧张不安时会闹肚子。眼下他更是觉得肚子里翻江倒海，恨不得就近找个厕所冲进去。埃迪说："我们应该留在他身边的。"

"他会没事的。"简告诉儿子，这句话也是她对自己说的。她丈夫始终盯着乔丹，但她不忍心也拿谴责的目光看着大儿子。与布鲁斯相反，她更愿意在这个时候拉着小儿子的手，从触碰中寻找安慰，此前她一直在怀念这种感觉。要是我们能经常地拉住彼此的手，她想，那么许多问题都可以得到解决。

安检员爽快地说："说来听听，孩子。"

乔丹掰着手指头，逐一数落道："第一，我不想吸收过量的辐射。第二，我不相信这项技术能够防止恐怖主义。第三，我讨厌政府给我的蛋蛋拍照片。第四——"他喘了一口气，"我认为在机器里接受扫描时摆出的姿势——举起双手，就像被强盗打劫一样——会让人感到虚弱无力和没有尊严。"

运输安全局安检员脸上的笑容消失了，他环顾四周，想确定这个男孩是不是在要他。

不远处，坐在轮椅上的克里斯平·考克斯正在等待安保人员检查他的轮椅上是否藏有爆炸物。虽然嘴上没说什么，但这位老人一直在心里嘀咕：为了检查爆炸物，就要把我的轮椅上上下下摸个遍，用得着这么仔细吗？要不是我连多喘一口气的劲儿都没有，肯定会拒绝的！这些白痴以为他们是谁？他们把我这个可怜的老头子当成什么人了？本来坐着轮椅、请护士陪着出门就已经够惨的了！看到安检门前发生的这一幕，他终于忍无可忍，愤慨地吼道："既然这孩子愿意让人搜身，你们就给他搜身啊！"

几十年来，这位老人已经习惯于发号施令，而且几乎从来没有人违背过他的命令，他的大嗓门像黑带选手击穿木板那样粉碎了安检员的犹豫不决，于是，他示意乔丹去找另外一名安检员。第二位安检员吩咐乔丹分开两腿，伸展双臂——男孩的家人眼睁睁地看着这个男人粗鲁地在孩子的两腿之间摸来摸去，全都惊愕不已。

"你多大了？"安检员问乔丹，他暂时停下来，整了整橡胶手套。

"十五岁。"

他做了个鬼脸。"我可是很少给小孩搜身哟。"

"那你都给什么样的人搜身？"

"嬉皮士，大多数都是嬉皮士。"安检员思索片刻，"或者曾经是嬉皮士的人。"

乔丹必须强迫自己保持不动，安检员的手沿着他的牛仔裤裤腰一路摸过去，他觉得非常痒："可能我长大了也会变成嬉皮士。"

"我检查完了，十五岁的小孩。"安检员说，"走吧。"

乔丹面带微笑地走到家人面前，从弟弟手里接过自己的运动鞋。"我们走吧。"他说，"可别耽误了上飞机啊。"

"我等会儿就跟你谈谈这件事。"布鲁斯说。

两个男孩走在前面，径直穿过大厅，他们置身的这条走廊有许多窗户，可以远眺纽约市的摩天大楼，它们像钢铁制作的人造峰峦，直刺蓝天。如同舌头会情不自禁地去舔舐牙齿被拔掉后留下的坑洞那样，简和布鲁斯的视线不由自主地落到了世贸中心双子塔楼曾经矗立的位置，但他们的儿子在塔楼倒塌时年纪很小，所以，对于眼前的景象，两个男孩并不觉得异样。

"埃迪——"乔丹说，兄弟俩彼此对视了一眼。

他俩能够毫不费力地读懂对方的心思，常常彼此之间一语不发就能完成一次交流或者做出一项决定，这让他们的父母都觉得匪夷所思。兄弟俩曾经就像连体人，无论干什么都黏在一起，然而去年的时候，乔丹似乎被弟弟排斥了，所以，他刚才叫了弟弟的名字，言外之意是："我还在这里，我总是会回来的。"

埃迪捣了哥哥的胳膊一拳，立刻朝前跑开。

简小心翼翼地走着，小儿子刚才松开了她的手，不知怎么，她现在觉得那只手似乎有点疼。

在登机口需要等待的时间更久。一身白衣的年轻女子琳达·斯托伦匆匆走进一家药店，她的掌心里全是汗，心怦怦直跳，仿佛要从胸腔里蹿出来。昨天半夜，她从芝加哥搭飞机抵达纽约，准备从这里转机前往别处，她已经在候机室待了好几个小时，一直坐在长椅上，手提包抱在胸前，不停地打瞌睡。因为需要在纽瓦克转机，她订的是最便宜的航班。在前往机场的路上，她告诉父亲，她再也不会问他要钱了。父亲却对她的话嗤之以鼻，甚至拍着大腿哈哈大笑，就好像刚刚听女儿讲了一个他听过的最有趣的笑话。可她却是认真的，眼下这一刻，她可以确定两件事：第一，她永远不会回到印第安纳州；第二，她永远不会再向父亲和他的第三任妻子要任何东西，绝对不可能。

过去的二十四小时里，这是琳达第二次来到药店，她把手伸进包里找钱夹，手指却碰到了验孕棒的包装纸，这还是她在印第安纳州南本德的时候买的。这次来药店，她挑了一本名人杂志、一袋巧克力糖果和一瓶无糖汽水，拿着它们来到收银台。

克里斯平·考克斯靠在轮椅里打盹，他瘦得皮包骨头，薄薄的皮肤满是皱纹，像是纸折的一样，手指偶尔无力地颤动几下，犹如挣扎着学飞的小鸟。他的护士是个眉毛浓密的中年女人，正坐在附近的位子上锉指甲。

简和布鲁斯并排坐在蓝色的机场椅子上争执不休，但没人看得出他们在吵嘴，因为两人的表情看起来毫无波澜，声音也压得很低。他们的儿子把父母的这种吵架风格称为"四级备战"状态，由于这种状态的紧急程度比较低，所以兄弟俩毫不担心——父母虽然看似产生了分歧，但更多的是在沟通而不是战斗，双方都希望积极地解决问题。

布鲁斯说："他这样做很危险。"

简轻轻地摇了摇头："乔丹只是个孩子，他们不会把他怎么样的，而且他也有权利这么做。"

"你太天真了，他这叫多嘴多舌，乱发牢骚，迟早会惹上麻烦，到时候人家可不管法律赋予了你什么样的公民权利。"

"是你教他要敢于说出自己的想法的。"

布鲁斯无力争辩，悻悻地抿紧了嘴唇。他在家里时常教导儿子们，对待功课，要善于运用批判性思维。他想起最近有一次，为了向孩子们强调凡事不能只看表象的重要性，自己还朝他们大吼大叫过。他告诫孩子们，要敢于质疑一切。因此，他一连几周都对哥伦比亚大学的那个爱说大话的家伙拒绝授予他终身教职这种白痴行为耿耿于怀，就因为他没有参加哥大的鸡尾酒派对，甚至为此诘问系主任："喝酒吹牛、插科打诨什么的到底跟数学有什么狗屁关系？"他希望儿子们也有胆量质疑这些吹牛大王，然而不是现在，也许他应该把自己对下一代提出的期望修改成这样才算妥当："要敢于质疑一切，但必须得等到你们长大搬出父母家，并且手握大权之后，因为这样我就不用眼睁睁地看着你们惹麻烦，却只能站在一边干着急了。"

"瞧瞧那边那个女的。"简说，"她的裙子上是不是缝了一串铃铛？怎么一动就会响？什么人会穿这样的衣服？她自己受得了吗？"说完，她想要嘲弄地摇摇头，无意之中流露出的却是求而不得的羡慕，因为她其实也很想穿着这种叮当作响、风格招摇的衣服走来走去，发出动听的声音，吸引别人的注意。意识到这一点，她的脸都红了。今天她穿了牛仔裤和那件被她称为"写作毛衣"的针织衫，这是为了舒适起见，而那个女人如此打扮又是为了什么呢？

方才通过安检门时那种担忧和尴尬的感觉已经在布鲁斯心中逐渐消散，他揉了揉太阳穴，以信奉无神论的犹太人特有的方式做了个感恩祈祷，感谢自己并没有像往常那样头疼，甚至连脑袋上的二十二块骨头都会跟着疼得一抽一抽的。医生问他知不知道是什么引起了偏头痛的时候，布鲁斯哼了一声，因为答案显而易见：他的儿子们。对他来说，做父亲意味着接踵而至的恐惧。兄弟俩还是婴儿时，简就曾经说他抱孩子就像抱着手榴弹，可他觉得他们就是手榴弹，并且现在依然是。布鲁斯同意搬到洛杉矶的主要原因是，电影工作室租给他们一栋带院子的房子，他打算把家里的这两颗手榴弹关进院子，无论想去哪里，都得由父亲开车送他们过去，而住在纽约时，两个孩子只需要钻进家门口的电梯就可以满世界乱窜了。

他审视着两个孩子，他们正坐在候机厅的另一侧看书，以温和的方式宣示自己是独立的个体。小儿子埃迪这时候也恰好抬起头来看向了父亲。埃迪也是个悲观忧虑的人。父子俩交换了一个眼神，感觉就像处于不同年龄段的同一个人彼此对望。布鲁斯咧咧嘴，挤出一个大大的笑容，试图鼓励儿子也这样笑一笑。不知怎的，他突然非常想要看到这孩子开心的样子。

那个穿着叮当作响的裙子的女人走到他们中间，切断了两人的表情交流。她每走一步身上都会响起铃声。这个女人高大壮实，是菲律宾裔，黑发上点缀着小珠子，正在轻声哼唱一首歌，虽然听不清完整的歌词，但零星的词句犹如花瓣一般被她撒在了候机室里：荣耀、恩典、哈利路亚、爱。

一个穿制服的黑人士兵站在窗边，背对着房间。他身高有一米九多，体格魁梧，肩宽背阔，活像一只五斗柜。没错，这位名叫本杰明·斯蒂尔曼的大兵总会占据相当大的室内空间。他正在听菲律宾女人唱歌，她的声音让他想起了奶奶。他知道，奶奶的眼睛就像安检扫描仪一样，当他抵达洛杉矶机场，等在那里的这双眼睛就会一下子将他看穿。她会看出他和加文吵过架，看到两周后那颗穿进他身体侧位的子弹，看到现在用来堵住弹孔的结肠造瘘袋。在她面前，哪怕本杰明受过专门的说谎训练，而且一辈子都在对包括他自己在内的每个人隐瞒真相，也什么都藏不住。不过，眼下他可以在这首歌里面找到暂时的安宁。

一名航空公司的员工拿着麦克风，大步走到候机室门口，站在那里，屁股歪向一边。航空公司的工作制服穿在其他员工身上要么显得很肥，要么很紧，但她穿起来就像量身定制的一样。她梳着平滑整齐的发髻，涂着亮色的口红。

听到歌声，一直在给助理发短信指示工作的马克·拉西奥抬起头来。他三十二岁，过去的三年中，《福布斯》杂志曾经对他做过两次报道。他的下巴线条坚毅，蓝眼睛闪烁着咄咄逼人的亮光，短发上抹了发胶，亚光灰色的西装看似低调，但绝对价格不菲。马克上下打量着拿麦克风的女人，觉得自己的脑子像桨轮那样转了起来，昨晚喝下的威士忌带来的醉意也被甩得无影无踪，他坐直了身体，全神贯注地盯着她。

"女士们，先生们。"她说，"欢迎乘坐飞往洛杉矶的 2977 次航班，请大家准备登机。"

2977 次航班的飞机是一架空客 A321，犹如一头侧面有蓝色条纹的白鲸，能够容纳 187 名乘客，唯一的一条过道位于机舱中央。头等舱的过道两侧，每排各有两个宽大的座位，经济舱两侧的每一排有三个座位。本次航班的座位票已经全部售罄。

乘客们缓慢地鱼贯而入，手中拎着的登机包在膝盖间撞来撞去，这些包里装的大多是贵重物件，或是基本的随身用品，不能同行李一起托运。进入机舱之后，他们首先注意到的便是温度，因为这里有一股类似肉类冷冻室的寒意，空调出风口连续不断地发出威严的"咝咝"声，穿短袖或无袖上衣的乘客胳膊上纷纷起了鸡皮疙瘩，很快便套上了毛衣。

护士手忙脚乱地推着轮椅上的克里斯平来到头等舱。他现在已经醒了，所有烦恼全都涌上心头。生病最糟糕的一点就是，他不得不让别人——该死的陌生人，触碰自己。护士伸出双手，准备去搬他的大腿，帮他调整坐姿。他的大腿！他这双腿也曾大步跨进会议室，在俱乐部的壁球场上左奔右突、无人可挡，在著名的杰克逊霍尔高山雪场滑过雪。现在，一个在他眼中平庸低劣的女人竟然自以为能够搬起他的大腿。他挥手将她赶到一边，"我不需要帮助。"他说，"我自己能坐到那个该死的座位上。"

本杰明低着头登上飞机。他是乘军用飞机来纽约的，这还是他一年来第一次乘坐民航飞机，虽然他对此早有心理准备，但还是觉得不自在。2002 年，他每次乘飞机时座位都会自动从经济舱升级到头等舱，全飞机的人看到他都会鼓掌——现在就有一位乘客拍起了手，接着另一位也加入进来，随后又有几个人开始拍手。犹如一颗石头掠过湖面，断断续续地激起涟漪，最后无声地沉入幽深的湖底，机舱的各个位置不时响起稀稀落落的掌声，这种零散的噪声虽然此起彼伏，但透着怯懦与尴尬。"谢谢你为国家的付出。"一位年轻女士低声说。本杰明轻轻抬起手来，向她敬礼致意，然后在经济舱落座。

阿德勒一家在登上飞机之前达成了和解，简朝站在自己面前的丈夫和儿子们挥了挥手，全家人匆匆忙忙地挤进头等舱。布鲁斯先帮妻子安顿好，然后领着瘦削高大却毛手毛脚的乔丹和埃迪步入机舱后部，他边走边数座位，发现他们三个和简之间整整隔了二十九排飞机座椅，然而简此前明明答应过，为了和他们坐在一起，她会把自己的头等舱客票降级为经济舱。布鲁斯现在才意识到，在工作面前，妻子的任何承诺全都不值一提，可他每次都会傻乎乎地相信她，因而最后总是失望。

"哪一排，爸爸？"埃迪问。

"三十一。"

乘客们纷纷从行李中拿出了零食和书本，塞进前方座椅靠背后面的袋子里。飞机后部弥漫着印度小吃的味道。孜然，布鲁斯抽了抽鼻子，心想。乔丹和埃迪在争论谁该靠窗坐——为了能有伸腿的空间，他们的父亲已经占据了紧挨过道的座位——后来做哥哥的才意识到他们的争吵导致许多后面的乘客无法落座，连忙拉着弟弟让到一边。坐下的时候，他还在为方才的幼稚行为感到懊悔；他觉得自己被困在了父亲和兄弟之间，新近获得的那种长大成人的力量感转瞬即逝，现在他认为自己无非是个蜷缩在高背椅上的傻小子。为了惩罚弟弟，乔丹决定至少一个小时都不跟埃迪说话。

"爸爸，"埃迪说，"等我们到了新房子，我们所有的东西都会在里面吗？"

布鲁斯想知道埃迪究竟最担心弄丢什么东西：他的豆袋椅、钢琴乐谱还是他偶尔还会搂着睡觉的毛绒象玩具？他的两个儿子生下来就住在纽约市的公寓，可那套房子现在已经租出去了；如果简接下来事业有成，他们会在西海岸定居，卖掉纽约的房子。"我们的箱子下周才会寄到新房子里。"布鲁斯说，"但房子已经装修好了，所以我们一到那里就能住进去。"

埃迪冲着旁边的椭圆形舷窗点点头，这个只有十二岁的男孩看起来比他的实际年龄还要小，他的手指用力地按着透明的塑料窗，指尖都变成了白色。

穿着白色牛仔裤和薄衬衫的琳达·斯托伦冷得发抖。坐在她右边的女乘客似乎已经睡着了，速度这么快，实在有点不可思议，只见她拿一条蓝色的丝巾挡着脸，身体斜靠在窗户上。琳达在前方座位靠背的袋子里摸来摸去，想要找条聊胜于无的薄毯子，正在此时，那个穿着叮当作响的裙子的女人来到了她坐的这一排。这个女人的块头特别大，坐在靠过道的座位上时，她身上的肥肉越过扶手，侵入了琳达的私人空间。

"早上好，亲爱的。"女人说，"我是佛罗里达。"

为了避免碰到对方，琳达缩回手肘，胳膊紧贴身体。"像是'佛罗里达州'的那个佛罗里达吗？"她问。

"不是'像是'，就是那个州。我就叫佛罗里达。"女人回答。

噢，天哪，琳达想。飞机要飞六个小时，遇上这种人，看来我一路上都得装睡了。

"你叫什么名字，亲爱的？"

琳达犹豫了。真是意想不到，展现她全新自我的好机会就这么来了。她已经计划好了，等到了加利福尼亚，她会告诉别人自己名叫贝琳达。这是她重启新人生的一部分：自我升级，名字也要跟着升级。贝琳达会是个充满自信、魅力四射的女性，那个焦虑不安、脚踝臃肿的琳达已然成为过去式。琳达卷起舌头，暗自练习着新名字的发音。贝—琳—达。然而她的舌头却发不出这几个简单的音节。她咳嗽了一声，不由自主地答道："我要结婚了。我准备去加州接受男朋友的求婚，他打算向我求婚。"

"好吧。"佛罗里达温和地说，"真是件了不起的大事儿。"

"是的。"琳达说，"没错。我猜是的。"这时她才意识到自己有多累，昨晚睡得多么少。"我猜"两个字听起来非常荒谬，没有说服力，她甚至觉得自己就像是头一次在一句话里用到这两个字。

佛罗里达弯下腰，理了理她那个巨大的帆布包里的东西。"我结过好几次婚。"她说，"也许不止好几次。"

琳达的父亲结过三次婚，她母亲结过两次婚，所以，她完全理解"结过好几次婚"这种情况，尽管她只打算结一次，在众多"结过好几次婚"的斯托伦家族的人里面做个特立独行者，成为更好的自己。

"你要是饿了，亲爱的，我这儿有很多零食。我是不会碰飞机上的食物的，太脏了，假如你还能叫它们'食物'的话。"

琳达的肚子咕噜噜地叫了起来。她上次是什么时候吃的正餐来着？昨天？她无助地瞥向前排椅背的置物袋，盯着那袋巧克力糖果，突然一下子把它掏出来，撕开包装，抓起里面的东西就往嘴里塞，那迫不及待的样子连她自己都感到惊讶。

"你还没告诉我你的名字呢。"佛罗里达说。

她在咀嚼之间停顿了一下，回答："琳达。"

空乘——就是刚才站在门口欢迎他们的那个女人——此时正沿着中央过道踱来踱去，检查乘客们头顶的行李舱和安全带。她慢条斯理，面带微笑，一举一动都带着节奏，似乎在跟着心中播放的唱片舞动，沙沙作响的裙摆散发着迷人的魅力，机舱里的男女老少全都不由自主地看着她，但这位空乘显然已经习以为常。她朝一个坐在母亲膝头的小婴儿吐吐舌头，逗得孩子咯咯地笑，然后站在本杰明·斯蒂尔曼的座位旁，蹲下来对他低声耳语："我是这次航班的乘务长，我知道您的身体不好，无论您在什么时候需要什么帮助，请不要犹豫，立刻告诉我。"

士兵吓了一跳，刚才他一直望着窗外地平线上那团灰蒙蒙的景物：飞机、跑道、远方锯齿状的城市天际线、高速公路和呼啸的车流。等到跟她对上了眼神，他才意识到，自己这些天来——也许是几周以来——都在避免和别人产生目光接触。她的眼睛是蜜色的，眼神深邃，赏心悦目。本杰明摇了摇头，强迫自己移开视线："谢谢你。"

头等舱的马克·拉西奥将自己的座位周边精心地安排了一番。他把笔记本电脑、推理小说和一瓶水放在椅背置物袋里，手机握在手中，脱掉的鞋子藏进座位下面。他的公文包平放在头顶的储物舱，里面有办公文件、他的三支最好的笔、咖啡因药丸和一袋杏仁。他准备在前往加利福尼亚的途中搞定一项重大交易，为此他已经工作了好几个月。他往身后瞥了一眼，试图表现得悠闲自在，尽管他并不擅长无所事事，毕竟，唯有价值三千美元的西装才最符合他干练的气质。他凝视着将头等舱和经济舱分隔开的遮帘，目光如同对待自己的健身计划、浪漫晚餐和商业演讲那样认真专注。他在办公室的绰号是"锤子"。

乘务长自然引起了他的注意，除了纯粹的美丽之外，她还具备更多优点，比如恰好处于一个闪闪发光的神奇年龄段——他估计她大概二十七岁——作为女性，她的一只脚还停留在青春时代，另一只已经踏入了成年，在某种程度上，像是皮肤光滑的十六岁少女和四十岁的知识女性的结合体，而且这个女人犹如着了火的房子那样热情蓬勃。马克很长时间都没见过如此奇妙的细胞与基因的组合，虽然她在其他方面和别人并无二致，但这个女人就是拥有点燃一切的魔力。

乘务长终于步入头等舱时，马克瞬间产生了解开安全带的冲动，他很想用自己的右手抓住她的左手，左臂搂住她的腰，和她跳莎莎舞。其实他并不知道怎么跳这种舞，但他非常肯定，只要触到她的身体，他就能无师自通。接着他又突然意识到，她天生就像一部百老汇音乐剧那样美妙高雅，仅凭他的凡俗之躯根本无法与其相配，他低头看着自己的手，一下子泄了气。尽管如此，实现搂着她的腰和她跳舞的想法于他而言并非天方夜谭，他以前做过这样的事，他的心理治疗师称之为"突发事件"，可他一连几个月都没有制造"突发事件"了，就像戒掉了烟瘾那样。

当他回头向后看的时候，乘务长正站在机舱前部，准备播报安全须知。为了看着她，避免视线被遮，许多乘客都斜着身子，脑袋侧向过道，他们惊讶地意识到，自己已经很多年都没有如此全神贯注了。

"女士们，先生们。"乘务长的声音在空气中优雅地起伏，"我叫维罗妮卡，是本次航班的乘务长。你们可以在头等舱找到我，我的同事艾伦和路易斯，"——她指了指一个看起来与她极为相像的模糊身影（同样是浅棕色的头发和白皙的皮肤），还有一个矮个子秃顶男人——"会在经济舱。我代表机长和全体机组人员欢迎大家乘坐本次航班。现在请大家调直座椅靠背，收起小桌板，关闭所有的电子设备，感谢您的合作。"

这一次马克乖乖地关掉了手机，而平时他只会把它往口袋里一塞，因为现在的他真切地感受到胸中涌动着与人为善的快乐。

坐在他旁边的简·阿德勒饶有兴致地观察着那些激动万分的乘客，她承认自己二十来岁的时候也曾经活泼可爱过那么几年，而且在那个时候遇到了布鲁斯，但她从来没有像维罗妮卡这样性感。乘务长现在正在给大家演示如何扣好安全带，邻座这个明显来自华尔街的家伙表现得就像是第一次见到安全带一样，更不用说摆弄安全带了。

"这架飞机上有几个紧急出口。"维罗妮卡告诉他们，"请花点时间找到离您最近的那一个。如果我们需要紧急疏散，地板灯会点亮，指引您前往出口。请沿着箭头方向拧动手柄，打开舱门。每扇门都配有充气滑梯，也可以进行拆卸，用作救生筏。"

简知道，就坐在她身后某个地方的丈夫早已在平面图上标注了所有出口的位置，选好了遇到紧急情况时推着儿子们逃难的方向。她也能感觉到他听见空乘提到充气滑梯时不屑一顾地翻了个白眼。布鲁斯喜欢分析一切，然后根据分析得来的数据确定什么是真实的，他发现，就统计层面而言，没有人在飞机失事中通过使用充气滑梯幸存下来。它们不过是童话故事般的存在，旨在给予乘客一种虚假的控制感。布鲁斯认为童话故事一无是处，然而大多数人似乎都喜欢它们。

克里斯平想知道他为什么没能跟拥有乘务长这种身材的女人结婚，他的几任妻子都不曾有过乘务长这样的屁股。"也许只有年轻男人才会喜欢瘦小的女孩，"他想，"需要花上许多年的时间才会认识到身材如同软垫的女人在床上的价值。"然而他并没有对乘务长本人想入非非，因为她和他的几个孙子孙女年纪相仿，况且他早已失去了那方面的兴致，一想到两个人在床上扭来扭去的场景，他只会觉得反感和可笑。当然，他还是个年轻人的时候，也曾多次亲身实践这样的笑话。他意识到——此时由于上腹部传来烧灼般的疼痛，他紧紧地抓着轮椅扶手——自己个人生活的所有主要章节都以皱巴巴的床单开始和结束，所有的妻子——所有的未婚妻和前妻——都会在卧室里跟他讨价还价。

> 我来抚养孩子。
> 我们六月份在乡村俱乐部结婚。
> 我会留下避暑别墅。
> 替我付账单，否则我就告诉你老婆。

他凝视着维罗妮卡，她正在讲解如何使用吸管给救生衣吹气。"要是我选择的女人稍微重一点儿，"他暗忖，"她们或许就能在我身边多坚持一段时间。"

"请大家注意。"乘务长温和地笑着说，"本航班禁烟。假如您有任何问题，请随时询问我们的机组人员。我代表三一航空公司，"——讲到这里，她斟酌着用词，像吹肥皂泡那样轻盈地吐出后半句——"祝您旅途愉快。"

维罗妮卡走出大家的视野之后，视线失去焦点的乘客们纷纷捧起了书籍和杂志。有些人闭上了眼睛。空调出风的声音更响了，这种嘶鸣声来自正上方，而且混合着冰冷气流急剧膨胀的爆裂声，让人感到不舒服。

简·阿德勒裹紧身上的毛衣抵御寒气。由于并没有在登机前写完剧本，她陷入了内疚。她本来就讨厌飞行，现在又没和家人坐在一起，她认为这是一种惩罚：惩罚我的懒惰，我的逃避，还有我当初不顾一切地接受了这个疯狂的工作。长久以来，她一直在纽约担任某部电视连续剧的编剧，之所以选择这份工作，部分原因在于无须出差。

无论如何，她现在登上了前往加州的飞机，准备尝试新的机会、新的工作和又一次飞行。

她沿着熟悉的路径追随自己的思绪。每当焦虑的时候，她会回想人生中的某些瞬间，这也许是为了让她相信她拥有一段真正属于自己的过往。她始终都在创造记忆，以后还会创造更多。她和妹妹在舒缓平坦的加拿大海滩上奔跑；她和父亲在厨房桌边默默地给报纸分类；大学毕业典礼结束后，喝多了香槟的她在公园里小便；她看着布鲁斯，他眉头紧皱，若有所思地站在纽约西村的某处街角；她在热水浴缸里生下了最小的儿子，没有麻醉，被自己发出的牛叫般的呻吟吓了一跳；她自童年时就开始喜欢的七本小说摆在桌上，还有她最好的朋友蒂莉，她穿着出席所有重要场合时会穿的漂亮衣服，因为它让她觉得自己精神又苗条；她祖母噘着嘴巴，向她抛来飞吻，用唱歌般的语调打招呼："你好，你好！"

简在各种或愚蠢或有意义的记忆中翻找，试图分散注意力，暂时忘记自己身在何处、去往何方。她的手指不由自主地摸到锁骨下方那个彗星形状的胎记所在的位置，按了下去。这是她从小养成的习惯，仿佛按住这个胎记就能与她真实的自我产生联系，她用力地按着，直到感觉到疼为止。

克里斯平·考克斯看着窗外。纽约的医生——纽约最好的医生，这不也意味着他们是世界上最好的医生吗？——向他保证，到洛杉矶的那家专科医院接受治疗绝对值得。他们对这种癌症了如指掌，纽约的医生告诉他，我们会安排你参加新药试验。克里斯平注意到医生眼里闪烁着亮光。他们不希望他死、一败涂地，因为这意味着有朝一日他们也会被击败。伟大的人不会倒下，只会战斗，他们燃烧，就像该死的柴堆。克里斯平当时点了点头，因为他当然会打败这种荒谬的疾病，不会被它击倒。然而一个月前，某种病毒削弱了他的力量，让他陷入忧愁。一个新的声音进入他的脑海，这个预测厄运的声音迫使他质疑此前的自信。病毒离开之后，焦虑却不曾消失，从那以后，他几乎没能再踏出自己的公寓。医生打电话让他过去抽血做预先检测时，克里斯平以忙碌为由拒绝了，其实他是害怕血检的结果会泄露他当下的感受，他对这种全新的、不受欢迎的、不安的唯一让步，就是为这次飞行招募一名护士。他不喜欢孤零零地待在天上。

布鲁斯·阿德勒看着他的儿子们，发现兄弟俩的表情难以解读。他经常觉得这是由于自己年纪大了，与年轻人的想法脱节。几天前，在他们最喜欢的那家中餐馆等餐时，布鲁斯发现乔丹注意到一个也是跟家人来吃饭的同龄女孩。两个青少年歪着脑袋对视了一阵子，乔丹突然咧开嘴巴，露出大大的笑容——他竟然毫无保留地向这个陌生人奉献出一切：他的快乐、他的爱、他的大脑和他的全部注意力。尽管每天都在琢磨儿子的想法，布鲁斯却从未见过乔丹看着那个女孩的样子，甚至都不知道他会露出那种表情。

本杰明在他狭窄的座位上扭动着身体。他现在宁愿待在密封门后面的战斗机驾驶舱里。飞行员也会像士兵那样用暗语交流，简单精确，他们为起飞做准备时的交谈尽管只有几分钟，却可以让他热血澎湃，而现在周围旅客的闲聊声和鼾声令他反感，这些在平民之中最普通不过的行为让他无所适从。他旁边的白人女士身上有股鸡蛋味，她问过他两次是不是驻扎在伊拉克或者"另外那个地方"。

为了避免碰到佛罗里达肥硕的身躯以及另一侧的乘客，琳达不由得做起了一种奇怪并且很容易引起疲惫的收腹运动，她感觉自己就像比萨斜塔，而且后悔没有多买点巧克力。她想，"在加利福尼亚，和加里在一起，我会吃得更多"，这个念头让她的心情有所改善。她从十二岁就开始节食，此前从未考虑过卸下这副重担，"苗条"于她而言一直是最基本的自我要求，但如果不是这样呢？她试图想象自己体态丰满的样子，一定很性感。

佛罗里达又唱起了歌，这一次歌声是从她胸腔深处发出的，极为低沉，犹如嗡鸣的噪声。仿佛被她的声音所引导，飞机的发动机似乎也跟着哼唱起来，真空密闭的舱门更是让整架飞机都在佛罗里达的低吟中摇晃颤抖。她就像个旋律的喷泉，淋湿了附近的每一个人。琳达双手紧抓着膝盖。乔丹和埃迪尽管还在沉默无声地争吵，但随着飞机的加速，为了让自己更舒服一些，两人的肩膀不由自主地挨到了一起。捧着书籍或者杂志的乘客们也早就停止了阅读，那些闭着眼睛的人其实也没在睡觉。飞机从地面抬升时，大家都感觉到了，每个人都是清醒的。

2013年6月12日　晚间

国家运输安全委员会（NTSB）的"行动小组"在事故发生后七小时到达现场，他们是从华盛顿特区飞往丹佛，然后租车前往科罗拉多州北部的这个平原小镇的。由于夏季白昼漫长，他们抵达时天色尚未变暗，但他们的实际工作将在第二天的日出时分进行，眼下首先要做的是了解现场的情况。

为了接待NTSB的首席调查员，镇长也来到了现场，他们在媒体的镜头前摆姿势拍照，除非需要握手，镇长——他还兼任镇上的会计，因为小镇经费有限，雇不起全职会计——总是把两只手全都插在口袋里，借以掩饰它们正在颤抖的事实。

警察封锁了整个区域；NTSB行动小组身穿橙色防护服，头戴面罩，围着飞机残骸爬上爬下。现场的土地被炸平了，表面覆盖着一层黑乎乎的焦土，活像一块烤焦了的面包。火已经灭了，但空气中热浪翻腾，飞机坠落时扫倒了一大片树丛，一头扎进了土里。不过，令行动小组的组员们庆幸的是，事故并没有发生在住宅区，地面上的人没有受伤。他们只在残破的座椅、行李箱、废金属和遇难者的四肢中间发现了两头受伤的奶牛和一只死鸟。

事故发生后二十四小时内，遇难者的亲属乘坐飞机和汽车抵达丹佛，市中心的万豪酒店为他们预留了几个楼层的房间。6 月 13 日下午 5 点，NTSB 的发言人——他是个脸上有痤疮疤痕、风度温和的男子——在酒店的宴会厅向遇难者亲属和媒体通报最新的情况。

遇难者的亲属们坐在折叠椅的边沿，极力向前探身，似乎连他们的肩膀都具有耳朵的功能，与此同时，他们的头颅又是低垂的，仿佛头发的毛囊比身体的任何其他部位都要坚强，足以接受各种无法接受的坏消息。他们的毛孔大张，手指伸展，眼神狠戾地倾听着，徒劳地期盼自己的耳朵听到的事实之下，隐藏着一个并不那么残酷的真相。

房间后部的角落里有一组精心设计的插花，然而无人欣赏，巨型花瓶中插着朱红色和桃粉色的芍药，还有一大丛白百合，它们是前一天晚上宴会厅举行婚礼时留下来的。这个夜晚过后，由于气味容易唤起记忆的缘故，许多遇难者亲属都会在自己的余生中远离花店。

媒体记者分散着站在会场各处，在采访中，他们会尽量不与遇难者亲属产生目光接触，为此，他们还发明出了自己的一套掩饰动作：一位男记者不停地挠胳膊，仿佛上面沾到了毒藤的汁液；另一位直播记者反复整理她的发型。他们通过电视直播采访和美联社用电子邮件发布最新消息，并且专注于"有名"的乘客，比如：乘坐失事航班的某位塑料大亨，他以亲手打造了自动化塑料产业帝国、导致成千上万的工人失业闻名；一位华尔街的金融神童，身家估值 1.04 亿美元；一名美军军官、三位大学教授、一位民权活动家，以及电视剧《法律与秩序》的某位前编剧。媒体把事实倒进公众饥饿的嘴巴，这条新闻轰动了全世界，波及互联网的每个角落。

一名记者对着镜头举起一份《纽约时报》，向观众展示报上的巨幅标题，而这种级别的报道往往只用于总统选举和人类登月——只见标题写着：一百九十一人在飞机失事中遇难，仅有一人幸存。

新闻发布会即将结束，在场的遇难者亲属只剩一个问题要问，他们更加努力地向前探身，如同拼命想要凑近黑暗中唯一的一扇窗户："那个男孩怎么样了？"

飞机的完整部分将被运送到 NTSB 设在弗吉尼亚的办事机构，那里的工作人员会把拼图重新组合在一起。现在他们正在寻找黑匣子。行动小组的负责人是一位六十岁的传奇女性，是本领域的知名专家，大家都称呼她"多诺万"，她相当肯定，他们会找到黑匣子。

对于像她这样经验丰富的专业人士来说，现场情况并不复杂。碎片分布在半英里的范围之内，附近不存在水体或沼泽，只有坚实的泥土和草丛。没有什么东西会永远消失，一切都触手可及，其中包括烧焦的金属、四分五裂的座椅和玻璃碎片，还有尸块——但没有完整的尸体，因此很容易越过人类的肉体，专注于金属——构成拼图的最有意义的部分。多诺万的团队由一群特殊的男人和女人组成，他们的工作就是等待悲剧发生。他们忙忙碌碌，嘴巴掩藏在面罩后方，默默地清点现场物品，把各种证据装进袋子。

几天后，万豪酒店特别保留的房间空了出来：遇难者的亲属们离开了，调查人员也停止了每天向媒体更新消息。NTSB 的行动小组找到了黑匣子并且返回了弗吉尼亚州，他们宣称将在三周内公布基本调查结果，然后在大约六个月之内在华盛顿特区举行公开听证会。

围绕此事的新闻报道范围已然扩大，记者们采写了好几个关于幸存男孩姨妈和姨夫的故事：三十九岁的莱西·柯蒂斯是简·阿德勒的妹妹——幸存男孩仅剩的血亲。媒体登载了莱西的照片，照片里的女人浅色头发，脸上有雀斑，脸颊丰满，小心翼翼地微笑着，此外关于莱西的唯一公开信息就是她是个家庭主妇。莱西的丈夫约翰·柯蒂斯四十一岁，是计算机科学家，为当地企业提供 IT 咨询服务。他们没有孩子。

关于坠机事故本身以及任何相关者的信息一直在被媒体曝光，为电视和互联网上的"专家"们提供了分析和推测事故原因的素材：飞行员喝醉了吗？飞机是否有故障？是否能够百分之百确定这不是恐怖主义袭击？难道是机上的某位乘客突然发疯，冲进了驾驶舱？是风暴导致的吗？谷歌分析显示，事故发生一周后，53% 的美国人在线搜索的内容与坠机有关。"为什么会这样？"一位资深新闻主播在节目中咆哮道，"在这个可怕的世界里所有可怕消息之中，我们最关心的是这架坠毁的飞机和那个幸存的小男孩？"

小男孩在医院待了一个星期。一个女人拄着拐杖走进他的病房，她是丹佛医院公关部门的负责人，所有与医疗问题不存在直接关联的信息，全都由她通知男孩的家人。

"苏珊——"约翰·柯蒂斯招呼她。他身材高大，留着络腮胡，脸色发灰，腹部肥大，显然是个大部分时间都在电脑屏幕前度过的人。

"他今天说话了吗？"

莱西的脸色也不好，衬衫上有块咖啡渍，她摇了摇头："我们告诉他消息之后，他就没再说话。"

"你们想好要让我们怎么称呼他了吗？是埃迪还是爱德华？"苏珊问。

约翰扭头看着妻子，两人交换了个眼色。他们憔悴疲惫的模样表明，自从接到那个电话，他俩就没怎么合眼，睡眠时间加起来也不超过一个小时。飞机坠毁那天，两人正在冷战，已经接近一周没有说话，起因是莱西想继续尝试生个孩子，但约翰决定放弃。现在冷战什么的早就无关紧要，因为他们的生活已经脱离了正轨，身心破碎的外甥就躺在两人面前，他们必须负起责任。

"这是为了方便陌生人称呼他，对吗？"莱西说，"他们不认识他，也不认识我们。媒体应该称呼他的大名，爱德华。"

"不能叫他埃迪。"约翰说。

"好的。"苏珊说。

爱德华——现在这就是他的名字——正在睡觉，或者说假装睡觉。三个成年人都在看着他，这好像还是第一次。他的额头缠着绷带，但也挡不住浓密蓬乱的头发从缝隙中支棱出来，他面无血色，眼睛下方有黑眼圈，体形消瘦，看起来根本没有十二岁。他的胸口有紫色的瘀伤，像朵花一样蔓延到脖颈，越过了病号服宽松的领口。他的两条腿打了石膏，右腿还给吊了起来。他脚上穿的橙色袜子是在医院的礼品店买的，袜底印着白字："丹佛！！！"

爱德华的胳膊底下压着一只柔软的毛绒大象，莱西甚至连这个小玩具都不忍心去看。事故发生之后的那个晚上，受雇将阿德勒家的东西从纽约运到洛杉矶的那个搬家公司临时把车停在一家汽车旅馆，在停车场卸空了卡车上的货物，把所有箱子拖到沥青地面上，找到了那个写有"埃迪的房间"的箱子，把这只毛绒大象从箱子里掏出来，邮寄到丹佛医院，还附上一张字条："我们觉得孩子可能想要这个。"

苏珊说："我们依然打算在两天内派飞机送他回家，他现在的情况已经稳定了。有人贡献出了一架私人飞机，这样你们就能陪他一起出发了。"

"大家都是那么善良！"莱西说，接着脸就红了，好在她脸上有许多雀斑，红晕只是把这些星星点点的雀斑连在了一起。她不停地绞动着同样布满雀斑的双手，好像这种重复的动作可能会以某种方式改变不可接受的现实。

"还有几件事。"苏珊说，身体倚在拐杖上，"你们上网了没？"

"没有。"约翰说，"没怎么上。"

"好吧，不知你们看到没有，脸谱网上出现了好多个专门关注这次空难还有爱德华的页面，还有个名字叫 @miracleboy[①]的推特账户，用爱德华的脸当头像，不过已经被删除了。"

约翰和莱西眨着眼睛看着她。

"内容大多数都是积极的。"苏珊说。"比如哀悼、同情之类的。你们两个也成了新闻人物，因为人们很好奇谁会收养爱德华。我只想提前告诉你们一下，希望你们到时候不要吃惊。"

"大多数都是积极的？"莱西问。

"喷子。"约翰说。

"喷子？"莱西瞪大了眼睛，迷惑不解地问。

"喷子就是那些在网上撰写挑衅性质的评论，试图激起大家强烈反应的人。"约翰回答，"他们的目标是让人心烦意乱。他们惹毛的人

① 奇迹男孩。

越多，就算是喷得越成功。"

莱西嫌恶地皱起了鼻子。

"有些人还觉得这是一种艺术行为呢。"约翰说。

苏珊发出一声几不可闻的叹息："在你们出发之前，我们可能没有更多的机会交流，所以，我想现在就提醒你们，当心那些代理人身伤害和航空事件官司的律师。我担心他们会像秃鹫寻找食物那样落在你们身上，但是根据法律，直到坠机事件发生四十五天之后，他们才能联系你们。所以，假如你们觉得遭到了骚扰，请尽管无视或者起诉他们。你们知道，航空公司会承担所有医疗费用，因此没有必要为钱的事情着急。你们会首先获得事故死亡的社保赔偿金，然后得到人寿保险金，假如爱德华的父母一方买过保险的话。我不希望有任何人说服你们相信打官司是当务之急。"

"好的。"莱西说，但她的注意力显然并不在此。房间角落里的电视是静音的，但屏幕底部的字幕写着："奇迹男孩被送到亲戚家附近的医院"。

"人有时候会变得很可怕。"苏珊说。

躺在床上的爱德华扭了扭身子，转过头来，原本光滑稚嫩的脸蛋伤痕累累。

"还有一些遇难者亲属，"她继续道，"同一架飞机上的乘客亲属，他们想来看看爱德华，但我们把他们赶走了。"

"上帝。"约翰说，"他们为什么要见他？"

苏珊耸了耸肩："也许因为爱德华是最后一个看到他们的亲人活着的样子的人。"

约翰低沉地咕噜了一声。

"对不起。"苏珊说，她的脸颊变成了粉红色，"我不应该这么说的。"

莱西坐在窗边的一把椅子上,一束阳光照射着她疲惫的脸庞,形成了一个光晕。

"还有一件事。"苏珊说,"总统会打电话过来。"

"总统?"

"总统。美国总统。"

约翰笑了,笑声在空气中震动,打破了房间的寂静,而原先这种寂静恐怕只有床上的男孩才能打破,几天以来,它始终恪尽职守地把所有走进这个房间的人暂时变成哑巴,将失去的人与那些没有失去的人分隔开来。

莱西下意识地举起双手,按在没有洗过的头发上。约翰说:"他只是打个电话而已,莱西,不会见到你本人的。"

总统打电话的时间快要到了,护士们忙着给男孩抽血做检查,把已经睡着的孩子弄醒了。

"我在这儿。"莱西说,"约翰姨夫也在。"

爱德华的脸皱了起来。

莱西感到一阵恐慌,他是不是哪里不舒服?然后她才意识到外甥打算做什么——为了取悦她,他想要挤出一个微笑。

"不用,不用。"她低声说。然后又大声对着整个房间里的人说:"我们准备好接听电话了吗?"

当她回过头来时,爱德华已经停止了强颜欢笑的尝试。

一部全新的电话放在床头,苏珊按下了免提键。

"爱德华?"话筒中传来的声音很深沉,充满了整个房间。

男孩平躺在床上,在周围一大圈成年人的对比下,显得格外瘦小和憔悴:"是的,先生?"

"年轻人……"总统停顿了一下，"无论我还是其他人，现在都没法说出让你觉得有意义的话。我只能想象你正在经历什么。"

爱德华的眼睛睁得很大，却黯淡无神。

"我想告诉你，整个国家都为你感到遗憾，我们会帮助你渡过难关。我们全都支持你，孩子。"

莱西轻轻推了推爱德华的手臂，但爱德华一句话都没说。

电话那头的深沉声音重复了一遍刚才的话，而且放慢了语调，仿佛认为重复就能引发不同的效果："整个国家都在支持你。"

在前往新泽西的飞机上，爱德华一语不发，坐在救护车上时也仍然保持沉默，救护车的窗户是遮光的，可以防止媒体拍下他的照片。他在新泽西州医院待了两周，只在需要配合治疗的时候讲话。在那里，他肺部的伤渐渐痊愈，腿也不用再吊着了。

"你的治疗很成功。"一位医生对爱德华说。

"我一直听到'咔嗒'声。"

医生的脸色变了，他的脑子里似乎有个一下子转起来的指针，针尖最后停在了"临床诊断"模式。"你听到这种声音多久了？"他问。

男孩想了想，回答："自从我醒过来以后。"

神经科的专家应邀而至，他安排了许多新的检查，包括对爱德华的大脑做核磁共振成像。除了两条完全变白的眉毛，这位专家的脑袋上一根多余的毛发都没有，他每天都会用一只手拢着爱德华的脸，深深地凝视孩子的眼睛，仿佛里面包含只有他才能读懂的信息。

神经科专家将莱西和约翰叫进大厅。"老实说，"他说，"假设十个不同的人经历了与这个孩子完全相同的创伤——遭受猛烈撞击，然后以极快的速度被甩出去，又突然停下来——他们会产生不同的症状。"为了表示强调，他挑起了白色的眉毛，"我们的大多数检测手段都无法探查到创伤性的脑部损伤，所以我无法确切地告诉你们爱德华现在的状态或者将来的情况。"他把视线转向莱西，"想象一下，我抓住你的肩膀，用尽全身力气摇晃你，当我松手以后，严格来说你可能不会受什么伤——不会出现肌肉拉伤之类的伤害——但你的身体会有种受创的感觉，对不对？这就是爱德华的遭遇。在接下来的几个月甚至几年里，他可能出现奇怪的症状。抑郁、焦虑、恐慌等等；他的平衡感、听觉和嗅觉都可能受到影响。"说到这里，医生瞥了一眼自己的手表，"还有什么问题吗？"

约翰和莱西面面相觑。包括语言在内的一切似乎全都分崩离析，在他们的脚下化为碎片。"还有什么问题吗？"

最后，约翰回答："暂时没有了。"莱西也摇了摇头。

为了测量男孩的血压和体温，护士在半夜将他叫醒。她问爱德华："你觉得怎么样？"而那位秃顶医生总是一上来就问："还疼吗？"孩子的姨妈早晨过来的时候，则会抚平爱德华额前的头发，低声对他说："你好吗？"

对于这些问题，爱德华一个都不能回答，因为他无力思索自己的感受：这是一扇过于危险，以至于绝对不能打开的门，所以他试图远离思想和情感，权当它们是房间里那些平时可以无视的家具。当护士把病房里的电视调到动画频道时，他也会看。他的嘴巴总是干的，耳边的咔嗒声来来去去，没有彻底停歇的时候。有时他醒着，然而意识恍惚，于是好几个钟头的时间就在这一晃眼的工夫不知不觉地过去了——他的早餐托盘依然摆在膝头，外面的天光却早已黯淡。

他不喜欢每天的散步活动，因为其实他是坐在轮椅上，根本不算散步。"你需要看看别处的风景。"那位扎着细发辫的护士每个工作日都会这样告诉他，而在周末值班的那个一头金色长发几乎触到臀部的护士则什么也不会说，只是默默地把他抱进轮椅，推到走廊里。

人们会在走廊里等着看他，队伍甚至会排进大厅。这些人里面当然不乏同样坐着轮椅的病号，还有些病人会虚弱地站在门口向外张望。护士们试图将病号赶回自己的房间。"别把走廊堵了。"一位男护士叫道，"这是消防隐患。给这个孩子一点空间。"

见到男孩坐着轮椅过来，一位老人在胸前画了个十字，一个皮肤黝黑、胳膊上扎着留置针的女人也画了个十字。一个跟乔丹年纪相仿的红发少年冲爱德华点了点头，好奇地打量他。许多双眼睛盯着爱德华，这样的场景看起来像是毕加索的画作：数百颗眼珠、挨挨挤挤的胳膊和腿，还有顶着各式发型的脑袋。男孩经过一位老太太身边时，她摸摸他的手，说："上帝保佑了你。"

最难应付的是那些哭叫的人。爱德华尽量不去看他们，但他们的呜咽像管风琴一样，四周的空气似乎全被吸走了。他们把自己的情绪硬塞过来，这对原本就承受着巨大的悲伤和恐惧，以至于不得不压制这些情感的男孩来说实在过于残忍。这些陌生人洒下的眼泪刺痛了他伤痕累累的皮肤，他的耳朵依然咔嗒作响，人们拿手帕捂着嘴，护士推着轮椅抵达走廊尽头，自动门滑开，两人来到室外。爱德华低头看着残破的双腿，避免望向给他留下死亡记忆的天空。

当男孩能够用受伤较轻的那条腿承受身体重量时，医生让他出院了，当然他还得挂着双拐。他的头部和肋间的伤口已经愈合，胸部和腿部的瘀伤已经从紫色变成了黄色。工作人员聚集在爱德华的病房同他告别，直到这时他才意识到自己并不知道他们的名字。尽管他们胸前全都戴着名牌，但阅读那些字母让他感到头疼，不知道这是不是新的症状，也许他再也无法把名字和人脸联系起来，因此他只知道自己在坠机之前认识的人叫什么名字——跟秃顶医生、金发护士和细发辫护士握手的时候，他脑中突然冒出了这个想法，不知怎么竟然觉得挺欣慰。

来到医院门口，爱德华从轮椅上站起来，接过别人递来的拐杖，在莱西和约翰一左一右的护送下，慢慢地走向汽车。现在爱德华会以一种全新的方式感受姨妈和姨夫的存在。他上一次见到他们是在圣诞节期间，两家人约好在曼哈顿的一家餐馆见面吃早午餐。他记得父亲和姨夫当时在讨论一种新的计算机编程语言，他自己则坐在母亲和莱西姨妈之间，感到非常无聊，以至于用餐具和餐巾搭起了房子。两个女人的聊天话题看似一个接一个，然而全都毫无意义：邻居、莱西每年都要做的冰激凌需要用到某种很难采摘的加拿大浆果、他母亲制作的电视节目邀请到了一位英俊的男演员。

如果被人问起，爱德华会说他爱姨妈和姨夫，但他始终很清楚，他们并不适合他和乔丹。成年人有成年人的世界，父母和姨妈一家的这次聚会是为了让他母亲和姨妈泪流满面地拥抱道别，并且贴着彼此的耳朵承诺："我们以后会更经常地见面。"父亲和约翰姨夫切磋高深的技术问题时，爱德华至今记得坐在桌子对面的哥哥乔丹双手指尖相对、试图参与父辈谈话的模样，好像他也是个成年人。哥哥的形象浮现在爱德华脑中，旋即带来巨大的痛苦，让他的视线模糊了片刻，脚下一个趔趄。

"小心。"约翰说。

"再见，爱德华。"其他人说。

"祝你好运，爱德华。"

一扇车门在男孩面前打开，这时他才看见汽车另一侧的街对面有一小群人。他正模模糊糊地想着这些人为什么会在那边，然后人群中的某一位就开始高呼爱德华的名字，发现男孩的注意力转移过来，其他人也跟着拍手、朝他挥动胳膊。他望向一个小女孩手中高举的纸板，头疼不已地读着上面写的字："要坚强。"旁边还有几个粗体字：奇迹男孩！

　　"我不知道他们是怎么打听到你的出院日期的。"约翰说，"报纸上并没有登。"

　　莱西紧紧挽着外甥的胳膊，他的脚上套着笨重的靴子，走得跌跌撞撞，似乎随时都有可能摔倒在地。

　　"他们好像把我当成了名人。"

　　"你的确有名，就某种程度来说。"约翰说。

　　"我们走吧。"莱西说。

　　一行人钻进车里。汽车驶过挥舞着纸板的人群，爱德华透过窗户盯着他们看，微微地向车外招了一下手，一个男人立刻兴奋地对着天空抡起了拳头，仿佛爱德华的挥手是他期待已久的场面。爱德华的耳朵里又响起了咔嗒声，让他联想到琴谱上标记节奏的断音。他向后靠到座位上，倾听着这来自身体内部的声音，此前他从未有过被声音入侵的记忆。在尖锐的咔嗒声之下，还隐藏着某种更为模糊沉闷的"怦怦"声——那是他的心跳。

　　他们的车驶向一座爱德华在过去的人生中偶尔拜访过几次的房子，此前的每一次拜访都有他的父母和哥哥陪同，而现在他将在这里定居——简直像做梦一样难以置信。他看着窗外闪过的车流和树木，试图回忆姨妈和姨夫居住的那个城镇的名字。他们的车速似乎有点太快了，看到一处墓地的时候，爱德华正要说些什么，汽车已经开了过去。这是他第一次想知道人死之后尸体会发生什么。

他的皮肤上沁出了冷汗："请停车。"

约翰把车停在高速公路坚硬的路肩旁，爱德华推开车门，探出身体，呕吐在遍布尘埃的灰色路面上。燕麦片和橙汁。身后的车流呼啸而过。莱西抚摩着他的脊背。每次她的脸没有直接出现在他的视野之中时，他都会假装她是他的妈妈，这次依然没有例外。

他无法停止呕吐。他的身体需要旋转和释放。

他听到她说："我讨厌护士对你说'你会好起来的'之类的话。"莱西的嗓音比他母亲的尖多了，所以她又变回了他的姨妈。

"其实你并不好。你听到了吗，爱德华？你在听吗？你的情况并不好。我们都不好。一切都不正常。"

恶心的感觉逐渐消失了，但他不确定是否还会吐出来，最终他意识到已经没有什么东西可吐了，身体像是被从里到外刮了个干净，仅剩一个空洞的皮囊，于是他坐直身体，点了点头。不知怎么，这个简单的点头动作打破了三人之间凝固的气氛，每个人都明显松了一口气：无论如何，他们现在找到了全新的起点，哪怕这个起点糟糕得几乎令人难以想象。

上午9:05

透过舷窗可以看到曼哈顿高耸入云的摩天楼、自由女神像抬起的右臂和横跨河流的桥梁。乘客们在座位上扭动身体，寻找足够舒适的姿势，因为他们还要在空中待上六个小时。不少人解开了衬衫最上面的那颗扣子、脱掉了鞋子，那些拥有随时随地能够入睡天赋的乘客现在已经睡着了，毕竟没有保持意识清醒的必要。在地面上，人们的身体需要得到充分的利用，但在飞机里，一个人的体形、身材和力量全无用处，实际上只会带来不便，所以在飞行期间，每个人都必须找到一种最容易忍受的存放自己的方式。

佛罗里达的目光先后扫过坐在旁边的琳达和那个盖着蓝色丝巾、已经睡着的女人，投向飞机舷窗。在纽约消失在云层下方之前，她渴望看到这座城市。不同的地方具有不同的能量，对她来说，纽约意味着闪闪发光的眼影、巴斯奎特的涂鸦以及大胆做梦的陌生人。她仿佛看到自己在酒吧里跳舞，缓缓穿过嘈杂的街道，她的女性化优点被男人嘲笑，她只能在这座引领潮流却又脆弱的城市里拼尽全力地生活。

佛罗里达从二十岁出头到三十岁出头之间的日子都是在纽约度过的，但她从来不会把人生分成几个阶段来看待，而是将它视为一个整体，就像墨西哥千层饼，层层紧密相连，不存在明显的分界。她体验过各种各样的活法，经历过若干次蜕变，因此她的记忆如同海洋般浩渺，她本人时常畅游其中。她也曾试图数算自己拥有过多少种生活，但年满十三岁的时候，她厌倦了这徒劳的努力。有些际遇纯属偶然，她踏入别人的躯体，而这个人的灵魂早已由于身体重创——就像车祸导致的昏迷或者自杀——而不复存在。这样的偶遇天生令人兴奋，所以也是她的最爱，没有什么比在一个新的成年人身体中醒来、周身充满别人的光环更好的了，而在眼下的生活中，她总会微微觉得失望，就像被迫遵守传统规矩的新生儿。

随着飞机的爬升，佛罗里达不由得想起了自己最近的一次婚礼，那不过是七年前的事情。当时，二十几个朋友来到她和鲍比刚在佛蒙特州买下的土地，那是一块未经开发的荒野，草地与远方的溪流相接，更远处是一片森林。他们正开始筹划在这里建造自己的房子，建房的事主要由鲍比来负责，几个月后房子竣工，不过，佛罗里达后来后悔了。佛罗里达的朋友们从纽约东村出发，北上来到此地，搭了一顶布置着圣诞灯饰的帐篷，邀请来一支当地乐队。在烟雾缭绕的蓝色空气中，他们跟着菲律宾音乐摇摆起舞。佛罗里达醉醺醺地晃着屁股、胸部和头发，拉着丈夫的手唱着歌。那绝对是个神奇的夜晚，每颗心脏和每张面庞都闪耀着幸福的光芒，佛罗里达完全被爱情所感染。

记忆让她叹了口气，颓然倒进座位深处。她觉得飞机在自己身下升起。她瞥了闭目养神的琳达一眼，敏锐地感受到其中的讽刺意味：这个女孩正在奔向婚姻，而佛罗里达却在逃避自己的丈夫。

飞机爬升到三万英尺的高空，马克·拉西奥开始回忆前一天晚上发生的某件事，而此前他一直试图忘记它。昨晚他去一家夜店庆祝某位哥们——更确切地说是同事——的生日，发现自己的前女友之一竟然也在场。这位新近和他分手的前女友讨厌夜店和跳舞，事实上她非常擅长讨厌各种事情，擅长的程度甚至超越了从事自己的本职工作——债券交易，而且这是她和马克的共同点——他俩很喜欢互相指责和抱怨别人。每次做完爱，两人会躺在床上，轮流吐槽同事、朋友、老板、政客、家人……谁都不放过。就他们的情谊而言，这是最让双方享受的部分，两人如同孩子那样乐此不疲，好比坐着雪橇冲下山坡——马克的治疗师却坚称这种习惯不健康，这让他非常失望。

马克发现前女友的下一秒，前女友也注意到了他。她站在舞厅另一侧的墙边，一大群人挡在他俩之间，跳舞的跳舞、亲热的亲热，现场播放的音乐似乎一心想用夸张的节拍和震撼的音量把话语从人们的脑袋里驱赶出来。他今晚真的不该到这里来。他试图洁身自好，却总是闻到空气中那该死的可卡因味儿，尖锐而浓郁，像柠檬切片。马克打量着她的脸，一连串疑问在他心中张开大嘴："也许我们能这样？我们可以这样吗？我们曾经这样过吗？"

她坦然迎向他的视线，目光暗沉，几乎是黑色的。她摇摇脑袋，无声地动了动嘴：不。

他也无声地回应："去你的。"然后开始跳舞，他已经很少跳舞了，起初没跟上拍子，不得不调整动作，配合那嘈杂的"砰砰"声。他踮着脚跳动，双臂举在头顶挥舞，当人群跟着他无法辨识的某段副歌呐喊时，他也大声喊叫。旁边的一个人惊讶地看了他一眼，然后咧嘴笑笑，跟他击掌。

扩音器里传来维罗妮卡的声音，马克伸长了脖子循声望去，可她并没有露面。维罗妮卡宣布飞机已经抵达足够的高度，现在可以使用飞行规定允许的电子设备。邻座的女人从椅背插袋中抽出笔记本电脑的那一刻，马克也抽出了自己的笔记本电脑。两人礼貌性地相视一笑。

"截止日期马上到了。"她说。

"没有截止日期的生活不叫生活。"他回应。

她皱起眉头，露出若有所思的表情，似乎正在考虑他的话。这让他烦恼。

"嗯……"她说。

马克希望中止谈话，但他也希望这位女士明白他是个心思缜密、善于观察的精英："你有两个儿子，刚才安检的时候我就站在你们旁边。"

他的这位邻座大概四十五岁，并不比他大多少，但她看上去来自跟他完全不同的地方，可能是郊区，生活的重心绝对以婚姻和孩子为主，这种生活方式于他而言无异于外星奇景。现在这位女士似乎很吃惊，她眯着眼睛看向自己那台已经开机的笔记本电脑："是的。"

"我有一个兄弟。"马克说，然后暗想："当然，这样讲顺理成章，这位女士看起来就像我们的妈妈，她的两个儿子像贾克斯和我。"他想起和家人一起乘飞机探望他的祖父母。他和贾克斯互相捶打对方的手臂，分食同一条特趣巧克力棒。当时他母亲看起来很焦虑，就像现在这位女士一样，当然，那时候他不明白母亲为什么焦虑，直到他长大成人，自己也忙碌得像一口沸水翻滚、快要被蒸汽顶掉锅盖的大锅。他母亲两片薄嘴唇、性格安静，似乎总是对他不管不问，马克十八岁的时候，她吞下了过多的安眠药片，再也没醒过来。

"我没和孩子们坐在一起，因为我有工作要做。"邻座女士说。

马克认为她这句话的意思是"我们的谈话到此为止，别来烦我"，于是他将注意力转移到自己的电脑屏幕上，那里有详细的图表和表格，描述了市场趋势、损失和变化指数。他浏览剥头皮交易数据、标准普尔指数、CME 交易所的信息和最新报价，从中寻找自己每天每分钟都在寻找的东西：除了他之外，别人全都看不到的机会。

为了掩人耳目，琳达双手探进挎包，悄悄地把包里的验孕棒塞进袖子里。耐心等待很久之后，她才告诉佛罗里达自己要离开座位，请她让一让。

"你想小便吗？"佛罗里达问。

说着她站了起来，衣服再次叮当作响。佛罗里达侧身跨进过道，让琳达从她身边过去。匆匆走向洗手间的途中，琳达无意间与坐在靠过道座位上的一个士兵对上了眼神。

"嗨。"琳达短促地跟他打招呼。

他举起一只大手朝她挥了挥，然后她越过了他，觉得自己比刚才从座位上站起来时还要慌乱。琳达加入了排在洗手间门口的队伍，站在她前面的是个头发凌乱的高个子少年，她想起刚才看到这孩子被安检人员搜过身。他戴着耳塞，跟着里面播放的不知道什么音乐轻轻摇晃，当他摆动肩膀时，尽管动作十分轻微，但那种无忧无虑的劲头让琳达感到发自内心的难过——他看起来有点像她的前男友。早期的几位前男友之一。她想起自己的双手曾经抚过他那如同眼前这个少年一般凌乱的头发，随即逼迫自己忽略这段记忆，因为这个男孩显然尚未成年。登机前听到这孩子跟安检员的对话时，她暗忖："为什么不直接从安检门走过去呢？"她向来不理解那些立场坚定的人是怎么想的。说不定安检仪器根本没有他想象的那么危险，这样做简直是大惊小怪，完全没必要惹恼机场的工作人员，毕竟他们不会仅仅因为一个十几岁男孩的意见就改变机场的安全系统。她想不通他这样做的意义何在。

她摸了摸袖子，袖筒里验孕棒的塑料包装发出轻微的噼啪声。高中的时候，她就曾经这样把小抄藏在袖子里带进考场，也许她右臂上方的那块皮肤早就厌倦了见证她的失败。

"你还好吗？"她面前的男孩问道，"夫人？"

"我？你说我吗？"琳达很好奇刚才自己脸上究竟露出了什么样的表情，竟然让一个自得其乐的少年不再醉心于自己的小天地。她急忙努力装出若无其事的样子。

"你不需要叫我夫人。"她说，"我只有二十五岁。"可话一出口，她立刻意识到，对于这个男孩来说，二十五岁已经是个老掉牙的年纪，称呼她"夫人"绝对名副其实。

男孩礼貌地笑笑，走进空出来的洗手间。

二十五岁其实非常年轻，她望着关上的门，心想。

在琳达的青少年时代，她和最好的朋友都认为，二十五岁是可以接受的女孩单身年龄的上限。加里三十三岁，与她的年龄完美匹配。男性成熟得比女性晚，三十三岁的他已经交往了足够多的女朋友（九个，他告诉她，虽然她认为实际上不止这些），最终需要安定下来。她也交往了足够多的男朋友（十六个），希望结束这种令她厌倦的生活模式。其中，第九个前男友在她高潮时用烟头烫她；第十一个背着她勾搭上了一位高中数学老师，还是个男老师；第十五个前男友拿两人租房的钱买了冰毒。唯有第十三位前男友拥有体面的工作和银行存款，然而他表达情感的方式是批评和挑剔——她过生日，他送的礼物是化妆品，圣诞节时则送她减肥药。情人节来临前，她和他分手了，但此时的她心中充满了自我怀疑，自信早已荡然无存。

这时洗手间有人腾出了一处位置，琳达连忙走进去，关门落锁，头顶的荧光灯应声亮了起来。在这个狭窄的小空间，她只能站在马桶和小型化妆镜之间，从袖子里掏出验孕棒，牙齿咬住包装纸的一个角，将它撕开。

她拉下白色的外裤和内裤，蹲在马桶座上，双臂撑在两腿之间，做了个深呼吸，对准验孕棒小便。她想起那个十几岁的男孩告诉安检员，他不喜欢人们接受扫描时被迫摆出的姿势——让人感到没有尊严——不知道假如他看到她现在的姿势会怎么想。她的大腿抖个不停，飞机同样也在颤抖。

在头等舱，克里斯平·考克斯试图忽略腹部的刺痛。他想起了第一任妻子路易莎，她是个从不放弃的人。一想到她，他的脑子里就会响起一句口号：永不放弃。他们已经离婚三十九年了，比两人婚姻存续的时间都要长得多，然而每隔几年她的律师就会找一些新奇的借口与他的律师联系，以便从他那里获得更多补偿：更多的钱，更多股票，更多房产。有时以两人子女的名义，有时以她自己的名义，十次当中至少有五次如愿以偿——真是该死。

坐在旁边的护士说："医生说你情况稳定，先生。可你似乎很不舒服。你能给疼痛程度打个分吗？满分十分。"

"我很好。"克里斯平说，"我只需要再来一片药。"

不知怎么，对于路易莎的某些事，他记得非常清楚，他能逐字逐句地重复他们在卡利诺餐馆晚餐时的对话，那天她穿了一件孔雀蓝色的衣服，发型是他喜欢的样式，然而却不记得他们是在哪里度的蜜月，也不记得他最小的儿子——性格开朗热情的那一个——做什么工作。他一生中邂逅过各种各样的面孔，但总有云层遮挡视线，因而他的所见所忆每小时都会改变。

护士把药片放在他摊开的手掌上。

他说："不要那样看着我。"

"先生，我只是想做我的工作。"

"没错。"他说，"你看着我，好像我是你那该死的工作。我不是任何人的工作——从来不是，永远不会。你那个木头脑袋能想明白吗？"

护士一下子低下头，仿佛双脚突然着了火，而她需要观察火势。"上帝啊，有些人太软弱了。朝他们吹一口气，他们就倒了。"他再次想起了路易莎，"当我发脾气喊叫时，她从来不会望向别处。"

那位拥有世界顶级屁股的乘务长出现在他面前。她是从哪里来的？他疼得更厉害了，似乎到达了波峰。

"我可以帮忙吗？"她用平稳的声音问，"先生？您想来点饮料或者小吃吗？"

痛苦被困住，波浪凝固，他说不出话来。旁边的护士也一声不吭，可能在哭。上帝啊。克里斯平勉强抬起一只手来摆了摆，希望这个手势会让乘务长消失。

"我想来点饮料。"坐在过道对面的一个男人说。克里斯平闭上眼睛，药片安安稳稳地待在他的舌头下面。

飞机轻轻地弹跳了一下，维罗妮卡身子微晃，手掌搭住椅背。飞机上很安静，只能听见头顶通风口的声音，那是它们在清嗓子。乘客们各自沉浸在自己的世界里，长途飞行刚刚开始，他们需要适应这个新的空间，他们将在这颗巨大的银色子弹里面度过一天中的大部分时间，一个接一个地投入当下的新常态，每个人都需要解决的首要问题是：我应该如何度过这段时间？

乘务长带着马克要的饮料回来，简忍着笑听他跟乘务长调情。

"你是哪里人？"马克问。

"这是您的血腥玛丽，先生。"

"请叫我马克，拜托。"

"马克。"维罗妮卡扭了扭屁股，"我来自肯塔基州。"她说，"但我现在住在洛杉矶。"

"我来自巴尔的摩。不过，我住在纽约。我没法在别的地方生活。你从事这一行多长时间了？"

"哦，我估计有五年了吧。"

他很紧张，简看到放在他膝盖上的托盘微微颤动。她试图忽略这一幕。她得继续写稿，必须完成剧本的打磨，这意味着要在飞机落地前重写大部分内容。她可以做到；被枪指着脑袋的时候，她很擅长集中精力。可问题在于她不想这样。假如她坐在布鲁斯旁边，他又没生她的气的话，大概会这样问她："你究竟想做什么？"他总是回到原点，回到基本问题。他的大脑永远不会被正弦切线、义务和感情束缚，正如她的大脑一样。有时候简会发现他正歪着脑袋看她，她知道他在想什么：我还爱她吗？谢天谢地，迄今为止，他每次想到的答案都是：是的。

简给自己买了头等舱的票，因为她此前花了几周时间打包公寓里的东西，而不是写作。她知道埃迪的玩具象在哪个箱子里，也知道乔丹最喜欢的书的确切位置。她按照箱子即将在洛杉矶拆包的顺序对它们进行了编号。打包的时候，她很想在家里举行一个包装效率竞赛，因为她铁定获得一等奖。上个星期，莱西提出要开车来纽约帮她收拾，简在电话里笑了起来。

"真是抱歉，我竟然妄想要帮你的忙，看来是多此一举。"听到姐姐的笑声，莱西没好气地说。

"噢，我明白。对不起，我在笑我自己，不是你。"

姐妹俩的交流磕磕绊绊，一如既往地充满了冷嘲热讽、戳刺打趣，尽管双方都尝试过，但直到电话挂断，这些硌人的小石子依然没能清除。莱西和简是两种不同的人，这经常让姐妹俩陷入困境。虽然她们操心的事情是一样的，但观念方面存在重大分歧。莱西总想着适应现状，她相信自己需要一个丈夫、两个孩子和一座位于郊区的漂亮房子，她希望自己的人生看起来是"对的"。然而简对这一切根本不感兴趣。当她想要什么东西——比如恋爱、孩子和工作的时候，她会努力去得到它们，但很少左顾右盼，看看别的女人是否得到了这些东西、进展如何。有一次，在莱西家里，简发现妹妹竟然订阅了十三种不同的女性杂志，感到非常惊讶。她妹妹解释说，其实没有十三种那么多，有好几本是特刊——包括烹饪专题、家政专题、家居装饰和美容专题……"什么？"看到姐姐吃惊的表情，莱西回应："古怪的人不是我，是你。"

莱西擅长处理人际关系，但采取的方式让简感到厌恶，不过，遇到眼下的情况，她可以利用这一点来缓解姐妹之间的关系。"我一到洛杉矶的新家就给她打电话，"简暗忖，"知道了我用新房子的座机联系的第一个人就是她，莱西肯定会感动的，这种事对她来说很有意义。"

想到这里，她突然注意到维罗妮卡已经走开了，马克看起来孤零零的，失落地捧着血腥玛丽，他的情绪像一片细密的雾气那样笼罩过来，舔舐着她的皮肤。她开始打字。

验孕棒的说明书上写着，三分钟之后才能看到检测结果。白色的小棍茫然地注视着琳达。她无法冷静地等待，很想踱来踱去，甚至冲出洗手间，但这都是不可能的。她必须站着一动不动。也许因为她的身体被困在狭小的隔间里，她的大脑飞快地转了起来。

她想起自己第一次喝酒——喝的野格，时间是 SAT 考试的前一天晚上，当晚她只睡了两个小时，第二天一大早跑到设在体育馆的考场参加考试，感觉脑子像一台充满废弃部件的发动机。六个星期后，她的班主任老师——这位老师总是告诉琳达，她的父亲是错的，她很聪明，假如她刻苦努力，会有光明的前途——得知琳达考砸了，惊得目瞪口呆，在那一刻，琳达意识到，老师已经决定将自己的希望和注意力转移到另外一个与她不同、年纪更小的孩子身上。

洗手间里灯光昏暗，她的皮肤在小小的镜子里显得很黄。她到底是怎么想的，竟然选择穿一身白衣服坐一整天的飞机？她伸出舌头，从镜中看到十三岁那年穿舌环打洞留下的疤痕。又是一个可怕的决定。琳达这样做只是因为她最佩服的那个女孩选择了哥特风格的打扮。在不到两天的时间里，她的舌头就极为夸张地肿了起来，以至于呼吸困难，她的继母不得不带她看急诊。这件事很快成了继母沾沾自喜的谈资，时常在不相干的对话中插入这段回忆："你差点儿没了舌头，知道吗？假如真的那样，你会怎么办？这下子更没有多少男人愿意要你了。"

"加里愿意。"她对着镜子和她的继母说道。

然而她在内心深处跟继母一样对这件事持怀疑态度，而且一直都是如此。琳达担心她和加里之所以能够持续整整十一个月的恋情，唯一的原因是他们相隔很远，但现在这段距离即将消失。当然，此前他们也会互相探望，最近一次探访是在六周之前，但由于相聚的时间总是很短，长期以来累积的隔阂和不安全感还没来得及爆发就要依依惜别，因而总是非常甜蜜。如果两人搬到一起共同生活，假以时日，琳达的所有缺点必将暴露无遗。

他们是在一场婚礼上相识的——加里是新娘的大学同学，而琳达曾和新郎约会过——婚礼结束当晚，两人因为寂寞走到了一起。琳达起初以为这是一夜情，但第二天加里在返回加州的途中给她发来短信，于是他们在接下来的几周里通过电话和短信聊了起来。听到他说他是研究鲸鱼的，她突然心烦意乱，差点挂断电话——她觉得他是在取笑她学历低：他有博士学位，而她连大学都没上过。他显然认为她很愚蠢，因为他肆无忌惮地声称自己有一份古怪离奇的工作，以为她会毫不怀疑。更糟糕的是，他那暗含讥讽的谎言简直是特意为了刺激她而编造的——因为她从小就痴迷鲸鱼，她卧室的墙壁上贴满了这种巨大的哺乳动物的海报，她最珍爱的书大部分与海洋生物有关，所以她觉得加里同时嘲笑了二十五岁和十二岁的她。

"你的意思是你没有工作。"她用最刻薄的语气说。

"我把我正在做的项目发给你看看。"

两人保持通话，她打开他发来的链接，看到几段视频：大洋中的船舶上有一群留着络腮胡的男人，其中之一便是被太阳晒黑的加里。还有段视频里有一头鲸鱼，圆隆的背部从船边的水面上划过。此外还有教室和堆满潜水装备的舱室的视频。看到这里，她合上笔记本电脑，尴尬地咳嗽起来。

咳嗽结束后，加里说："琳达？"

"我的嗓子里有东西。"她说。

琳达认为她和加里只是朋友，因为她完全感觉不到当她对一个男人产生兴趣时感受到的那种伴随着担忧的痴迷。无论如何，两人聊过之后，她的心情倒是有所改善——他逗得她又能咯咯地傻笑了，而此前她一直自我压抑，强迫自己不要这样笑，因为每次她在继母面前咯咯地笑出声时，对方都会轻蔑地嘀咕："太难听了。"他们从未谈论过小孩，琳达不知道加里对于要孩子是怎么想的。他的童年过得很糟糕，他说自己宁愿去死也不想再经历一遍那段日子。但她有个秘密愿望，想和他共同创造生命，以此修补他们一路走来的心碎。"和你在一起的时候，我觉得很安稳。"他曾这样告诉她。虽然琳达当时说不出话来，但她也有同感。

机舱中传来响亮的嗡嗡声，天花板上的扬声器宣布饮料车即将开始服务。琳达突然觉得口渴了。

"你好？"洗手间的门把手嘎嘎地晃动起来，一个男人在外面问，"你还好吗？"

"是的！"琳达说，像握住长矛那样抓紧了手中的验孕棒——白色当中出现了粉色的加号。"是的！"她拉开门闩，轻手轻脚地踏进过道。

2013年7月

抵达姨妈家之后，姨夫领着爱德华来到儿童房。此前约翰已经把这个房间里的婴儿床搬到了阁楼，用一张带深蓝色床罩的单人床取而代之，但儿童房的书架上依然摆满了婴儿可以安全咀嚼的纸板书，墙壁和窗帘都是浅粉色的，因为莱西每次怀孕都觉得会生女孩。窗户旁边搁着一把摇椅。

男孩跟着姨夫在门口伫立了片刻。约翰一时间看起来很困惑，似乎忘记了他俩为什么会在这里。爱德华很想趁没人注意的时候转身溜走。

"这不是我的房间。"他想，不可能。

约翰说："你想看看那个湖吗？"

他走向窗户，爱德华只好拄着拐杖跟上去。

西米尔福德距离湖畔只有七英里。19世纪末是这个城镇的鼎盛时期，当时湖上有三艘巨大的蒸汽船穿梭往来，将众多游客从火车站运送到各处度假胜地。随着飞机的出现，旅游业发生了变化。仍然有人会去格林伍德湖，但全都是来自新泽西和纽约的家庭，许多人还在湖边买了避暑别墅。约翰的父母就是八岁时随家人来湖边度假认识的，两人小时候每年暑假都会来。这是个安全的城镇，当然，大多数位于郊区的城镇都比较安全。孩子们自由地奔跑玩耍，只在需要吃饭和睡觉时才会回家，身上经常被湖水搞得湿漉漉的，皮肤也晒得黝黑。

20世纪70年代，湖泊在大众眼中失去了吸引力，具备购买力的家庭转而前往新泽西海岸或者长岛购买度假屋，镇上的旅馆由于客流量不足而停业。约翰和莱西2002年结婚，婚后不久便在镇上买了一座房子，因为与城市近郊相比，他们在西米尔福德能够买到更好的房子，而且当地的企业够多，足以支持约翰的IT业务。另外，湖泊会让莱西想起加拿大，在房子二楼就能看到美丽的湖景：儿童房的窗户俯瞰广阔平坦的水面，约翰和莱西的卧室也是如此。

"等你感觉好一点儿，我们可以去湖里游泳。"约翰说。

自从坠机事故发生后，爱德华的身体里面出现了一个新的区域，现在那个地方再次发出"咔嗒咔嗒"的声音。他想起自己曾经无意中听到母亲告诉父亲莱西又流产了，但他不知道"流产"这个词是什么意思，还查过字典。

"我们可以再好好装修一下这个房间。"约翰说，"肯定会的。你来决定墙壁的颜色。你最喜欢什么颜色？"

"不了，谢谢。"爱德华说。

他转过身去，慢慢走出房间，然后走下楼梯。那天晚上他睡在——或者更确切地说是没有睡着——起居室的沙发上。他惊讶地发现自己竟然不想离开医院，可他也意识到他无法预料自己接下来还会产生哪些感觉。事实证明，正因为待在医院——那个有着各种嘀嘀作响的机器和走来走去的医护人员的地方——他才不至于散架。他的身体现在正以一种全新的方式疼痛着，先前的麻木已经消失，他可以感觉到取代了胫骨的金属棒，皮肤有种奇怪的粗糙触感，不知怎么，连不具备神经末梢的头发也在疼。来到西米尔福德的第二个晚上，凌晨两点钟，爱德华双手按着大腿，直挺挺地坐在沙发上，疼痛在他身体的边界之外闪闪发光，他简直很快就要死了。

第二天早晨，前门传来敲门声。约翰已经离家上班，莱西还没下楼。爱德华眨了眨眼睛——它们就像两块又热又干的石头——架起拐杖、拖着沉重的身体前去应门。一个女人和一个与他年龄相仿的女孩站在门口的台阶上。女人深色头发，浅棕色皮肤，拿着一只红色的保温瓶，女孩躲在母亲后面，探出半个身体，爱德华只能看到她眼镜后面的一只眼睛，正在盯着他看。他的脑子里差一点儿又要响起咔嗒声，幸好最后止住了，那个瞬间，爱德华的感觉还不错，仿佛短暂地变回了正常人，当然这只是昙花一现，接下来他又回到了痛苦的囚笼之中。

"你好。"他对那个女孩说。

"我是贝莎。"女人说，"这是谢伊。我们住在隔壁，所以你会经常看到我们。我来给你姨妈送咖啡，不过你看起来好像更需要喝一点儿。"

她递过保温瓶，爱德华把圆滚滚、暖乎乎的瓶子抱在胸前，里面飘出的味道让他想起纽约公寓附近的一家咖啡馆，为了吸引顾客，店员会把带有咖啡香味的空气抽到人行道上。

"我——"他迟疑道。这是他第一次不得不自我介绍。姨妈在医院里做出的决定让他感到很高兴。"我是爱德华。"

贝莎给他一个温暖的微笑，让爱德华想起了母亲的笑容，他突然恐惧地意识到，自己很想躺在这个女人脚边。难道他遇到的每一位母亲都会让他想起自己的妈妈吗？假如真是这样，那他可就完了。

贝莎说："我们知道你是谁，孩子[①]。"

谢伊从母亲身后走出来，有点生气地微微嘟着嘴："我比他还要大两个月，你却告诉我，我必须等到十八岁才能喝咖啡。"

莱西出现了，领着他们走进厨房。爱德华坐在桌旁的一把椅子上，往保温瓶盖里倒了一英寸高的咖啡。

"你喜欢吗？"谢伊问道。

爱德华觉得这咖啡尝起来就像刚铺好的沥青路面，又烫又黏，但他点点头，努力将身体挺得更直。谢伊比他高一英寸，棕色的及肩长发，左脸颊上有个酒窝。

"你出过门没有？"贝莎问，"到镇上去？"

"他需要休息。"莱西说，"他还没准备好。"

"这样也好。"贝莎说，"因为现在这个地方已经完全乱套了[②]。西米尔福德很小，爱德华，大家互相认识，没有什么事比你的到来更能

---

① 原文为西班牙语。

② 原文为西班牙语。

让人兴奋的了，反正至少几十年没有发生过这种事了。你在医院的时候，你姨妈告诉过你镇上把这座房子粉刷了一遍吗？"

爱德华努力消化着贝莎的话："镇上为什么要粉刷房子？"

莱西说："是镇议会刷的。他们想帮我们的忙。"她把椅子向后一推，走到柜台边，"他们为我们感到难过，想要帮忙，但不知道干点什么才好。不过这样做很蠢，因为约翰去年夏天刚刚刷过房子，根本不需要再刷一遍。"

"夏令营里的每个人都在讨论你来这里的事。"谢伊说，"我几乎也成了名人，因为我住在你家隔壁。"

"夏令营"，爱德华想，这个词听起来很熟悉，但他的大脑需要一点时间才能想起它的意思。夏令。儿童。美术和手工。他和乔丹每年都会参加自然历史博物馆举办的科学夏令营。

"你们想吃烤饼吗？"莱西语气轻快地问，仿佛在催促大家改变话题。

听到女孩说"我曾经见过你哥哥"时，爱德华正看着桌上的咖啡。

他还以为自己听错了。当这句话再次在他脑海中响起时，他有点脱力地微微蜷缩进椅子里。

但贝莎似乎也听到了这句话，她说："你在说什么？你从来没见过他哥哥。"

"我在这里见过他。"女孩说，"好吧，是在草坪上。我当时可能只有六岁。那天你们全家人来这边做客。我用我的玩具割草机假装修剪草坪，看见乔丹一个人从房子里出来。"

"我怎么不知道这件事？"贝莎有点生气地说。

"妈妈，那时我才六岁。而且我很可能告诉过你，你忘记了。再说这也不是什么重要的事。连我自己都差点忘了，直到——"她顿了顿，"最近。"

"简很喜欢带着孩子们过来。"莱西的肩膀有点僵，"她需要让他们远离城市的喧嚣，得到休息。"

爱德华问谢伊："你跟他说话了吗？"

"说了几句。他来到外面，跳着下了台阶，从最高一级直接跳到草坪上，吓了我一跳，可能我当时倒抽了一口气，他注意到了我。"

爱德华努力想象当时的情景：明媚的阳光，翠绿的草坪，姨妈和姨夫家门口的五级水泥台阶。

"乔丹说了一句话，好像是：'你以前从来没见过别人从台阶跳下来吗？'我说：'我从来没见过人像你这样跳下来。'他笑了起来，跑到车道上，爬到你爸妈的小货车顶上去了。"

"等一下。"莱西皱起眉头，"不要编故事，谢伊。我们不需要故事。"

"乔丹做过这样的事。"爱德华说，"他绝对做得出来。"

谢伊微微点点头："他朝我招手，然后从车顶跳下来。"

"我的上帝啊[①]。"贝莎说。

"噢。"莱西说，然后顿了顿，换了一种语气说，"我想起来了。那一回他弄伤了膝盖……但不肯告诉我怎么伤的，我给了他一袋冻豌豆冷敷。"

爱德华却不记得了。他想不起来乔丹曾经跑到外面玩却不叫上他，不记得冻豌豆和眼前这个女孩，更不记得哥哥曾经一瘸一拐地走路。他的胸口有种裂开的感觉，那里的小骨头似乎全都碎掉了。他为什么就是想不起来了呢？

"我看他不像受了伤。"谢伊说，"他刚跳下来就有个大人叫他，

———————

① 原文为西班牙语。

他就回房子里了。"

她站起身来，推开椅子，使劲儿亲了一下母亲的脸颊："我得走了，妈咪，巴士该来了。"

"玩得开心[①]。"

"再见[②]。"谢伊说，然后她走了。

爱德华又喝了一大口咖啡，想要冲走喉咙里的硬块。他对着餐巾纸用力咳嗽，他能感觉到莱西很希望他吃点东西，然而食物周围似乎存在着一个他无法穿透的力场，无论就气味还是硬度而言，都让他难以接受和下咽。他回到沙发上。莱西打开电视，可他无法专注于图像，莱西和贝莎在厨房里的嗡嗡低语不受控制地传进他的耳朵里。去洗手间的路上，他从厨房门口经过，听到姨妈说："……小婴儿没来，来的是十二岁男孩。"爱德华紧盯着自己的脚尖，生怕下一秒就会摔倒。

天色变暗，约翰返回家中，爱德华也回到厨房的桌子旁。姨夫揉了揉男孩的头。莱西把一大勺黏稠的土豆泥舀进他的盘子，恳求道："拜托，吃一点吧，爱德华？"

饭桌上，约翰讲了一些关于律师的事情，莱西说现在的时令不适合种西红柿。姨夫和姨妈把盛满食物的碗互相传来传去，爱德华觉得他们互相劝菜的频率有点高，而且很不自然。

"我要是喜欢沙拉就好了。"莱西说。

约翰做了个鬼脸："没人喜欢沙拉。"

虽然不知道原因，但爱德华看得出来，这是两人婚姻生活中必不可少的步骤。这种看似毫无意义的重复，为的是让他们认清自己在

———————
① 原文为西班牙语。
② 原文为西班牙语。

婚姻和人生中的位置，正如约翰每天回家后都要问一句"莱西，你好吗？"却不期望或者需要听到回答那样，又比如莱西在一个小时之内会检查好几次自己的发型、约翰会把莱西搁在冰箱门上的调味品挪到最高层的架子上，这些小习惯看似微不足道，然而不可或缺。

"你们必须收养我吗？"爱德华问。

姨妈和姨夫同时转过脸来。莱西脸上的雀斑似乎一下子变得更黑了，约翰的额头上皱起了一条竖纹。

"我是说，这是法律规定的吗？因为你们是我唯一的亲戚？"

"我不知道这是不是法律规定。"莱西看向她的丈夫。

"毫无疑问。"约翰说，"没有别的可能性。我们是你的家人。"

"是的。"莱西说，但随着她的雀斑颜色变浅，爱德华意识到她已经快要哭出来了。他发现约翰也意识到了这一点，因为他按住了妻子的手。

"我腿疼。"男孩说，"我可以走了吗？"

"当然。"约翰说。

沙发上方的正方形窗户变得越来越暗，约翰站在起居室的门口说："该睡觉了，小伙子。我帮你上楼好吗？"

爱德华重复了前两个晚上他说过的话："我的腿……楼梯让我很紧张。我能继续待在这里吗？"

"当然。"约翰说。片刻之后，莱西抱着几床毯子和一个枕头出现了，贴在男孩耳边低声对他道了晚安。爱德华听着两人上楼的脚步声，然后是他们关上卧室门的"咔嗒"声。男孩站起身来，走到门口，打开前门，蹒跚着来到外面。

爱德华穿过草坪和姨妈家的车道，动作很慢。现在是晚上十点钟，夜间的微风柔和地吹在他的脸颊上，他手臂上的汗毛竖了起来。

爱德华注意到，郊区夜晚的声音与城市夜晚的声音截然不同，这里仿佛有一堵安静的墙，隔开了不远处的虫鸣、树叶的沙沙作响和遥远的车流声。他拖着脚穿过另一块草坪，爬上邻居家门前的台阶，在阴影中，这座房子看起来几乎和姨妈家的房子一模一样。

男孩敲了敲门。

过了一会儿，一位女士打开了门。贝莎眯起眼睛望向黑漆漆的屋外。

"爱德华？你还好吗？"

他说："我能进去看看谢伊吗？"

又是一阵停顿，爱德华脑中突然闪出一段回忆。也许记忆正是这样，它会像窃贼在不触发警报的情况下打开一扇锁着的门，悄无声息地出现在你面前。那是他们乘坐 2977 次航班前几周发生的事，爱德华和乔丹在自家的公寓楼里等电梯，趁父亲不注意，他们打算溜到外面去玩。兄弟俩互相咧嘴一笑，他们知道，大厅里的门卫看到他们，准会摇摇头，说："嘿，孩子们，你们的父亲刚才给我打了电话，让你们回楼上去。"尽管如此，爱德华和哥哥还是毫不担忧，反而在飞速下降的电梯里弹起了空气吉他。

爱德华想："乔丹才是应该活下来的那个人，不应该是我。"

贝莎回头对着身后喊道："谢伊，亲爱的，你方便见人吗？"

谢伊的声音从楼上传来："怎么了？"

贝莎没回答。她领着爱德华穿过起居室，爬了一段楼梯，顺着一扇敞开的门，他看到谢伊斜靠着枕头躺在床上，穿着粉红色云朵图案的睡衣，捧着一本书。

"嗨。"男孩说。

她急忙坐直身体，像她母亲刚才应门时那样眯起眼睛，只不过她是透过眼镜片向外看。

"啊，嗨？"

"谢伊，"贝莎说，"也许你可以给爱德华讲讲你今天在夏令营是怎么过的。"她亲切地把手放在男孩的肩膀上，他感觉既美妙又可怕。

"我为什么要这么做？"谢伊反问。

爱德华意识到贝莎正给女儿使眼色，试图无声地传递一个信息。他或多或少地明白自己为什么会到这里来——跟另一个孩子在一起，暂时从成年人紧张焦虑的视线中逃离。

贝莎用一种既轻快又显然是在强行扭转话题的语气说："你去过夏令营吗，爱德华？"

"这也太奇怪了吧。"谢伊说。

贝莎对着女儿叹了口气。

"你不用非得和我说话。"爱德华说，"假如你不愿意的话。"

"我很快就得睡觉了。"谢伊说。

男孩四处看了看，在窗边找到一把扶手椅。"我可以坐一会儿。"他觉得自己的行动开始迟缓下来，于是吞吞口水，做了个深呼吸。"只需要几分钟。"他说。

谢伊和她母亲再次交换了好几个眼神，尽管时间很短，然而过程极为曲折复杂。爱德华朝椅子走去。他觉得自己像是在划水，拐杖从地毯上艰难地拖过。"他们为什么要把地毯弄得这么蓬松呢？"他想。

贝莎说："我会给莱西打电话，告诉她你在这里。"

"我必须再说一遍，真的，这样实在是太奇怪了。"谢伊说。

贝莎离开房间时，爱德华睡着了。

当他醒来时已经天色大亮，阳光刺得他直眨眼睛。眨眼的时候，他并不知道自己是谁、在什么地方。当他的眼睛适应了光线、大脑也停止恐慌的时候，这才意识到自己独自待在谢伊的房间里，腿上盖着一条绿色的毯子。爱德华可以感觉到，房子里只有他一个人，那些墙壁和敞开的门无一不透着空虚。他显然已经在这里坐了很久很久。

他敲了敲姨妈家的房门，莱西开了门，爱德华问："你生我的气了吗？"

她好笑地看了他一眼。"我不觉得我会生你的气。"她说，"进来歇着吧，今天下午你得去看医生。"

爱德华在沙发上坐下，莱西帮他将受伤的腿搬到搁在咖啡桌上的一摞枕头上。他突然像是想起了什么，说："你是不是因为我，很多地方都不能去？我的意思是，你是为了我才没去上班的？"

她抻平他脚旁的枕头角。"不是那么回事。我以前有工作。"她说，"但我怀孕之后就不去上班了，从去年开始我就在家休息。"

"哦。"

莱西扫视着整个房间。爱德华想，这是她的空间。咖啡桌的下层摆着成堆的杂志，他看到其中一些是关于怀孕和育儿的。看来他的姨妈经常独自一人在这座房子里待着，要么计划怀孕的事情，要么努力尝试保住胎儿。爱德华的脑袋"咔嗒咔嗒"响了起来，他希望自己能起身离开这个房间，就像他离开楼上的儿童房那样，可谢伊去了夏令营，他的腿又针刺般地疼，他根本无处可去。

"我一直考虑再找一份工作。"莱西说，"不过一直没来得及。"她顿了顿，似乎有点喘不过气来，"我去厨房给你拿点吃的？"

"不用了，谢谢。"

他看了一部肥皂剧，剧中有位女士因为不知该不该堕胎而伤心哭泣，与此同时，她的母亲也在纠结是否应该离开自己的丈夫。爱德华现在以一种全新的方式感受到了时间的流逝，模模糊糊地体会到分秒是如何积累为小时、星期是如何积累为年月的过程。2977 次航班失事于 6 月 12 日。这意味着现在已经是七月底。时间确实不等人。

为爱德华做检查的医生喜欢不停地清嗓子——他走进诊室，喉咙里发出牛蛙鸣叫般的声音，当他站到爱德华和莱西面前时，声音依然没停，甚至整整持续了十秒才结束，随后他露出愉悦的表情，似乎对自己的表现非常满意。他说："自从事故发生以来，你的体重掉了八磅。"

事故？爱德华迷茫了一秒钟才反应过来。

莱西说："这可不怎么好。"

医生重复道："这可不怎么好。"

诊室的墙壁上挂着一幅蝴蝶的摄影作品。爱德华怀疑医生把画挂上去之后曾经感到后悔，因为这只蝴蝶看起来臃肿庞大，一点儿都不美丽，它的体形和怪异会让每个人都尽可能地敬而远之。

"给他买冰激凌、糖果棒，他想吃什么就买什么。"医生说，仿佛为了强调，他再次发出高亢的鸣叫声，"营养一定要跟上。他正处于发育期，完全用不着减肥。他需要热量。你要是再掉一磅肉，我就给你打营养针，爱德华。这可是要住院的哟。"

回家的路上，姨妈在车里对爱德华说："拜托你好好想一想，自己有可能吃得下什么东西。"

爱德华一点儿食欲都没有，甚至无法在自己的身体里感受到任何生命力，食物似乎完全无关紧要。

莱西把车停进一家大型便利店的停车场，熄了火，双手搁在方向盘上，看着爱德华。男孩从未见过姨妈露出现在这种表情。"请你不要这样。"她消沉地说，"假如简知道我把你照顾得这么糟糕……"

爱德华说："不，莱西阿姨。"他扫视四周，试图寻找更多的词句，然而只看到"便利、商店、薯片、啤酒、特卖、停车……"之类的字眼。

莱西下了车，把男孩远远地留在后面，他急忙跟了上去。

进了商店，她说："我们沿着每条过道走一遍，只要看到你不觉得恶心的食物，就把它放进购物车里。"

爱德华看着堆积如山的各种巧克力糖：脆爽口味、焦糖口味、坚果酱夹心、黑巧克力、白巧克力、牛奶巧克力，他选择了乔丹的最爱——特趣巧克力棒。莱西僵硬的肩膀略微放松了一些。接下来是薯片：牧场风味、烧烤味、玉米奶酪味、莳萝泡菜味、墨西哥辣椒味、盐渍、烘烤、带波纹的、不带波纹的、酸奶油和洋葱味的……他挑了一袋他妈妈的最爱——盐醋味薯片。下一条过道的货架上摆着水果卷、肉干和咖啡茶具，所以他什么都没选。然后是一长排的麦片。爱德华想，也许我吃得下不加牛奶的麦片。他无法忍受以任何方式改变食物的形状，也不喜欢带气泡的东西，因此汤、炖菜、冰沙和苏打水全部出局。冰激凌会融化，这也让他感到不舒服。

他挑了一盒包装颜色最单调的麦片。"这些够了吗？"他问姨妈。

"这才刚刚开始。"莱西回答。

两人回到家，她把买回来的食物摊放在咖啡桌上，然后去厨房拿来盘子和勺子。爱德华坐在沙发上看着。虽然被枕头垫高了，他的腿还是一抽一抽地疼，膝盖以上的肌肉和筋腱抽搐跳动，就像心脏一样。

莱西首先撕开特趣巧克力的包装，掰下一块搁在盘子里。然后打开麦片盒子，舀了一勺圆圈形状的麦片，摆在盘子的另一侧。最后又添了两块薯片。

姨妈和外甥沉默无语地看着盘子。

"给你一个小时，把这些全都吃光。"她开口道，"然后我再放上新的。明白吗？"

爱德华点点头。他打开电视，里面正在播出脱口秀，一群女人围桌而坐，互相打镲。男孩首先拈起一块薯片，从边缘开始啃了起来。他觉得自己仿佛吃了一嘴锯末，于是又用门牙刮了一点巧克力含进嘴里。男孩想起自己曾经和哥哥比赛看谁嘴里塞的薯片多，想起他跟家人一起坐在餐桌旁，身后是西斜的落日，立体声音响播放着巴赫。他把圆圈形状的麦片咬下一半，强迫自己什么都不回忆，什么都不去想，直到一切全都变成扁平的——他觉得自己现在就是扁平的。

上午10:02

这架飞机重达 73.5 吨，翼展长度 124 英尺，由金属板、挤压件、铸件、铸锭、螺栓和翼梁构成。它包含 367000 个零件，用了两个月的时间建造，需要 280000 磅的推力才能把这辆空中巴士送上天空。

布鲁斯的视线越过埃迪，望向窗外。

"我第一次坐飞机的时候，年龄跟你差不多大。"他说，"我们当时是去参加一位我从未见过的叔叔的葬礼。当我看到天空中云层的样子时，很想离开飞机，在云层上跳舞。"

埃迪看着他的橙汁，似乎在生气，但布鲁斯知道小儿子并不是真的生气。他之所以明白这一点，是因为他注意到，随着乔丹逐渐长成一个越来越好斗的少年，作为弟弟的埃迪也经常会在某些瞬间表现得像哥哥那样愤怒或者愤慨，然而他并不擅长此道，因为他还太小，心脏和激素分泌水平并不足以提供相应的支持。

"这是我第三次坐飞机，爸爸。"埃迪说。

现在，布鲁斯暗忖："我只想了解云的构成，希望云对我来说不再是一个谜。这个转变是什么时候发生的呢？从什么时候开始，我不再想跑到云上跳舞，反而希望知道云是怎么形成的呢？"他回忆了一下自己的青春期：十三岁比十二岁的时候还要害羞。随着年龄的增长，他越来越沉默寡言、腼腆羞涩，但他也后知后觉地意识到自己的脑子很好使，可以轻而易举地通过考试，还能真正通过思考来搞明白周围的种种噪声、奇怪的风俗和不可预知的人究竟是怎么回事，这让他非常兴奋。数学是最深的水池，于是他跳了进去。数字和方程带他走向定理、二项式、多维空间和怪异深奥的数学王国。二十多岁的时候，他开始运用数学将宇宙的各个部分联系起来，而在此之前，没有人想过要把它们联系起来。

他朝身后看去。乔丹正慢慢地沿着过道走来，脑袋随着音乐的节拍上下晃动。

"你在事业方面还不够努力。"夫妻俩吵架的时候，简曾经这样告诫布鲁斯，"凭什么让我一个人养家糊口？你知道供养孩子上大学需要多少钱吧？三十五万美元有了吧？凭什么让我一个人出这些钱？难道你没有责任吗？为什么你就可以什么都不管，每天只想着怎么摘取数学桂冠上的明珠？"

简不理解他的工作，但他不会因此而责怪她。在布鲁斯的研究领域，只有大约七个人了解他在做什么。纯粹数学就是这样的：哪怕你拥有博士学位，也仅仅是有希望跻身数学家的行列而已，一个项目往往需要研究一辈子，而且这样的项目很可能对不是数学家的人来说毫无意义，与应用数学相比，纯粹数学更像是某种精致却不实用的物件。当然，你的研究成果可能会变得非常有价值——不过这一天很可能会在你去世几年之后才姗姗来迟——但只在某个你做梦也不会想到的领域体现出它的价值。总而言之，纯粹数学属于梦想的范畴，它耐心地抛出虚无缥缈的细丝组成的蛛网，静候着一代又一代越来越聪明的年轻人。

当不是数学家的人询问布鲁斯的工作时，他有时会引用威廉姆斯·汉密尔顿爵士的例子。1840年，这位爱尔兰数学家出门散步时灵感突至，用铅笔刀在都柏林的布鲁姆桥上刻下了一个等式。这个等式标志着四元数组的发现，虽然四元数组在当时没什么用，但一百五十年后，在它的帮助下，电子游戏诞生了。同样众所周知的是，法国数学家皮埃尔·德·费马的"小定理"在1640年被证明出来的时候也没有什么用，后来却成为21世纪计算机RSA加密算法的基础。

"你为什么就不能搞点正常的数学研究呢？"简说，"有实际用处、能帮助科学家制造东西的那一种。"其实她的意思就是，可以赚到钱的那一种。

哥伦比亚大学的终身教职就能解决许多问题——比如让他们无须登上这架飞机，留在纽约过安稳日子。布鲁斯叹了口气，又朝身后看了看。他知道乔丹故意磨蹭着不回到座位上来。那孩子觉得让父亲出点汗对他有好处。

乔丹在飞机过道里踏着节拍左摇右摆，完全听从音乐的指令。一个女孩的手背上画了个和平标志，她的年龄很可能跟正在往窗外看的埃迪差不多大。乔丹朝她挥挥手。他想要享受这个短暂的释放时刻，而被安全带困在父亲旁边的座位上意味着他们会争吵，他会不由自主地想知道洛杉矶那边究竟是什么样的，还会想念马西拉。

乔丹和马西拉的相识纯属偶然。有一天，他去熟食店买汽水，她出其不意地对他笑了笑，仿佛在说，她喜欢他，而且已经喜欢了他一阵子，他也给她一个微笑，接下来不知怎么两人就亲吻到了一起。每次他去熟食店，假如她叔叔不在，他们就会跑进后面的储藏室，站在豆子罐头和成箱的卫生纸之间接吻、接吻、接吻。他们很少说话，主要的交流方式是微笑和眉来眼去的表情，他会拨开她脸颊上的头发，两人有二十多种不同的亲吻方式，表达的含义从"你好"到"我想要你（虽然我真的不知道这是什么意思）"再到"我想尝尝你的嘴唇是什么味道的"，不一而足。他从来不知道接吻可以有这么多的变化：速度、深度和激烈程度之间存在细微的差别。他可以一连吻她几个小时却从不感到无聊。除了在熟食店约会，两人只在一家中餐馆里见过一次面——他和父亲在一起，她和叔叔在一起，所以只能用微笑来进行沟通。

乔丹告诉马西拉他们要搬家了，她短暂地侧过脸去，随即碰了碰他的嘴唇，用前所未有的方式吻了他。两人在储藏室最后三次约会时，会用一种新的方式接吻，意思是"我会想你的""我害怕长大"，以及"真希望我们永远都这样，可我知道就算你不搬走，也不会总是这样"。

乔丹叹了口气，和着音乐的节拍，他说："对不起。"

他父亲侧着身子，让他滑进座位。父子三人又回到了"埃迪＋乔丹＝布鲁斯"这个等式中。乔丹靠向椅背，闭上眼睛，耳边依然播放着音乐。他很庆幸自己从未向别人透露马西拉的事。她是他一个人的。他的秘密历史。乔丹认为，他拒绝安检扫描的次数越多、亲吻的女孩越多，就越能保有更多的自我，成为一个举足轻重的人，打破父亲为他规定的生活方式，那个父子三人的等式终将不再成立。

阿德勒父子座位旁边的过道对面，本杰明把免费杂志放回椅背插袋。他想换个坐姿，却没有足够的空间。他觉得很不舒服，贴着造瘘袋的身体侧面有些疼。手术后住院的那几个星期，能够得到所需的药物是唯一吸引他的好处，此前本杰明从未服用过比布洛芬更强的东西，然而现在，白天的止痛药和晚上的安眠药让他活得像一股轻飘飘的烟雾。他想到自己与加文的争吵，但他的思想并没有被现实束缚，反而像看戏那样置身事外：一个大块头的黑人和一个瘦猴般的金发白人吵得挺热闹。

然而这一趟最终的返乡之旅让他不得不面对现实，失去药物的麻痹、回到清醒状态的他痛苦地意识到，自己身体上的每一点伤痛和头脑中的每一个想法都是真切存在的。他时常感到恐慌，甚至下意识地检查腰带，看看上面是否别着枪？他该如何才能忍受这样的自己？

他被送回洛杉矶再做一次手术，然后军方会给他分配一个案头工作，不再允许他上战场。他发现自己竟然有点希望死在手术台上，因为这样的结局更好，至少比每天困在办公桌和办公椅之间好得多，况且他现在觉得自己是个陌生人，他完全不确定这个陌生人是否该活下去。

窗外的云层比刚才更暗，机舱内也感觉更黑，黑暗笼罩着乘客们对于嘴唇温柔的女孩、长眠的母亲、害羞的少年、剑拔弩张的拳头的回忆。佛罗里达几乎能够看到那些场景，看到那些消失了的人和分秒时日的岁月流逝。她深深地吸了一口气，让充沛的空气涌入肺部，对她而言，过去和现在一样，既珍贵又近在咫尺。毕竟，如果你在一天中的大部分时间都只想着某段记忆，那它不就是你得到的礼物①吗？区别不过是有些人生活在现在，有些人选择活在过去而已，无论选择哪种都无可厚非。佛罗里达的肺叶完全展开，胸腔中充满空气的感觉让她觉得非常愉悦。

琳达回到座位上，佛罗里达轻轻拍拍她的手。"你让我想起某个

---

① 这里是个双关语，礼物，present，又有"当下"之意。

人。"她说，"我一直在努力回想这个人是谁。"

"哦？"

"也许是我在宿务岛开店时照顾过的革命者。那是在菲律宾。他们多数都是小伙子，但有时候我也会接待个把狡猾的小姑娘，她们会乔装打扮参加战斗。"佛罗里达想象着那家商店柜台后面那个拥挤的房间：她在柜台前卖货，出售大米和豆子，把伤员藏在后屋的毯子下面；半夜里，菲律宾革命者在她的卧室开秘密会议；那些受伤或生病的士兵都抗击过西班牙人，但他们不过是些孩子；他们叫她 Tandang Sora，她在每个娃娃兵的耳旁低声说出相同的真相：你很特别。你一定会活下来，继续做伟大的事情。

佛罗里达是个精神分裂症患者，她为这段记忆感到自豪。在那段人生里她过得很好，但其他几段人生就不那么令她满意，比如现在，她觉得自己似乎对它失去了掌控。

琳达瞪大眼睛："这是什么时候的事？你不是说你以前住在佛蒙特吗？"

"噢，那是几百年前的事了。"佛罗里达凝视着她的旅伴呓语，"我曾经给一个女孩治过胸膜炎，我猜正是你让我想起了她。"

琳达像看疯子一样看着她。佛罗里达叹了口气。有时候她会解释，有时则不会，但眼前这个女孩看起来似乎需要她给出一个解释。"这不是我的第一段人生。"她自以为是地说，"也不是我的第一个身体。我的记忆比大多数人都长，但其中的大部分事我都记得。"

"哦。我听说过像你这样的人。"

佛罗里达对琳达不信任的语气并不感到担忧。在她当下的这段人生中，即便是她的父母——两位移民到佐治亚州亚特兰大的菲律宾医生，来到美国后，他们一个在干洗店打工，另一个做了家庭主妇——

也不相信女儿这种轮回转世般的离奇故事。所以，要不是一直过得很开心，佛罗里达早在高中的时候就离开父母和南方，跟拥有一套架子鼓、梦想生活在大都市的男朋友私奔了。

琳达咬着下嘴唇。她虽然年轻漂亮，却似乎已经掌握了如何让自己变得丑陋的方法：她的妆太浓，表情过于夸张，嘴巴很少闭着，眉毛太翘，有时吸着腮帮子，有时又鼓着脸，显得脸形有点扭曲，好像在为了什么事较劲。

佛罗里达又拍了拍琳达的手："一切都会好起来的。你想和加州的那个男人结婚对吧？那你一下飞机就去跟他结婚。瞧，新生活开始了。你想要过上新生活，不是吗？"

琳达低声回答："我不是百分之百确定他会向我求婚。"

佛罗里达笑了："亲爱的，没有人能百分之百地确定任何事。如果有人说他们能，那他们肯定是骗子。"她在座位上使劲拧了拧身子，裙子上的铃铛都跟着响了起来。鲍比曾说，这声音让人觉得她挂了一身小闹钟。佛罗里达这样回应他："在这个地方，我需要用闹钟叫醒谁？鸟儿吗？"

本杰明讨厌被困在座位上，也讨厌被自己的想法困住，但由于空间局促，他没法通过必要的身体活动让自己的脑子静下来。不过，他并没有想起最后一次巡逻时的枪声，也没在思索受伤那天晚上对于自己有何意义。跟加文争吵之后的几周，他变得懒散了许多，失去了警觉，极度缺乏睡眠又让情况变得更糟，他在巡逻期间被枪击中，是因为身体的本能反应消失了，这使他成为容易攻击的目标。本杰明实际上看到了开枪的人，对方就躲在两根树枝中间，子弹飞过来时，他正盯着那个男人的眼睛。枪手显然经过了精确的计算，特地在那里等着他。

然而他在飞机上想到的却是加文。加文是个来自波士顿的白人，六个月前加入本杰明所在的排。本杰明一看就知道加文上过大学，来参军很可能是为了激怒父母。有很多这样的人。这个加文如果活得足够长，会在军队里混几年，然后退役做个会计师什么的，平时带孩子看看橄榄球赛。他戴着金丝边眼镜，头发是浅金色的。

一般来说，本杰明都会远离白人。与其他地方一样，军队里面也有各种小团体，本杰明更喜欢和看起来像他的人一起玩，然而事实却是，没有一个人——黑人、拉丁裔、亚裔或者白人——上赶着跟他做朋友，他知道这是因为自己总是显得紧张不安，甚至有点吓人，奶奶洛莉也曾告诉本杰明，他的那张"扑克脸"让人觉得并不友好。

有天晚上，本杰明和加文同时被派去扫厕所。厕所里很恶心，墙壁和黏糊糊的地面上沾满各种无法辨认的污渍。据说他们排会被派到别的地方驻扎，所以两人干活的动力不是很足。本杰明和加文带着水桶、拖把和一加仑气味刺鼻的清洁剂走进厕所，但刚跨进门他们就同时停住脚步。本杰明绷紧了下巴，看了加文一眼，发现对方也露出"豁出去了"一般的坚毅表情。于是两人开始干活，用了三个小时彻底把厕所打扫了一遍。

"王八蛋。"加文擦着脸上的汗水和污垢说，"我们终于干完了。"

他朝本杰明伸出拳头，本杰明咧嘴笑着，伸出拳头跟加文碰了碰。

"我们确实做到了。"他说。

那天晚上他们成了朋友，虽说交个朋友没什么大不了的，可对本杰明来说意义深远。他们进行了真正意义上的对话，当然，主要是加文向本杰明提问，但他对本杰明的回答似乎很感兴趣。本杰明告诉加文，他几乎不记得自己的父母了，洛莉也不是他的亲奶奶——本杰明四岁时，她在一个楼梯间里发现了他，随后收养了这个孩子。加文告诉本杰明，他父亲希望他将来接管他的牙科诊所，可加文看到那些牙齿就觉得恶心，所以他参了军，为了逃避父亲在他出生前就为儿子安排好了的未来。

加文的人缘很好，几乎是所有人的朋友，所以他和本杰明的友谊只是他从军生涯的一小部分，可它却是本杰明的生活重心之一。加文喜欢抽大麻——不出任务的时候，他们会一连几周待在基地里，大家觉得无聊时会抽大麻、玩电子游戏，对于这种事，队长通常睁一只眼闭一只眼，不会真的去管——而且喜欢边抽边给别人讲通常只有九岁小孩才会喜欢的幼稚笑话。本杰明从来不抽，但他会在加文抽大麻的时候忠实地待在唯一的朋友身边，在其他人的抱怨声中，用歇斯底里的笑声为那些并不好笑的笑话捧场。

头等舱的空乘从本杰明的座位旁经过，给他一个微笑。跳起来吧，姑娘，跳起来。本杰明觉得这是她自带的背景音乐，她的每一边屁股上可能都安着一个扬声器。假如这位空乘去到他居住的那个街区，铁定会有一长排的男人跟着她走在街上，随着这首歌的节拍舞动。

本杰明瞥了一眼周围的平民乘客，他们的衬衫皱皱巴巴，腆着啤酒肚，进行着毫无意义的闲聊。相比之下，制服整洁、气质干练的空乘更让他欣赏，大众的邋遢外表以及他们与军人迥异的混乱生活让他感到困惑。振作起来，他很想告诉旁边的老太太和过道对面的那位衣服起皱的父亲，把衬衫掖进裤腰里、挺直腰板、减掉十磅体重就这么难吗？

本杰明咬紧牙关，他天生就是个坐不住的人，如果现在能让他跑几圈、做做俯卧撑，甚至随便找点事做就好了，他不想漫无目的地发呆。他检查了一下造瘘袋的位置，确定他仍然对自己的身体保有掌控。

2013年7月

那天晚上，约翰和莱西上楼之后，爱德华终于能在空荡荡的起居室里面对自己内心的痛苦和空虚。他一点儿都不累，然而感觉很糟糕，头脑清醒得可怕，这样的状态已经整整持续了十个小时。我一定是缺少某种激素，他想，我现在的状态应该和"内分泌"有关系。他现在完全不正常，大多数人都是日出而作，日落而息，每天早晨醒来时会觉得饿、吃早餐，然后过一天的生活，天黑下来会觉得累，晚饭后他们看电视、打哈欠、上床睡觉。

爱德华坐在沙发中间，被阴影包围，楼上传来水池排空和冲厕所的声音，这说明约翰准备睡觉了。虽然爱德华告诉过自己不能再这样做了，但他还是站起来，离开房子，穿过草坪。

贝莎敞开门，他说："对不起。"

"别胡说。"贝莎说，"来吧，你在椅子上休息太难受了，我们想办法让你舒服一点。"她领着他往楼上走去。

谢伊这次穿着 T 恤和牛仔裤，头发扎成马尾辫。看到他时，她点点头。"我今天在夏令营想起过你。"她说，"很高兴你能过来。"

"真的吗？"爱德华急忙问，语气中透着如释重负，这意味着她不会赶走他。

贝莎不知何时走开了，留下两个孩子待在开着台灯的卧室里。爱德华陷进椅子里，小心翼翼地把拐杖靠在旁边的书架上。

"我不知道为什么以前没想到这件事。"谢伊跪在床上。她看起来很兴奋。爱德华觉得自己像是通过了某种考试，谢伊的情绪就是试题的答案。那是雨云。那是胰腺。那是兴奋。他在自己的内心深处四下探寻，触及那片扁平世界的各个角落。

"你读过《哈利·波特》,对吧?"谢伊问。

爱德华点点头。乔丹过生日时收到过一套《哈利·波特》作为礼物,然后又去图书馆借来一套,这样他和弟弟就能同时读这套书了。他们每天躺在高低床上看好几个小时的书,在几个星期之内就把整个系列全都读完了。乔丹有时会在上铺大喊:"老天,埃迪,你读到第 202 页了吗?"对于"斯内普究竟是不是坏人"这个问题,兄弟俩曾经讨论了很久。有一次,两人在厨房里分着喝了几乎一加仑的苹果汁,同时展开非常激烈的辩论:乔丹坚持认为,斯内普是书中最关键的人物,甚至是所有邪恶的源头,但埃迪觉得斯内普基本上算个好人——后来他们的父亲不得不强行把两人拆开,撵到不同的房间里待着,直到他们冷静下来。"不准再吃甜食!"布鲁斯喊道,"还有,斯内普是个什么玩意儿?"

谢伊在床垫上轻轻地上下摇晃,打量着爱德华。她的目光让他感到不舒服。

"告诉你一个惊人的发现。"她说,"准备好了吗?"

爱德华的心下沉得更厉害了,他甚至能在嘴巴里尝到疲倦的味道:"应该是吧?"

"你就像是哈利·波特。"

他看着她,不知道该说什么。

"好了,听着。哈利小时候在可怕的袭击中幸存下来,本来没人能够逃脱那场灾难,对吧?"

爱德华只能回答:"对。"

"伏地魔杀死了哈利的父母,却无法杀死只是个婴儿的哈利,没人知道这是为什么。他的幸存反而吓坏了很多人——他们怕得要命。"谢伊眨了眨镜片后面的眼睛,"听电视上的医生说,你经历的那次飞机失事，存活率是零。"

爱德华咽了一下口水。像一个尽职尽责的学生，他顺着她的思路推想下去：伏地魔等同于飞机失事，哈利死去的父母等同于他的父母，哈利等同于他。

"我姨夫说，他们认为我幸存的原因跟我座椅位置有关，因为它从飞机残骸里弹出……"

谢伊摇了摇头。

爱德华盯着面前的女孩：她的眼镜、她的单侧酒窝、她坚定的表情。

"你身上有事故留下的伤疤吗？"

是的。有一条可怕的伤疤，一直延伸到左胫骨中间。他拉起裤腿。疤痕呈锯齿状，粉红色，向外凸起。

"太恶心了。"谢伊说，似乎很高兴，"所以你也有像哈利·波特那样的伤疤。你被姨妈和姨夫收养了。另外，你还记得佩妮姨妈嫉妒姐姐是个女巫吧？莱西也对你妈妈嫉妒得不得了。去年莱西在家休息，我妈妈曾经逼着我去看她。莱西跟我吹嘘你妈妈的成就，但她的语气可不怎么高兴。"

爱德华的后脑勺对着一扇黑暗的窗户，他能感受到草坪和街道的沉默，连经过此地的汽车都会刻意压低声音，仿佛害怕惊扰到孩子和小动物。思索着谢伊的话，他觉得有点恶心，抑或是她的兴奋让他感到头晕，就像踏上了一艘摇摆的小船。无论如何，他知道自己明天早晨什么东西都吃不下了。

"你很可能拥有超能力，比如魔法什么的，这样才能从灾难中幸存下来。"谢伊说。

"没有。"爱德华毫不犹豫地说。

"哈利也不知道他有超能力。"谢伊说，"他在德思礼一家的楼梯间里住了十一年，才发现自己是个巫师。"她看看床头柜上的钟，"我必须在接下来的三分钟之内睡着，这样才能睡够八小时。我需要八小时睡眠。你打算睡在这里还是回家？"

"在这里。"爱德华说，"假如没关系的话。"

他还没说完，灯就关了。

爱德华的心理治疗师是个人称"迈克医生"的瘦男人。迈克医生戴着一顶棒球帽，办公桌上摆了一台华丽的座钟，装饰着金花和银花。如果谈话内容无聊，爱德华会研究座钟的指针。他发现这台计时仪器似乎拥有独特的测量系统，比如，这是他第五次拜访心理医生，座钟的指针一开始像冻住了那样动也不动，后来仿佛为了赶上周围世界的速度，又飞快地旋转起来。

"有什么新闻吗？"迈克医生问。

"没有。"爱德华说，"对了，我姨妈和姨夫心情不好，因为我瘦了。"

"你对此感到不安吗？"

爱德华耸了耸肩："好像没什么感觉？"他不喜欢这样的治疗。医生似乎是个很好的人，但他的工作是挖掘爱德华的大脑，而爱德华的工作是抵御他的入侵。因为他的脑袋很疼，甚至无法承受最轻微的触碰。这项工作令人精疲力竭。

假如接下来沉默的时间过长，男孩会说："我知道我需要吃东西。"

迈克医生把一支笔从桌子的一侧移到另一侧："我的妻子怀孕了，医生告诉她，从生理和医学的角度讲，可以把人分成三种：男人、女人和孕妇。爱德华，我认为类似的想法也适用于你的情况，我们也可以把人分成三种：成年人、孩子、你。你不再觉得自己是孩子了，对吧？"

爱德华点点头。

"但还要过上许多年你才能真正长成大人。你是独特的。我们需要弄明白你是谁，然后才知道如何帮助你。我妻子需要额外的叶酸、更多的睡眠，她身体里的血液含量也比怀孕前高。你的脑袋会咔嗒咔嗒响，你不喜欢食物，而且你还发现了一种让自己大脑变得迟钝的方法来保护自己。"

"隔壁邻居认为我很神奇。她说我像哈利·波特。"

迈克医生摸了摸帽檐，爱德华知道这是打棒球的暗号，好像是提示队友投滑球还是跑到下一垒来着，也可能是触杀出局，但他怎么也记不起这个手势究竟意味着什么。那一刻他很恐慌，仿佛自己让整个球队都失望了。

"很有意思。"医生说。

爱德华立刻后悔自己把谢伊的话告诉了医生，因为他的新朋友——他猜想谢伊算是他的朋友，他每天晚上都睡在她的房间，难道这还不是朋友吗？——很可能不会赞成。这个想法听起来很荒谬，而谢伊一点都不荒谬。

他试图利用余下的精力改变话题："为什么你妻子的血变多了？"

迈克医生从帽檐下面看着他："你为什么不喜欢香蕉的口感？你以前不是很喜欢吃香蕉吗？"

"我不知道。"

"就是这样。"

爱德华怀疑迈克医生可能是秃顶，而且秃得很特别，因为他的脑袋周围明明有头发，却要戴着帽子，也可能是因为他的头上有一道可怕的疤。爱德华不敢问，怕这样不礼貌。

他说："我应该告诉你我是谁吗？"

"不用。"迈克医生说，"我们会一起解决这个问题。"

夜幕降临，爱德华的情绪变得更加灰暗。他扁平的内心变成一件斗篷，把他裹了起来，让他的麻木达到极致，完全失去了责任感。因此，他再次蹒跚着跨出前门，走下台阶，穿过草坪，来到邻居家门口。

贝莎打开了门，但这一次没有马上让他进去。

爱德华抬头看着她。贝莎个子不高，臀部宽大，眉毛浓密。她在家工作，把西班牙小说翻译成英语。约翰给贝莎起了个绰号"喷火龙"，他告诉爱德华，谢伊还在学走路的时候，贝莎的丈夫就离开了。爱德华问："他离开了？"

他搬走了，约翰说，他不再是他们家的成员了。

这让爱德华想到了离开的各种方式：通过门、窗户、汽车、自行车、火车、船、飞机离开，可他的家人所做的事并非离开，因为离开是一种选择，而他们别无选择。

"爱德华，亲爱的。"

他眯着眼睛看着贝莎："什么？"

"我想让你知道，你喜欢谢伊，我很高兴。她从来没有过真正的朋友。她讨厌虚头巴脑的礼貌，和我一样。我试图让她像普通小女孩那样说话，可是……"她叹了口气，"这并不是我的本意。她从来没喜欢过娃娃，总是得罪人。她以前经常跟别的女孩动拳头打架。可能是我让她看了太多的书。她很孤单。"

爱德华说："我喜欢她。"其实他觉得"喜欢"这个词并不确切，因为谢伊像是他的氧气，他不喜欢氧气，他需要它。

贝莎让到一边："我只想让你知道，你不需要感激我们。你本身就是上帝赐下的祝福。我早就知道你会帮助你的姨妈。可怜的莱西，为了要个孩子，她让自己生了病。现在她终于有人可以照顾了。"

爱德华不同意，几乎摇起了头，但随即他又释然了。无论如何，他觉得自己的到来不是帮助姨妈的，反而打断了她的计划，现在她正左右为难。有时姨妈会像他一样脸色灰白，有时他看得出她在对约翰生气，显而易见的怒火就像一道闪电从房间中央穿过。其他时候，丈夫下班回家后，她会亲昵地黏着他，就像依恋父母的小孩子。陷入困境的爱德华只能投奔莱西，但他也是莱西的困境的一部分。

他想起姨妈家的儿童房，那里还摆着婴儿书和摇椅。第一次进去时，他就本能地向后缩，很想立即离开那个房间，不知怎么，他明白那四面墙壁无法承受莱西的悲伤，也承载不了他自己的悲伤。未出世的孩子。不在世的父母。爱德华跟随贝莎上了楼，恍然觉得自己身后跟了一大串鬼魂，有和他相干的，也有不相干的。

每天早晨他都会坐在沙发上，面前放着一个盘子，最近盘子里盛的是苏打饼干。有天下午，约翰把它们加进了盘子里，苏打饼干就这样成了爱德华最能容忍的食物。盐和一碰就碎的脆饼。几乎不需要咀嚼。吃完这样的早餐，爱德华会和莱西去做理疗。在进行各种治疗的空当，姨妈会搬着洗衣篮楼上楼下地跑。午餐时间一到，她就给他端来当天的第二盘食物，然后和他坐在一起，看下午播出的肥皂剧。这个剧是讲医院的事情的。莱西告诉爱德华，她和他母亲十几岁的时候也会看这个节目。"所以你们一辈子都在看这些演员吗？"爱德华惊奇地问。

"反正来来回回都是这么些人。你妈妈爱上了卢克。"莱西指着那个戴着一只耳环、面露疲惫的秃头男人说。卢克一生的最爱是劳拉，在镜头的闪回中，观众可以看到年轻时的劳拉娇嫩美丽，现在的她变得忧郁而丰满。

"岁月不饶人。"姨妈说。

肥皂剧的情节十分拖沓，还经常重复，然而很符合爱德华现在的生活节奏。剧中的角色会总结他们的问题，摸索出解决方案，大多数场景都发生在医院里，或者出于某种原因，发生在城市的码头上。爱德华和莱西静静地看着，那股严肃劲儿是爱德华还是正常男孩时会拿来取笑的。

约翰下班回家后，爱德华会先观察一下姨妈是否对丈夫生气——寻找房间里的闪电。约翰进屋时总是带着忧愁又惶恐的表情，爱德华能看出这种表情令莱西恼火。晚饭后，莱西上楼，轮到约翰坐在爱德华旁边，他会在平板电脑或者笔记本电脑上敲敲打打。大多数情况下，他的面前总会有一块屏幕。

爱德华的腿上搁着另一个盘子，心里在默默数数，就像弹钢琴时打拍子那样计算时间流逝的节奏。他只能找各种理由强迫自己吃东西，而过去他吃东西是因为饥饿或者喜欢某种食物。现在他吃东西主要是为了远离医院，不让姨妈和姨夫担心。他拨弄着盘子角落里的饼干，心中的节拍器仿佛在说：一、二、三、四。

盘子里的东西吃掉一半时，他的内心再次变得扁平，就像一张床单，他突然意识到，姨夫在电脑上敲打的内容似乎与飞机航班有关。爱德华斜着眼睛看过去，但约翰像往常一样让电脑屏幕背对着外甥。

"你在那边干什么？"爱德华问。

约翰无论做什么都慢条斯理，而且好像经常心不在焉，但这一次听到外甥直接提出来的问题，他还是慌了神。毕竟这个男孩自从在科罗拉多的医院醒来后就很少说话，更不会问些有的没的。约翰立刻坐直身体，不料突然失去平衡，平板电脑从他的手里甩出来，掉到地板上。

约翰倒吸一口气，朝电脑猛扑过去。

如此夸张的模样让爱德华觉得有些好笑，他忍不住笑了一声。

约翰立刻不动了，手脚僵硬地趴在地板上。

爱德华也愣住了，然而笑声很快便被愧疚、羞耻和困惑的冷水淹没。他推开盘子，举起双手，想把脑子里的床单拉扯起来包住自己。

约翰还待在地板上，不过换成了坐姿。他说："大多数时候，我用 iPad 工作。"

"哦。"

"爱德华，"约翰说，"笑是可以的，甚至是一件好事。你必须像过去那样，做所有正常人都会做的事情。"

男孩觉得身体酸痛，他差点就要告诉约翰心理医生所说的话：他是个与众不同的人，他已经不是孩子了，他是由一群细胞、两颗眼球和一条伤残的腿组成的集合体。

"我的体重增加了一磅。"他说，然后被自己语气中的胜利感吓了一跳。

还有一项晚间活动。大约九点钟，爱德华出现在谢伊的房间里，首先在窗前的椅子上坐一个小时，十点钟，两人轮流进浴室刷牙，然后爱德华在卧室地板上摊开一个睡袋，十点十五分，谢伊关灯。

"夏令营怎么样？"坐在扶手椅上的男孩问，他的伤腿伸直了搁在面前。

"很傻。幸好你不用去。"

"我是不能去。我没法跑。"

她从搁在腿上的记事本上抬起头来："即使你很健康，他们也不会同意让你做任何你想做的事。假如你现在问我妈要她的车钥匙，她很可能会把它们交给你。"

"不，她不会。"

"你想试试看吗？"

他想象了一下贝莎可能会有什么反应，摇了摇头。

谢伊看起来很失望："好吧，我的观点是，正常孩子的规则不适合你，你应该感到庆幸，因为大多数孩子的规则都很虚伪，完全是装模作样，而所有成年人都觉得他们比我们强大。我的夏令营辅导员甚至不让我在午餐时看书，她说阅读不利于社交，但我觉得这是因为她其实是约瑟夫·戈培尔。"

"那是谁？"

"纳粹。他烧书。"谢伊将注意力转回到记事本上，写了几行字。

爱德华发现她每晚都会往这个记事本上写东西。他怀疑她是在观察他究竟是否拥有魔法，然后把观察结果记在本子上，但他不敢向她验证自己的猜测。他端详着自己的伤腿，等待谢伊完成当天的记录。他跟她打听夏令营的事，是因为他知道这是普通人之间常见的谈资，等同于"你今天过得好吗？""你感觉怎么样？"之类的寒暄。然而他的询问方式非常愚蠢，她似乎很不屑于回答——他能从话语的表象之下感觉到这一切，这与魔法有关，也与他们的年龄、她缺少朋友、他们的情感曲线、飞机坠毁和她写下的东西有关。

谢伊做完笔记，说："我知道你不相信。"

他故作无辜地问："什么？"

"不过没必要。事实上，我就是能看到成年人看不到的东西。这意味着我可以抢在别人前面看透你的内心。"

房间里的气氛紧张起来，就好像表象之下的秘密对话和实际对话产生的两股电流短暂交汇了片刻。

真正的爱德华——而不是那个一直试图做出"正确"回应的人——说："假如我变回那个正常的孩子，你会失望的。"

"现在已经晚了。"她说，"你永远不会是正常的孩子了。"

她说得很对，他宽慰地想。

"我也不正常。"她说，仿佛在回答一个他没有问过的问题。

"太棒了。"他说，语气里的热情让他自己都觉得脸红。

她又低头看着记事本，爱德华意识到自己的呼吸容易了许多。他的胸腔放松下来。十点钟的时候，他撑起拐杖，匆匆忙忙地走向浴室。

谢伊躺在床上，爱德华钻进睡袋。谢伊说："不知道他们还会让你在这里睡多久。我在杂货店听到一位女士问过我妈这件事。它让成年人感到不舒服，因为我们虽然不算大孩子，但也不是很小的小孩了，他们可能会尽快结束这一切。他们希望每个人都乖乖地守规矩。"说着，她举起双手，在半空中比画了一对双引号，"以大家都能接受的方式。"

爱德华盯着她，问："镇上的人怎么知道我在哪儿睡觉？"

"闲聊八卦。道听途说。谁知道呢？"她一定是注意到了他现在的表情，因为她接着又说，"噢，别担心。你想在这里睡多久都行。我会跟他们打架的，我很擅长打架，我可以变得非常讨人厌。"

邮箱里出现了一个超大的信封，至少有两英寸厚，莱西把它拿到起居室的沙发上，在爱德华身边坐下来。她拆开信封，里面的一大摞文件重重地跌落在地板上，她从中抽出一个大号的蓝色活页夹。

"这是什么？"爱德华问，文件的标题映入他的眼帘：《2977 号航班乘客个人物品清单》。

"噢，亲爱的。"莱西说。

文件里有一封说明信，上面写着，假如他们辨认出属于阿德勒一家的物品，会把这些东西寄过来。莱西从中间翻开活页夹，只见纸页上印着几张照片：一只带图案的黄金手镯，下面写着简短的物品描述，手镯上的图案是埃菲尔铁塔和泰迪熊。

"我不明白。"爱德华说，"这些东西没在飞机失事时毁掉？这么多东西？"

莱西点了点头。

"它们没熔化？也没爆炸？"

她抬起指头敲了敲活页夹："你想自己看看吗？"

爱德华的耳边响起了断断续续的咔嗒声："不，谢谢。现在不要。"

后来，他听到姨妈和姨夫在厨房里争吵。约翰很生气，因为莱西在爱德华面前打开了这份文件。

"上帝。"约翰说，"我们的责任是保护他。你看不出他有多抑郁吗？迈克医生说我们需要非常非常小心。"

莱西提高了声音："我不想骗他。我认为他应该了解这些信息，然后才能理解自己的处境。"

爱德华的父母过去经常争吵，但约翰和莱西的这次争吵听起来有点不同，更加悲伤，更加绝望，两个人仿佛濒临绝境的攀岩者，失去了体力和装备的支撑，随时都有可能摔下悬崖。

只听约翰说："爱德华还没准备好去理解任何事情，现在还太早了。"

"他当然没准备好。没有谁会提前做好应付这么难的事的准备。"

约翰的声音低了下去，似乎试图转移话题。"莱西，冷静一下。"他顿了顿，又说，"你都很久没叫我'小熊'了。"

然而莱西好像不愿意转移话题，无论如何，她的语气更愤怒了："我可不想被人指着鼻子骂，说我没照顾好他。我对孩子一无所知。我想他能感觉到这一点。他甚至不愿意在这里睡觉。"

"你只需要小心对待他。看在上帝的分上，这就是我们撤掉电话的原因。"

爱德华惊呆了，他这才意识到，自从来到这里，他从来没在这座房子里听到过电话铃声。姨妈和姨夫究竟不想接到什么样的电话呢？

莱西说："那个可怕的男人又发来电子邮件，说他们需要 DNA 样本来识别尸体，让我给简的牙医打电话，要求提供样本。"

"简。"爱德华想。直到这一刻，他才意识到姨妈失去了她的亲姐姐，正如他失去了亲哥哥那样。简、乔丹，简、乔丹。

"把电子邮件转发给我，我来回复他。"

"这是我的责任。她是我的姐姐。"

爱德华接下来再也没听到两人的声音，要么因为他们离开了房间，要么是他的耳朵决定不再去听他们说什么。

炎炎夏日还在继续，虽然爱德华不喜欢那么多的阳光，但他不得不定期拜访那位喜欢清嗓子的医生，让对方查看他的伤腿和体重，还要找迈克医生进行心理治疗和做理疗——这是为了确保他的步态恢复正常。

爱德华发现，似乎没有人知道或者记得他在遭遇事故前是如何走路的，连他自己也不例外。但他记得乔丹的步态，他哥哥的走路姿势一直很独特：步子很大，还有点一跳一跳的。仿佛比起其他人，重力对他的影响要小一些。爱德华记得他和乔丹在人行道上边走边说话时，他哥哥始终蹦蹦跳跳，简直要蹿到天上去。"他总是在跳。"他母亲曾经这样说。

爱德华弯曲膝盖，跳了起来。

"哇哦，猛男。"理疗师说，"你想干什么？我希望你专注于前进，而不是拔高。"

理疗师要求他每天下午都要走到他们街区的尽头，然后再走回来。最初的几天，莱西陪他一起走，而现在她会坐在门口的台阶上等他，因为理疗师说爱德华需要独自一人找回身体的平衡感。总有一小群人站在街道的另一头看着他，其中包括几个青少年、一位修女和一些老头老太太，他们看起来像是在等待游行的队伍。

爱德华知道游行队伍就是他自己，但无论他们是对他说话还是招手，他都刻意无视，也不往他们那边看。他专注于向前挪动拐杖，迈出一步，然后迈出另一步。他的耳朵还会咔嗒作响，像节拍器那样计算节奏，他似乎还能听到自己经过的每一座房子里的时钟运转的声音。

"简直是有史以来最糟糕的游行。"他暗忖。

一天夜里，爱德华不小心坐在了约翰的平板电脑上，它就摆在沙发上，被一条毯子挡住了。爱德华把它从毯子下面抽出来，看到自己的脸在黑色屏幕上的倒影。他的姨夫开会去了，姨妈已经睡下。男孩觉得自己的脸看起来有点老，这面黑色的镜子仿佛能看出他内心的衰败，里面的那张脸回望着他，就像电影中的反派那样危险而冷漠。

爱德华的父母不允许他和乔丹使用手机——兄弟俩有能发短信的寻呼机，以便布鲁斯和简可以在紧急情况下联系他们。不过，他们的父母都有平板电脑，他们让两个孩子玩平板电脑上的教育游戏。

爱德华按下约翰的 iPad 上的按钮。

屏幕上出现提示，要求输入四位数的密码。

"我真的要这样做吗？"爱德华想——他之所以这么做，纯粹是出于好奇。是的。

他尝试模仿父亲处理问题的方式来思考，他父亲会充满感情地谈论计算能力的重要性——仿佛数字是当地酒吧里的那些怪人的集合体——以至于爱德华只要一想到数字，就会条件反射地感觉亲切而温暖。他猜测着可能的密码组合，觉得自己正在使用与父亲一致的那部分 DNA。

他输入了莱西的出生年份：1974。屏幕震动了一下，输入错误。他又试了约翰的出生年份：1972。也不对。现在只剩下一次机会，假如再次输错就会锁屏，同时系统会给约翰发送一封邮件，确认尝试输入密码的是不是他本人。

爱德华放下平板电脑，盯着它看了一分钟。数字永远都不是随机的，他父亲曾经这样说，它们喜欢模式和意义。

爱德华再次拿起平板电脑，输入了那个航班号：2977。

屏幕解锁了。

一股恐惧在爱德华身上涌动，他从沙发上站起来，离开房子，穿过闷热而潮湿的夜幕，爬上谢伊家门口的台阶，来到谢伊的卧室。她恰好坐在桌边，他把平板电脑递过去，好像它是拔掉引信的手榴弹。

她严肃地接过去，爱德华站在她身后，伸出手去输入密码。

一个网页跃入他们的眼帘，右下角有个红色的圆圈，下面写着 Plane Tree 字样。

谢伊看了看爱德华，他点点头。她点击红色的圆圈，出现了一个链接列表：

遇难者亲属

爱德华的推特

爱德华的脸谱网

爱德华的谷歌快讯

备注

她低声问："你从哪里弄来的这个？"

"这是约翰的。"

她脸颊上的酒窝因为皱眉而变深了。"听着。"她说，"我可以打开这些链接，读一下里面的内容，告诉你它们说了什么，你不必亲自看。假如我是你，我不会想看的。"

爱德华穿过房间，趴在床上。此前他没有坐过这张床，不知道床垫竟然如此柔软，在他的体重之下发出轻微的吱吱声。他希望自己能躺在这里，闭上眼睛睡觉，然而即使在这个房间，睡眠也极为困难。爱德华每天晚上都要强迫自己什么都不想，放空大脑，把它当成河水之中的石头，任其随波逐流。有时候他会在这种状态下打个盹，然而绝对不会睡上一整晚。

他轻声说："有没有关于乔丹的信息？"

他只能看到谢伊的侧脸。她轻轻敲击屏幕。"约翰创建了包含链接的 PDF 文件。"她说，"有个关于乔丹的脸谱网页面，是事故之后创建的，创建者好像是几个女孩。我不觉得她们认识他。这里有张照片。"

"我想看看。"

她给他看屏幕，照片里正是乔丹，他笑容灿烂，身上的橙色大衣仿佛在闪光。他站在他们家附近的熟食店外面，头发几乎全都竖了起来。

"这张照片是我拍的。"爱德华说。

谢伊放下平板电脑。"网页上说，他是飞机上的遇难者之一，也是你的哥哥。"她说，"反正新闻网站和报纸上都是这么说的。"她突然倒吸一口气。

"怎么了？"爱德华问，一丝渺茫的期待从他的胸中升起。

"我刚刚在谷歌上搜索了你的名字，出现了十二万多条结果，爱德华。十二万。"

"好吧。"他不知道还能说什么。

"搜索乔丹的名字，只有四万三千条结果。"

"把它关了。"爱德华说，"求你了。"

她马上关掉页面，他很感激她的立刻回应。他知道姨妈家外面总是徘徊着一些关注他的人，但从未想到每部手机、平板电脑和电脑里也到处都是关于他的信息。

爱德华和谢伊准备睡觉，两人轮流在浴室洗漱。爱德华的绿色牙刷摆在水池旁边的杯子里，紧挨着谢伊的蓝色牙刷。

他走出浴室时，她已经在地板中间铺开了他的睡袋。爱德华坐在上面，按着受伤的腿。"我明天需要早起。"他说，"在约翰发现之前把 iPad 放回去。"

"如果他知道了，会生气吗？"

爱德华想了想，说："我觉得不会。"

"你觉得他和莱西介意你在这里睡觉吗？"

他不假思索地回答："莱西介意。"

谢伊点点头，摘下眼镜。没戴眼镜的她就像变了一个人——目光呆滞，仿佛软弱可欺。这是一天之中她唯一显得不那么自信的时刻，爱德华每天晚上看到的她都是这副模样。她刚要关灯，就听见他问："你爸爸去哪儿了？"

谢伊伸手去拿她的眼镜，但随后便垂下了手，望向爱德华这边。很明显，她眼中的他不过是模糊的形状和颜色的集合。

"我爸爸，"她说，这个称呼从她嘴里说出来显得有点尴尬，"在我两岁时他就走了，然后我再也没听到他的消息。我妈认为他在西部的什么地方又成了家。"

"科罗拉多"，爱德华想，因为现在那里对他来说就是西部。医院的白墙、挂着拐杖的女士、头昏脑涨的感觉。那架飞机从天而降时，也许谢伊的父亲就是目击者之一。"他走了，"谢伊说，"而爱德华的家人掉下来了。"

谢伊说："既然他不要我们，我们也不要他。"

"他一定是疯了。"爱德华说，"离开你们。"

"我妈说，他跟她结婚，只是为了气他妈妈，她不想让他和墨西哥人结婚。"

爱德华看着谢伊阴云密布的脸，希望她能多说一点，用更多的解释和回答来填补他内心的伤口，然而谢伊关掉了灯，他只能独自面对黑暗和沉默。

上午10:17

时间在单调枯燥的机舱中无声无息地流淌：在这里，空气质量和温度都是一致的，人们的讲话音量和活动范围也被限定到最小。有些人在这些限制中怡然自得，像在自己家里一样放松，他们早已关掉手机，电脑也装在行李箱里没有拿出来，他们喜欢不被外界打扰，要么阅读小说，要么傻笑着观看机舱里播放的情景喜剧。但也总有一些愿意忙个不停的人，他们不希望与地面的生活脱节，在这种情况下，他们的焦虑往往会被放大。

简从马克身边挤了过去。头等舱的座位前方有额外的放置腿部的空间，所以他不必站起来给她让路，但她觉得出于礼貌，他应该站起来，而不是像现在这样，迫使她不得不用屁股对着他的脸，从他面前经过。当简直起腰站在过道里时，她回头看了一眼，发现他的注意力依然凝固在笔记本电脑的屏幕上。自从登上飞机以来，这个男人不是花痴般地看着漂亮的乘务员就是盯着电脑，几乎从来没有抬起过头。

"上帝，"她想，"我的吸引力竟然还不如一只葡萄柚。"

她沿着过道向前，穿过分隔头等舱与经济舱的红色遮帘。经济舱座位全满，这里的乘客看起来似乎都有点不舒服，作为头等舱的乘客，简不由得产生了一丝愧疚感，她连忙飞快地按了一下自己的胎记。她的那位邻座会不会觉得愧疚呢？她认为大概不会。

"妈妈！"埃迪叫道。简循声望去，看见了她家的三位男性成员：一个已经白了头发，另外两个顶着卷毛爆炸头。

她向埃迪挥手致意，就像每一次分别之后再见到他那样，她的脑子里浮现出他还是个体弱多病的小婴儿时的模样，躺在婴儿床上哼哼唧唧，满腹抱怨，有时则会趴在布鲁斯的肩上踢踢打打。埃迪刚出生的那三个月，他几乎没怎么睡觉，那是简一生中最黑暗的时刻。在荷尔蒙的驱使下，她喜怒无常，乳房溢乳，每时每刻都充满了挫败感。她无法为小儿子提供有效的安慰，也没能在他面前成为乔丹一直所熟知的那个母亲。三岁的埃迪凝视着她的育儿睡袍，脸上满是恐惧和委屈，她也敏锐地意识到她自己失败了——她总是相信自己能搞定任何情况，而这件事证明她不能。她并非自己所认为的那个人，也不是她计划成为的那种人。

那一刻到来之前，她的成年生活始终都是平稳向上的，她早就知道自己想要什么，并且已经得到了它们：在文学杂志上发表故事、跟布鲁斯结婚、获得高薪的编剧工作、生下大儿子——她把幼小的乔丹绑在胸前，走到哪里就带到哪里。现在她却瘫坐在沙发上，满身奶渍，无法入睡、休息和思考，因为守着一个哭得撕心裂肺、停不下来的婴儿。

可是，当埃迪不哭的时候，他会变成一个笑容甜美的小天使，跟在哥哥身后，在公寓里爬来爬去。他比乔丹还喜欢依偎着她。有天早晨简醒过来，发现小宝贝埃迪趴在她的身上，正噘着小嘴一下一下地亲着她的脸，发出"么么"的声音。她开心地笑了起来，沮丧的心情从此一扫而空。

乔丹总是引人注目。作为哥哥，他在大多数情况下都更快、更强壮，但埃迪和乔丹会组成团队，共同行动。乔丹遇到不顺心的事生气时，埃迪是负责安抚他的人。埃迪喜欢弹钢琴，乔丹会为他作曲。埃迪用乐高积木搭建的城市从厨房一直延伸到前门，父母半夜去厕所时会被硌到脚，为了帮助弟弟设计更精致的乐高大都市，乔丹会跑到图书馆查阅建筑书籍。当乔丹开始悄悄地反抗布鲁斯的权威时——比如在该学习的时候偷偷溜出家门，或者比预期的时间晚十五分钟从博物馆回家——埃迪自愿成为共犯。当他们被门卫或者布鲁斯本人"抓住"时，埃迪总是会用他最甜美的童音说："对不起，爸爸。"布鲁斯的火气立刻就消了。简觉得埃迪的愤怒和眼泪可能早在刚生下来时就消耗光了，所以才会变得如此随和，而且也会微笑着进入成年期，就性格方面而言，乔丹像是摇摆不定的小船，埃迪则是风和日丽的海滩。

"你们在干什么呢？"简走到父子三人旁边问。三个人同时仰起头来看着她，表情全都很严肃。

"你在头等舱吃得更好。"乔丹说，"能把你的甜点分给我们吗？"

"当然可以。"简朝儿子们笑笑，她有点不敢看布鲁斯——她因为没有完成工作就跑到头等舱赶稿，不和他们坐在一起，不知道他是不是还在为此生气。

"你的剧本里有外星人吗？"埃迪问。

"没有。"

"有潜艇吗？"

"没有。"

"变异的猴子呢？"

"有，好几个呢。"

"也许你妈妈会写一个爱情故事。"布鲁斯说。

他用这种方式来按压她的胎记。十年来，她一直想写一部电影——风格安静、由对话驱动剧情，讲述在一个小时之内发生的故事——然而她这些年忙于接手更加有利可图的剧本改编工作，这个计划就被搁置了。现在一想到这部电影，她就觉得郁闷。她已经构思好了电影中的男女主角初次接吻的场景——只等把它写下来——想到这里，她不禁摇了摇头，因为她仿佛看到拥抱着心上人的男主角转过脸来看了她一眼，请快点，他的眼神在说，时间不多了。

机舱顶部的喇叭嗡嗡作响，一个声音说："我是本次航班的机长，我们将在接下来的二十分钟里穿过一小片暴风雨区域，因此可能会产生一些轻微的湍流。请各位乘客返回座位，直到我关闭安全带指示灯。"

埃迪抱起胳膊望向窗外。简不用看就知道，小儿子现在一定被突然涌出的眼泪弄湿了眼睛——妈妈又要回到座位上去了，埃迪很伤心，她也不好受。他多么想一直坐在妈妈的身边啊。

"对不起，宝贝。"她望着他稚嫩的肩膀说，"过几分钟我再来。"

"甜点，"乔丹说，"午餐送来的时候，别忘了留下你的甜点。"

她开始和乔丹握手，握手的方式很奇特，两人此前排练过多次，需要足足五秒钟才能完成，还得面无表情，不许笑。握完手之后，他开心地朝她点点头，她松了一口气，每次握手结束时她都会这样，就像是通过了某种考验，让她觉得自己仍然处于母子间的小圈子之内，没有被排除在外。问题在于，她时常需要经历这样的测试，出现一次失误就有可能让她被抛弃在路边。

返回头等舱座位的途中，她从那个穿着带铃铛的裙子的女人旁边走过。过道太狭窄，为了避免相撞，两人不得不分别侧着身子，但她们的身体还是碰到了一起，在某个瞬间甚至鼻尖对着鼻尖，然后是肩膀擦过肩膀，她们的腰部以下轻轻响起铃铛的声音。

"我喜欢你的裙子。"简说。她知道其实自己并不喜欢，但不知道还能怎么说。她很尴尬地发现自己脸红了。

女人上下打量着简，研究着她的开衫和牛仔裤、长到下巴的头发。"谢谢。"她说，"我看到你和你的孩子们在一起，他们很可爱。"

简微笑道："他们曾经很可爱。我不知道他们现在是不是依然可爱。"

"好吧，我觉得他们很可爱。"

"非常感谢。"

对话显然结束了，但简在离开前有点犹豫。那一刻，她想要说些什么，却不知怎样说才合适。甚至当她回到座位上时，都仍然觉得自己还站在经济舱的橙色地毯上思索着措辞。"人们竟然付钱雇我写对话，"她想，"我真是个可怕的骗子。"

本杰明看着两个在过道里摇摇晃晃的女人，她们站在他前面大约六英尺的地方。他听不到她们的对话，但看得出两个男孩的母亲的脸红了。刚才他无意中听到了男孩们的白发父亲跟儿子们的谈话。在本杰明眼里，像他们这种核心家庭——全是白人，由父母和两个孩子组成——无异于博物馆中的展品。他们说话的时候就像在演舞台剧，仿佛还没出生时就开始背诵一部描写幸福家庭生活的剧本。看到母亲走开，那个小男孩竟然哭了，本杰明忍不住想："你没在开玩笑吧？她只是回到她的座位上而已。"

当然，他相信统计数据，知道世界上存在这种类型的家庭，但他很少在自己出生的地方见到这样的人。在军队里，大多数士兵的家境都不太理想，没人认为自己的家庭生活多么幸福，本杰明也不例外，而且他还听说过更糟的，比如有一位中士就喜欢问他手下的新兵："谁把那把枪放在你手里的？你自己还是你爸爸？"

两个女人分开之后，那位菲律宾女士从他身边经过，裙子叮当作响。过道对面那位白发父亲把手放在大儿子胳膊上，男孩笑了起来。本杰明想出一个词来总结他的观察结果——放松。这家人相处时非常放松，彼此间不存在任何戒备、担忧和保留。他能看出这位父亲从未打过孩子。假如将暴力比作投进平静水面的石头，那么擅长发现涟漪的本杰明可以肯定，这个家庭中丝毫不存在暴力的痕迹。

加文就是在这样的家庭中长大的，这也是他拥有那么多泛泛之交、喜欢不好笑的笑话的原因。他父亲是牙医，很可能双手柔软，时常露出略带紧张的微笑。本杰明觉得加文的母亲肯定是个和蔼可亲的妈妈，经常烤饼干，会为自己的旅行车买最昂贵的轮胎。他忍不住想：我本来很愿意见到他们的。

佛罗里达看着那位面容疲惫的母亲走远。她想给她一个拥抱来着，至少碰碰她的肩膀。因为这位女士浑身上下的细胞似乎都在渴望一个拥抱——她和她的家人习惯于活在理智之中，无论做什么都要精心计划。佛罗里达见过她丈夫，那是个聪明的犹太人，她猜想他们可能在性生活方面不会选择过于理智的体面方式，但不知道在拥抱和亲吻方面多花时间。她相信，那些紧张自闭的人可以从某些有助于放松的药物中受益，他们不知道如何破除困住自己的界限，他们需要亲自消除束缚。假如佛罗里达身上带了蘑菇，她会把它们塞进这位女士的包里。

她回到座位上时，飞机抖了一下。

"怎么了，小猫咪？"佛罗里达问。她知道不能用药来解决这个女孩的问题——琳达看起来像刚才那位女士一样焦虑，而且她还衣衫不整，能量流动混乱，迷幻药只能让她失控，或许几秒钟之后她就会高声尖叫，赤裸着躺在大街上。

琳达收回望向窗外的视线，睁大眼睛盯着佛罗里达。"我不知道为什么我会告诉你这个。"她说，"但我又不能对其他人说，我必须大声说出这件事。"

"没关系，说吧。"

"我怀孕了。"

佛罗里达注视着女孩。鲍比一直想要个孩子，她不得不偷偷避孕，以免真的为他生下孩子。当他提到这个话题的时候，她就意识到，他要孩子不是为了去爱，而是打算按照自己的形象塑造孩子，让他服从自己的命令。为了取悦他，她已经做出了尽可能多的让步，然而在他眼中，她的思想、喜欢的歌曲以及每天在树林里散步的爱好都是缺乏家庭责任感的表现，简直等同于犯罪。

鲍比始终担心，诸如美元贬值和气象灾难之类的种种问题会导致社会崩溃，因此他需要培养追随者和门徒。佛罗里达相信，一旦她生下一两个孩子之后，他就会把她逐步淘汰出局，把她从他的家庭里撵走，退出他的计划和他的生活。

世贸中心双子塔楼遭到袭击时，鲍比已经在曼哈顿的一家保险公司工作了许多年，这件事完全改变了他的人生。他辞去工作，卖掉西装，在布鲁克林做了餐厅服务员，佛罗里达正是在这个餐厅遇见了他。当时她是一家针灸诊所的秘书，还在一支全部由女性组成的蓝调乐队里做歌手。她被鲍比吸引，是因为他谈到了真相的重要性；他很聪明，博览群书，有个性感的小屁股，还能精准地解释为什么资本主义是邪恶的。鲍比说，他邻居家的九十二岁老太太被赶出了居住了五十年的公寓，这样地产商就能建造一座新的高层建筑，赚更多的钱。这也是佛罗里达和她的朋友都买不起健康保险的原因——医疗保险行业与提供医疗保健无关，它的最终目的是从每个人那里榨取最多的钱财。鲍比的口才迷住了佛罗里达，她见过无数英俊的瘾君子，他们的口头禅是："噢，伙计，你知道我的意思，对吧？"——再加上他性感的屁股，她决定接受他。

"占领华尔街"运动开始的第一周，两人一起来到祖科蒂公园，在那里一直待到四周后纽约市长布隆伯格——那个卑鄙的法西斯——派来垃圾车。鲍比曾经参加过好几个计划委员会，还经常在集会中被捕。佛罗里达为抗议者做饭，分发毛毯、牙刷、避孕套和卫生棉条。她还加入了抗议者组建的乐队。这是那年秋天她最快乐的一段时光：那么多善良、充满希望、努力奋斗的人，用纯洁的声音演唱，她过去始终相信音乐的力量，现在见到了活生生的证明。人们试图改变甚至勇敢抛弃被奴役的悲惨生活，来到这个公园，歌颂一个更美好的世界，这些歌曲塑造了他们的当下，也是礼物，佛罗里达很少见到如此完满的状态。

飞机剧烈地颤动了一下，琳达紧抓着扶手，指关节都变白了。

"我还没准备好这个。"她说。

她用自己做表演者时的经验安慰女孩，鼓励她不要失去信心，但无意中也流露出了她的怀疑，因为她已经从琳达的表情中看到了这一点。

2013年9月5日

学校离家只有三个街区，但贝莎还是开车送孩子们上学。"变态和傻瓜会跟着你，对你说些不可理喻的话。"她冲着后视镜说，"不过，圣诞节来临前，他们就会忘记这件事，不再跟着你。所以，你一定得明白，这只是暂时的。记者们也会像果蝇一样闻着味道飞过来，还有传教的，这是最糟的，无论他们讲得多么天花乱坠，你都不要听，礼貌地笑笑，然后请他们走开。"

莱西坐在后排，爱德华觉得她今天有点怪，一动也不动，仿佛变成了石头。这天早晨约翰在浴室洗漱时，她靠在厨房桌子旁边低声对男孩说："我把今天播的《综合医院》录下来，等你放学后，我们一起看，好吗？"他点点头，她也冲他点点头，表情凝重。爱德华想知道自己上学后，她一个人会在家里做什么，从她僵硬的肩膀姿态判断，她也在思考同样的问题。

他发现贝莎也瞥了一眼莱西。"今天对他们来说很重要。"他想。"他们"包括莱西、贝莎、谢伊和约翰，还有留在车道上向他挥手的那些人，就好像他即将踏上一段危险的旅程，可能永远回不来似的。

爱德华想，普通人就是会这样，这也解释了为什么车里的气氛如此奇怪。这是他第一天上学，终于不再有身心破碎的毁灭感，他的心在胸腔里稳稳地跳动，虽然脑袋还会咔嗒作响，但他又可以从容自如地呼吸了。

"你以前也去教堂的，妈咪。"谢伊说。

"那时候我还没恢复理智，我在墨西哥被洗脑了。"

谢伊在座位上扭来扭去，坐立不安。她和她母亲花了三天时间争论她该穿什么衣服返校，最终达成了一个效果存疑的妥协：贝莎为谢伊选了一条粉红色荷叶边的短裙，谢伊为自己挑出一件蓝色棒球T恤。不过，这天早晨，谢伊特意让母亲给她梳了辫子，爱德华在前门的台阶上看到了这一幕：贝莎的手深深插进她的头发里，谢伊的头向后倾斜，闭着眼睛，像一只被人摸舒服了的小猫，母女俩罕见地一语不发，但两人之间的氛围非常融洽。

谢伊说："你说的话会让爱德华很紧张，他不应该紧张，因为这个学校里的小孩都是白痴，他们不配被人搭理，我很清楚这一点——我从五岁开始就跟他们在一块儿了。"

"我不紧张。"爱德华说，但他知道她们都不会相信他。

"你最好还是不要在家自学了。"谢伊说，"整天坐着看书。"

爱德华耸了耸肩。他父亲很早就向他和乔丹解释过他为什么反对学校教育。"虽然学校并非十分糟糕，"布鲁斯说，"但它像个大熔炉。每个班级至少有二十五个孩子，这意味着学习效率低下。如果你很聪明，你会因为其他孩子无法与你步调一致而被拖慢速度。而且由于学生太多，他们会像管理工厂那样管理学校，甚至说是管理监狱也不为过。你就像被安置在生产线上，无论做什么都要排队，每天只能在高高的围栏圈起来的院子里放一次风。这些都不利于深层思考和提升创造力，当你开始深入研究某个课题，立刻就会响起警铃，让你停手。"布鲁斯挠挠头，他激动起来的时候喜欢这样。"所以，这对你们来说有意义吗？"听完父亲对学校教育的抨击，八岁的乔丹和五岁的爱德华耸了耸肩，但到了深夜，在家完成了一整天的数学题和钢琴练习之后，他们也会想："我敢打赌，上学比这好多了。"

"我想去谢伊班上。"爱德华说。他穿着灰色的裤子和莱西给他买的正装白衬衫。他从来都不在乎穿什么。事故发生后，莱西为他购置了一柜子的衣服。她的穿衣风格与他母亲不同，爱德华过去大多穿浅色外衣、运动裤和乔丹穿不下的滑板 T 恤，现在他穿紧身牛仔裤、白 T 恤和休闲裤。

贝莎把车停在校门口。"小可怜，"她说，"别担心，你会和谢伊在一起的，我们已经安排好了。"

这座建在镇上的中学——包括初中部和高中部——是一座庞大的砖结构建筑，他们停车的地方是初中部的入口，高中部的入口在教学楼的另一侧，教室设在最高的两层楼上，初中生则占据了较低的楼层。爱德华走进教学楼，眼睛始终盯着谢伊穿了蓝色衬衫的背部，努力保持平衡——他不再需要拐杖，但双腿还不够强壮。他觉得学校应该像是电影里那样的，这个学校恰好符合他的预期：前门附近有几个办公室，走廊里贴着瓷砖，设有矩形储物柜和一排排的教室门。但这里跟爱德华此前的学习环境截然不同，在纽约时，他在客厅的沙发和高低床上读书，在厨房的桌子上做数学题，他父亲则在一旁做饭。

他在长长的走廊上小心翼翼地走着，身边是嬉笑蹦跳的孩子们，周围的大人不得不提醒他们慢点儿。"孩子们！"一个大人叫道，"不要急！"

"他不是在和我说话。"爱德华想。

爱德华的耳朵咔嗒咔嗒直响，他跟着谢伊来到一间教室，坐在她的旁边，看着老师在黑板上写下三角形的面积公式，他早就知道这个公式，几年前父亲就教给他了。几分钟后，爱德华意识到自己就能教这门课，数学对他来说就像呼吸一样简单。然后他来到另一间教室，教课的是个女老师，穿着淡紫色的衣服，她时常环顾整个教室，但似乎就是不去看他。接着爱德华来到一个吵闹的自助餐厅，谢伊告诉他该怎么用托盘，他啃的肉饼跟他的裤子是一个颜色的。

他有一种被嗡嗡作响的蜜蜂追逐的感觉，来自四面八方的噪声将他团团围住，有的从天花板上下来，有的又从地板上升起。

谢伊叉起一块炸土豆，说："我们就像是在霍格沃茨的大厅里吃饭——哈利上学的第一天，人人都在交头接耳地谈论他。"

"我可没做过什么值得别人交头接耳的事。"爱德华说。

"就这方面来说，你做得跟哈利一样多。"

发现他还在看着她，谢伊解释道："像他一样，你也逃过一劫。"

"噢，"他想，"没错。"

走出自助餐厅时，有人在爱德华肩膀上拍了一下。他回过头去，看见一个留小胡子、棕色皮肤的男人。

"阿伦迪校长。"谢伊说。

"下午好，谢伊。"校长说，"爱德华，你能来我办公室说几句话吗？"他又看向谢伊，"我保证把他安全地送到下一节课的教室，别担心，小姐。"

爱德华跟着阿伦迪穿过拥挤的大厅，爬了两段楼梯，穿过另一个大厅，这里的孩子看起来臃肿呆滞，爱德华意识到他们是高中部的学生。男孩们的声音越来越响亮，两个孩子在旁边互相嘲笑，爱德华畏缩了一下，但学生们看到校长走过来，压低了声音，好几个人跟校长打招呼，然后看了爱德华一眼。阿伦迪校长领着爱德华走进一处安装着毛玻璃门的房间，随手带上门，走廊里的喧嚣声低沉下去。

房间和窗台上摆满了大大小小的各类植物，连天花板上都挂着绿色的植物，有些叶片肥硕，还有的叶子细长，茎秆高挑，其中的两盆开着粉色的小花。空气里有股潮湿发霉的味道。房间中央的办公桌在这个温室般的地方显得格格不入。

阿伦迪校长笑了笑："我喜欢把大自然带进室内，有点像个园丁。"他把双手搁在面前的桌子上，"爱德华，通常有新同学加入我们时，我会在第一天就通过喇叭宣布这个消息，请大家欢迎新伙伴，但我没有这样对待你，因为我觉得你不会要求或希望得到任何额外的关注。不过，我想知道我能做些什么来让你在这里觉得更舒服。"

"不用了。"爱德华说。"我在哪里都不舒服。"他想。

校长顿了顿，盯着爱德华头顶的某个方向看了片刻，那里的文件柜上摆了一大盆橙色的花。"你今年春天参加了标准化测试。"他说，"我猜这应该是你爸爸安排的。你的分数非常高——甚至满足了跳级的条件。"

爱德华在椅子上挺直身体："我不想跳级，我想跟谢伊在一起，拜托。"

"你姨妈和姨夫早就知道你会这么说，那就这样吧。"

爱德华发现阿伦迪期待地看着他，于是说："谢谢。"

"让我问你一个问题，年轻人。"

爱德华紧张起来，他觉得对方的问题肯定是关于坠机事故的。

"你对植物有什么看法？"

爱德华花了一秒钟才理解对方的话："你是说植物吗？"

校长点点头："它们是构成我们生态系统的基础。"

爱德华以前从来不曾特别注意过任何植物，他母亲在厨房里养过一盆吊兰，但他一直觉得它是家具的一部分。

"每年我都会请几个学生帮我照顾这些漂亮的小东西。"阿伦迪指了指房间里面，"也许你可以成为我的第一个志愿者？"

"好的。"爱德华说，因为这似乎是唯一可能的回答。

"需要你的时候，我会告诉你的。你现在可以走了。假如你在学校遇到任何问题，爱德华，都可以来找我。"

莱西和贝莎在车里一起等着接他放学，她俩是最早过来的，所以汽车停在最靠近校门的位置，幸好如此，因为停车场挤满了车和人。贝莎打量着爱德华的表情。

"今天暂时没人过来烦你，对吧？"

他点点头，爬上后排座。

她朝拥挤的停车场挥了挥手："你瞧见整个镇子有多么无聊了吧？他们把你当成不明飞行物来围观。"

她说得没错。全镇的人似乎都来了，停车场里的每一双眼睛都盯着他们的车，他一定是这所学校有史以来最受关注的学生。孩子们的母亲、父亲、祖父母、叔叔阿姨们全都出现了，甚至还有远道而来的亲戚，他们打着接孩子放学的旗号，实则是来看爱德华的。此外，教学楼外面还有一大群挤挤挨挨的青少年堵塞了初中部门口的通路，他们号称是来接自己平时没空照顾的弟弟妹妹的。这群男女老少假装对爱德华一行人漠不关心，其实根本无法控制自己的眼睛，比如一对夫妇就肆无忌惮地盯着他们看，无数手机摄像头对准了爱德华的方向，有个青年甚至背着一台老式相机爬到了树上。到处都是窃窃私语。"他在那儿。就是那个孩子。是他！"

爱德华注意到了那些手机和相机，不由得想起自己在谷歌搜索上的热度，他默默地数着，十二万零一，十二万零二，零三，零四，零七……二十二……总之，他现在的形象会被拍下来传到网上：穿着古板的校服，瘦削疲惫——由不同角度拍摄的照片即将占领 Instagram、脸谱网、汤博乐和推特。

"难道他们没有更好的事要做吗？"莱西说。

"傻瓜。"贝莎说。因为交通堵塞，汽车只能一寸一寸地向前移动，爱德华那一侧的车窗旁站着个看起来像是善良老祖母的女人，拿着手机疯狂地拍个不停。她抱歉地朝爱德华笑笑。

贝莎按了一下汽车喇叭，这位女士吓了一跳。

"我的牙医在那边。"莱西说，"我知道他没有孩子。"

爱德华想要说些什么，让她们知道他没事，因为他清楚她们在为他感到不安，然而这一天似乎让他的能量全部耗尽，下巴不听使唤。

"嘿。"当他们终于离开了拥挤的学校时，谢伊说，"怎么没人关心我？有谁打算问问我七年级的第一天过得怎么样？"

车内的紧张气氛瞬间被她打破了，三位女性同时笑了起来。莱西笑得直揉眼睛，如释重负。当他们在离学校一个街区的地方遇到一群修女时，三个人甚至笑得更厉害了。一身黑衣的修女们冲着汽车的方向点了点头。

晚餐时，莱西说："下周三会过来一辆搬家卡车。"

约翰和爱德华看着她。他们的晚饭是烤宽面条和沙拉。事故后掉了八磅肉的爱德华已经长回了六磅体重，并且慢慢开始进食正常的饭菜。他有时会真的觉得饿，讶异于腹部那种啃咬般的感觉。他知道姨妈特意选择了尽可能增加热量的烹饪方式。一天早餐时，约翰抱怨牛奶的味道奇怪，莱西说她在里面加了腰果粉，从而使牛奶更黏稠。约翰看着她，仿佛她已经失去了理智，爱德华咯咯地笑了起来，这是他"脱胎换骨"之后的第二次笑。

"你们……我们要搬家吗？"爱德华压抑不住声音中的恐惧。

"噢，不，我很抱歉。"莱西迅速说道，"我不应该那样说的。"

"我们不搬家。"约翰把一只手放在爱德华的肩膀上。

"卡车要把我们在奥马哈租用的储物间里的箱子运过来——搬家工人把你家的东西存放在那边了，当时我们正在想办法处理它们。家具之类的大件物品会卖掉，个人物品周三送过来。"

"你打算把它们放在哪里？"约翰说，"我觉得可以放进地下室。我只需要把里面的东西挪一挪。"

"我想把它们放在楼上，在爱德华的房间里。"莱西看着她的外甥，"你觉得怎么样？地下室里太黑了，我觉得需要一些时间才能整理完。"

爱德华迷惑了一会儿才明白姨妈的意思。他从来没在儿童房过夜，将来也绝对不会，但姨妈似乎需要相信那个房间是属于他的，于是他说："当然，没关系。"

"也许你会想和我一起整理那些箱子。"莱西说，"你的个人物品也在里面。"

"也许。"爱德华说。搬家卡车现在应该载着那些箱子，在这个傍晚穿越美国中西部，开往错误的方向——箱子本来应该直接从纽约运到洛杉矶的，可它们却半途而废，在某处仓库滞留了三个月，现在又回头了。爱德华回想着箱子的外观，而不是里面的东西。他记得它们整齐地堆在纽约公寓的起居室里，等着搬家工人过来。他母亲花了好几个星期精心打包，假如他和乔丹打开某个箱子翻找里面的衣服或者书，都会遭到她的呵斥。

爱德华逼迫自己不再去想那些箱子和他的母亲，跟姨妈姨夫打过招呼之后，他离开饭桌。在起居室，他发现约翰的平板电脑躺在沙发上，他的本能反应是想把它抓过来，塞进胳膊底下，然后拿到谢伊家，但他一动不动地看着它。约翰姨夫现在独自待在厨房里摆弄咖啡壶，准备第二天早晨的咖啡，同时低声哼唱着一首舞台剧的曲子。为了甩掉莱西做的饭带来的多余热量，约翰现在开始晨跑了，还下载了好几部百老汇舞台剧在跑步时听。现在他在楼上溜达或者准备早餐时能唱出《歌剧魅影》和《你好，多莉！》里的片段了。

"不要为我哭泣，阿根廷。"爱德华走回厨房时，他对着男孩唱道。

"我觉得我现在还不能上网。"爱德华说，但他不知道接下来该说什么。

"我同意你的看法。"约翰说。

"但你能不能每隔一段时间就把你觉得我应该知道的消息告诉我？我认为你可以决定……"爱德华不知道该怎么说，我知道你在关注坠机事故的新闻，还有关于我的网络新闻，但他不能承认自己曾经偷走过姨夫的平板电脑。

约翰靠在柜台上，双臂交叉在胸前："你希望我能够让你及时了解网上发生的事情，但你不必知道或看到任何细节。"

"我想是的，是的。"

姨夫盯着他看了一会儿，似乎在考虑究竟该怎么办："我相信你已经意识到了，因为你现在开始上学了，重新进入公众视线，网上肯定会出现你的新照片，很可能还有视频，不过，我不希望出现新的内容，爱德华，尤其是违背事实的谣传。人们会声称在哪里见过了你或者假装认识你，就像他们在事故发生之后做的那样，但这些消息完全是捏造的。"

"他们说在哪里见过我呢？"

约翰叹了口气："到处都有。有个男人说他在阿巴拉契亚的山道上见到过你，你牵着一条黄色拉布拉多，正在徒步旅行，还说他跟着你走了好几个星期。也有人说看见你在普莱西德湖游泳、你出现在纽约的某个艺术博物馆……甚至爱丁堡。"

爱德华脱口而出："谢伊和我在网上搜索过乔丹。"

约翰安静了一分钟，说："关于他的内容不多，对吧？"

"是的。"

"这事交给我吧。"约翰说，"我会让你知道网上有什么新闻，当然是在限定范围内。但我希望你明白，我不会把那些连你自己都不知道的网络传言告诉你。你的生活你自己最清楚，与你不相干的人一无所知，网上到处都是不分青红皂白的愣头青，还有喜欢造谣的可怜虫。"他顿了顿，"我爱互联网，或者说至少曾经爱过，但那里不是你寻求真相的地方。"

爱德华几乎要问：你在哪里寻求真相？然而这个问题对他来说实在太大，难以言喻，所以他只是道了晚安，然后去了隔壁的谢伊家。

迈克医生办公室的窗外，有一棵枝繁叶茂的大树，树干是接近制服的那种棕色，坚固粗壮，它看起来比它周围的树更像树，仿佛是为了设置电影布景而精心制作的道具。爱德华打心眼里喜欢"这棵树可能是仿造的"这个假想，因为他觉得自己就像个一半身体由塑料制成的假人，用来扮演"从悲剧中恢复过来的人类男孩"这一角色。当他坐在平时坐的椅子上时，越过心理医生的肩膀就能望见这棵大树。

迈克医生说："你现在经常想起哪些事？它们发生在事故之前还是之后？"

"之前。"

"列举一些你记得的事情。什么都行。也可以是片段。"

爱德华闭上眼睛，思索了一秒钟，在脑海中看见自己的琴谱摊放在钢琴上，于是他说："我准备学习一段新的钢琴曲，拉威尔的《幻影》。"

"我不知道你弹钢琴。跟我说说这篇作品。"

爱德华皱起眉头："我还没开始学，老师说他不确定我已经做好了准备。这段曲子里包含非常快的颤音和很多八度跳跃，右手需要弹奏许多双音符音阶。"

爱德华低头看着自己的手，指关节在皮肤下显得格外白皙，看起来不像曾经每天下午练习钢琴的那双手。他相信，假如自己现在坐在钢琴前，肯定无法演奏他学过的任何乐曲。自从坠机事故发生，他连手指的感觉都不一样了，脑袋里早就没有了音乐，而且现在他意识到自己一直在等待乐感的回归，但他就像一只逃脱了皮带束缚的狗，实际上永远不会回归，一去不复返。喜爱音乐的是埃迪，而不是爱德华。

迈克博士说："看来你学琴的态度很严肃。"

"我不想谈这件事。"爱德华说，尾音不由自主地扬起，因为他在这个办公室里通常都用机械单一的语调讲话，两个人都惊呆了。

"别告诉我姨妈和姨夫。"他说。

"他们不知道你弹钢琴？"

"是曾经弹钢琴。就算他们知道，恐怕也已经忘了。"

迈克医生看起来好像想说些什么，后来却没说。

"我不喜欢所有的这些事。"爱德华说。

"所有的什么事？"

"事故发生之前，一切都很好，现在结束了。我们为什么还要提以前的事呢？"

"现在当然没必要。"医生说，"我只是不希望你阻隔所有的记忆，以前的事都很好，这意味着它们拥有强大的力量，我们现在需要打下新的基础，假如你允许自己回忆这些事情，甚至在某些时候从中获得快乐，它们就能成为基石，好比构成基础的坚固砖块。"

爱德华陷进椅子里，闭上双眼。

他只能听到迈克医生的声音，看不到他。"今天就到这里好吗？"

医生问。

"好的。"爱德华说，"就到这里。"

星期三下午，他们从学校回到家，看见一辆白色的长方形卡车停在屋外，两个身材魁梧的男人在草坪上吃力地搬着一只巨大的箱子。爱德华条件反射地转过身去，不想看到这一幕。

谢伊拍了拍手，说："我想帮忙拆箱子。"

"我也会帮忙。"贝莎说，语气和女儿一样兴奋，"我们大概今天就能干完大部分的活儿。"

"哦，好吧，我——"莱西看起来很慌张——"其实我还没想好是不是要今天下午开始……"

听到她的话，爱德华点了点头，因为下午放学后他基本上都要和姨妈一起看她录好的《综合医院》，而且现在剧情发展到了关键节点，卢克和劳拉的儿子拉奇失踪了。

"我们应该彻底清点。"谢伊对母亲说，"记下每个箱子里有什么东西。"

"很好。然后你来决定如何处理这些物品。"贝莎说。

莱西和爱德华对视了一眼。"可以吗？"莱西问他。

莱西和爱德华无奈地跟着贝莎母女走进房子里，室内的箱子很多，远远超出他们的想象，从儿童房一直铺排到楼上的大厅里。贝莎去隔壁拿回来一大把看起来像是手术刀的东西。

"你不用在这里看着。"谢伊对爱德华说，"如果你不想，那就别看。"

男孩点点头，但没有动。他看着谢伊切开一个侧面写着号码"1"的箱子，他见过母亲写下这个号码。

"厨房用品。"谢伊说，然后从箱子里拿出一张纸。"噢，一张清单。"她赞赏地晃了晃脑袋，"非常有条理。我们来看看。咖啡杯、水杯、餐具、甜点盘。"

他母亲喜欢的马克杯在这个箱子里，杯子上印着个红色的气球，来自她喜欢的法国电影；爱德华最喜欢的高筒直身杯也在里面，还有他们平时搁在床头柜上的比较小的茶杯，那是用来半夜起来喝水的。

爱德华向后退去，经过姨妈旁边——看着贝莎和谢伊忙碌的身影，莱西正在犹豫不决，她的脸色苍白，上面的雀斑像是在呼救。她碰了碰爱德华的胳膊，瞥了他一眼，他觉得她的目光中饱含歉意，仿佛在说，我可能没有想到这一点。他可以感受到她的想法。

他扁平的内心再次翻卷起来，变成一件斗篷，他先是觉得腹部有种奇怪的感觉，然后是胸膛。爱德华低头看着他的灰裤子，还有白色的"布鲁克斯兄弟"衬衫上的纽扣。

"莱西。"他说，紧接着被自己的脱口而出吓了一跳。

爱德华这才意识到自己平时很少跟她说话，尽管他们每天下午都会并排坐在沙发上，但几乎没什么交流。爱德华喜欢他的姨妈，但他觉得她比约翰更难以预测，而且总让他想起母亲，让他想把目光移开。从某个特定的角度看过去，她跟他母亲有着80%的相似度，不过大多数情况下，相似度只有令人沮丧的20%，只能提醒男孩他失去了什么。因此，当爱德华需要什么东西时，他更倾向于告诉姨夫。

"怎么了？"她问。

"我想要箱子里的衣服，我的衣服和乔丹的衣服。如果你不介意，我想穿这些衣服。"

"啊。"莱西上下打量他，脸色变了，"你不用……我明白。当然可以。"

"交给我吧。"谢伊的声音从一大摞箱子中间传来，"我会找到它们的，很快。"

当天晚上，爱德华穿着自己的格子睡裤和哥哥的红色 T 恤躺在睡袋里。他已经把莱西给他买的衣服放进了包里，只有每隔一段时间必须让姨妈开心的时候他才会穿上它们，否则他都会穿着自己原来的衣服和哥哥的衣服——上面依然带有乔丹微弱的气味。

他听谢伊读着《哈利·波特》，每天晚上她都会读一章，身心俱疲的爱德华无法把书中内容与自己的经历区分开，仿佛他真的变成了作品的主人公。

"嘿。"读到某个段落的末尾时，谢伊说。

"嘿。"爱德华睡眼惺忪地说。

"看到那些箱子时，你的伤疤疼了吗？"

"没有。"

"嗯。"她似乎并不气馁。"当你遇到重要的事情时，你会感觉到疼的。"她说，"我知道你会的。"

爱德华闭上眼睛，听着谢伊的声音。她是一个不错的朗读者，知道应该在什么地方采用夸张的语调、在什么地方压低声音效果更好。乔丹也曾给他读故事听，虽然不太经常，但当他读到某本小说中特别有趣或者可怕的部分时，会大声重复。睡衣贴在爱德华身上，感觉非常柔软，他一动不动，假装自己还是那个睡在哥哥下铺的男孩。

一天早晨，姨妈问："那些箱子里有没有暖和的外套？"爱德华这才注意到，现在几乎已经是冬天了，他从衣橱里拿出乔丹的那件橙色风雪大衣，对他来说，这件衣服实在太大，但袖子长出来的部分足以替代手套，兜帽遮住了大半张脸，他喜欢这样。他试图无视季节的更替。第一个孤独的秋天已经过去，现在来到了第一个孤独的冬季。

他的生日、圣诞节和光明节——他家这两个节日都会庆祝——很快就要来临。迈克医生告诉他，注意不到时间流逝的状态叫作"神游"。"这在创伤受害者中很常见。"他说，"他们会一连几个小时甚至几天都恍恍惚惚。虽然也照常过日子，但他们的大脑似乎无法记录这些经历，根本注意不到时间的流逝。"

"我宁愿每天都处于神游状态。"

迈克医生耸了耸肩，说："一个接一个的节日马上就会到来，我也宁愿你在这种状态中度过这个节日季。"医生的善意让爱德华心中酸楚，但他很难哭得出来。自从出院以来，他就很少哭，眼泪似乎赖在脑袋里不肯走，也可能是不知道从哪条管道出来。因为他在想哭的时候总觉得鼻窦疼，爱德华再次揉起了鼻梁。"我们今天就到这里好吗？"男孩问。

"不。"

"不？"

"上星期你告诉我乔丹应该活下来，而不是你。为什么这么想？"

爱德华的全身都在痛苦呻吟，但他的嘴发不出任何声音。窗外的树叶已经褪色，蜷缩了起来，有些掉到了地上，而上次他过来的时候叶子还是红色的。

爱德华知道迈克医生正在看着他。"因为。"他说。

"因为什么？"

爱德华想："你为什么要逼我回答？"

迈克医生摸了摸帽子边缘，爱德华现在已经知道，这不是什么信号，只是一种习惯和无意识的动作。

医生说："对不起，爱德华。但我不能让你继续自我封闭下去了，对外可以，但在这里不行。"

我可以离开，爱德华想。但他还是用听起来很恼火的语气说："乔丹活得像个真正的人……他知道自己是谁。人们喜欢他。他总是忙着做这做那。都是重要的事情。比如在机场过安检的时候，他会拒绝使用扫描仪。他选择吃素食……"爱德华的声音越来越小。

　　"飞机坠毁时你才十二岁。"迈克医生说，"而乔丹已经十五岁了。这是由于年龄的差异。你哥哥十二岁的时候也会拒绝使用扫描仪吗？"

　　爱德华想了一下："没有。"

　　"当你十五岁的时候，你也可以选择做很多事，爱德华，但你只有十二岁。死里逃生的经历已经让你比你哥哥更令人关注了，人们都想跟你说话，不是吗？"

　　这是真的。爱德华每个星期三下午都会去校长办公室，当他拿起蓝色旧喷壶，给一盆又一盆的植物浇水时，阿伦迪校长会告诉他每株植物的名称和历史。在科学实验室里解剖青蛙时，有个矮个子小男孩对爱德华说，他长大后要做歌剧演唱家。他去办公室交作业，校务秘书告诉他，她出生在佐治亚州，小的时候，她和妹妹每天下午放学后会去喂两条野生短吻鳄。"它们最喜欢'神奇面包'。"她说。使用隔壁储物柜的那个女生告诉爱德华，她有个六岁的妹妹，从来没有大声说过话。

　　迈克医生说："他们希望跟你分享一些与众不同的东西，因为你经历了非凡的事情。"

　　爱德华没说话，因为他不知如何回应。医生说的千真万确，他不会浪费时间来论证。

　　一天下午，谢伊回学校去拿一本忘记带走的书，爱德华独自留在路边等她，巴士刚刚离开，停车场零散地停着几辆车。圣诞假期已经开始了。爱德华在橙色外套中簌簌发抖，这件衣服太大了，四处灌风。他觉得小腿痒，就弯下腰去挠。腿上的疤痕已经到了愈合的新阶段，这令他困扰，它看起来就像一张紧抿的嘴，他不敢用力去碰，以免弄疼娇嫩的皮肤。

他听到一个男人说："嗨，爱德华——你不认识我，我叫加里。"

爱德华站立不稳，急忙摇晃着寻找平衡。重新站稳之后，他看到一个穿牛仔裤和厚毛衣的中年男子出现在几步开外的地方。

"我的女朋友在那架飞机上。"男人眨了眨眼睛，他的头发和胡须都是暗金色的。"打扰到了你，我很抱歉。"他说，"但我是从加利福尼亚开车到这里来的，我必须对你所经历的事情表达敬意。"

爱德华环顾四周，附近没有其他人。

"我想知道你是否在飞机上看到了我的女朋友？我猜你就坐在她附近；我研究了座位表。大家都说你是因为座位的位置幸存下来的，琳达的座位离你不远，大概就在你前面几排的过道另一侧。"

爱德华咽了咽口水，脱口问道："她长什么样？"

"她二十五岁，白人。当然，我也许没必要加上这两个字，但我有位教授说过，如果你没有提到白人是白人，那就是种族主义，因为我们说起黑人时总要强调他们是黑人。她有一头金发。"他飞快地眨着眼睛，"等等，我真是个白痴。"

他从口袋里拿出手机，手指划拉了几下，立刻递给爱德华看，因为速度太快，男孩不由自主地畏缩了一下，然后才看到屏幕上有一张金发碧眼的年轻女人照片，她坐在公园的长椅上，穿着一件看起来像是用花边拼成的毛衣。

爱德华觉得心里一紧，想起迈克医生说："你现在经常想起哪些事？它们发生在事故之前还是之后？"为了逼迫自己只想起事故之前的事情，他已经非常努力，但这张女人的照片让一切努力都白费了。他确实记得她，她坐在前面几排，还和乔丹一起排队上过厕所。她经过爱德华所在的这一排时，还朝他笑了笑，那个微笑与照片上的笑容一模一样。

找出照片之后，加里似乎平静了许多。"那一天，我准备向她求婚来着。"他说，"我打算把订婚戒指带到机场去。"

"我确实见过她。"爱德华说，猜测着成年人可能愿意听到什么样的话，"她看起来是个很好的人，很兴奋，也很开心。"

从男人的表情来看，他猜得不错。"谢谢你。"加里说。

爱德华颤抖着将双手埋进大衣口袋："你一路开车过来，就是为了问我这个吗？"

加里点点头："他们建议我休个假，所以我只能坐在公寓里喝着雪碧，列出我想知道答案的所有问题。它们快把我逼疯了，我突然想到，你可以回答其中的一个问题，于是我就开着车过来了。"

爱德华想："原来如此。"

"不知道这样问是不是有点鲁莽。"加里的眼睛再次飞快地眨了起来，"但我想知道你的情况是否还好。"

自从爱德华在医院醒来后，人们都会问他是否还好，这个问题一直困扰着他，怎奈莱西、护士、医生和他的老师们都十分期待他的回答，他能看出他们希望他说"是的"。面对眼前这个在停车场里遇上的陌生人——专门开车过来寻找答案的加里，爱德华惊讶地发现，自己竟然不在乎这个问题了。他看得出加里其实并不想知道确切的回答，无论他怎么回答都可以，这也许就是爱德华变得无所谓的原因。

"其实不怎么好。"爱德华说。他顿了顿，又问："你还好吗？"

加里谨慎地想了想，说："不好。"

两人在寒风中沉默了片刻。

男人说："其实，我从来没想过自己会在陆地上过正常生活，甚至还打算结婚，直到我遇见琳达，在这之前，我一点都不稀罕那种生活。"

说到这里，加里闭了闭眼，爱德华看到他因痛苦而变得扭曲的脸部线条。爱德华现在满身都是这样的纹路，意识到这一点，男孩颤抖得更厉害了。

"不过我很高兴和你说了话，这是我几个月来感觉最好的时候。"加里点点头，仿佛非常赞同自己的看法。"谢谢你，爱德华。"他转身欲走。

"等等。"爱德华说。

男人停下脚步，扭过头来。

"你现在要开车回加利福尼亚吗？"

"是的。"加里说，"我是研究鲸鱼的——它们在等我。"

"鲸鱼在等他。"爱德华想，他已经有好几周没有被如此奇怪的话击中过了，他看着男人钻进车里离开，谢伊出来后，他们一起步行回家。

爱德华想，我稍后会告诉她这件事。后来他的确告诉了她，但在回家的路上，他的伤疤一跳一跳的，冰冷的空气让他的喉咙发黏。爱德华想到那个金发碧眼的女士和鲸鱼，担心假如自己硬要开口的话，他的整个人都会融化在音节之中，变成空气中的微粒，与周围的寒风融为一体。

上午11：16

密实的灰色天空变得更加沉重，开始吐出雨水，轻盈透明的水滴拍打着机舱外部，驾驶舱启动了刮水器，机身上成排的椭圆形小窗得到了清洗。尽管降雨对于民航飞机来说无关紧要，但雨水从各个方向击打舷窗，这意味着今天的雨云处于不寻常的高位，而且十分密集。云通常飘浮在两千到一万五千英尺之间的空中，而飞机在三万到四万英尺之间的高空飞行，外层空间则位于三十万英尺之外的更高处。

乘客们纷纷将注意力转向天气。雨滴和阴沉的天空使一些人感到困倦，他们合上了方才一直努力在读的书，打量着座位周边，好像试图找到一个魔法按钮，能把狭窄坚硬的座位变成自己家的床铺那样舒适。

本杰明闭上眼睛，停止了回忆，这让他有种放弃了什么的感觉。他讨厌放弃，然而他非常累，喝下六杯咖啡之后又睡不着，而且没有合适的观察对象帮他转移注意力——过道对面的那家人现在停止了交谈，而且做父亲的已经睡着了。

跟加文吵架的前一个月风平浪静，这意味着营地里的每个人都很无聊。武器被清理了一遍又一遍，电子游戏整天都有人玩，为了有事可做，大家甚至开始期待午夜巡逻，有传言说阿富汗人发动了袭击，但此事从未发生。本杰明漫无目的地来到营地边缘，凝视着树林，有风的时候，那些树枝会像手臂一样挥动，让他觉得树木像人，下意识地抓紧自己的武器。

他和加文以及另一个白人男孩——大家都叫他杰西——负责在傍晚时分巡逻。那天又传来一个谣言，说这一次有三组阿富汗人即将联手发动伏击，而营地里的水果和蔬菜已经消耗光了，补给第二天早晨才能送来，本杰明觉得自己肚子里塞满了黏糊糊的玉米片、燕麦片和汉堡包，舌头的感觉也很奇怪。

"别唉声叹气的了。"加文说，"你让我很紧张。"

"我没在叹气。"本杰明惊讶地说。仿佛加文刚才嫌弃他一直在挖鼻孔。

"闭嘴。"杰西说，他是那种从不知道该说什么的人，因而把"闭嘴"当成了万能金句，还会根据场合的不同用不同的语气重复这两个字：真诚、讽刺、愤怒。这一次，他的语气听起来很无聊。

"你叹气了。"加文说，"你整天都在叹气。今天早上我们刷牙的时候，你还对着镜子叹气来着。"

本杰明停下脚步，对着加文露出"我知道了"的表情。他这副样子几乎人人都怕，他是从洛莉那里学到的，她曾经朝街角的"疯子卢瑟"摆出过这样的嘴脸。虽然本杰明从未见过自己在这种状态下的模样，但他知道他的脸上肯定充满了刻薄和威胁，足以结束一切对话。

"我没叹气。"

杰西吹了一声口哨，这是他除了"闭嘴"之外的另一种回应方式。他常用的回应方式有三种：警告同伴"闭嘴"、低声吹口哨、骂一句"王八蛋"，意思都是"我只想活着完成这次巡逻"。

加文看起来并不害怕，他说："你叹气了。"

本杰明和加文盯着对方，"叹气"这个词犹如被塞进了连环漫画里的对话气泡，出现在两人的头顶。本杰明觉得自己刚才肯定没叹气，就算真的叹气了，那也是无意识中发出的声音，绝对没有打扰同伴的意思。

"你说什么？"他说。

"嘿，王八蛋们。"杰西用安抚的语气说。

"我说你叹气了，也许你很伤心。"加文踢了一脚地上的土，已经有几周没下雨了，他们被干旱和平静包围，"毕竟这里是个非常让人伤心的鬼地方。"

本杰明觉得他的内心像台坏掉的发动机，充满了红热的蒸汽。他扑向加文，揪住他的衬衫，然后猛地向前一搡，松开了手，加文摔倒在地，向后滚出一大段，眼镜也掉了，他摇摇晃晃地站起来，像短跑运动员那样冲刺到本杰明身边，势头勇猛，如同小火车头。他一拳捣在本杰明的肚子上，揍得对方喘不过气来。

本杰明难以置信地拼命吸气，神思恍惚，觉得自己可能是在做梦。在梦中，他踉跄着冲向加文，抓住对方，一下子将其推倒在地，加文的脑袋"砰"的一声砸到了地上。

杰西在几步开外的地方大喊："王八蛋们！快给我滚过来！斯蒂尔曼要杀了加文！"

本杰明像个瞄准了本垒板的棒球运动员那样将加文压倒在干旱的土地上，紧盯着他，试图说些什么，比如恐吓的话，让对方道歉，让加文承认本杰明从未叹过气，而且永远不会叹气。

他盯着加文的蓝眼睛和刚刚剃干净的下巴，内心的红热蒸汽变成了他无法控制的、更强大的新东西，犹如心中的城池爆炸后崩解为大大小小的鹅卵石和岩石，每一块石头都代表着某种欲望和可怕的需求，让他心痒难耐。他想要新鲜的沙拉和漂亮的运动鞋，再也不愿被怕死的恐惧控制，他想要触摸加文的脸颊，看看它到底有多柔软，而他现在就能做到这一点。他听到其他士兵走近时靴子踏在地面上的声音，于是向前倾身，加文的脸离他只有几英寸。

假如别人没在那一刻把本杰明从加文身上拽起来，他就会做一些奇怪的事情。他知道这一点，加文从他脸上的表情也看出了这一点。本杰明迅速地站起来，强迫自己摆出令人畏惧的表情，匆忙离去。他在树林里躲了好几个小时，浑身发抖。他在午夜过后悄悄爬上自己的铺位时，听到有人在黑暗的帐篷里低声议论：同性恋。两个星期后，睡眠不足的本杰明在巡逻时掉了队，被躲在林子里的枪手击中。

过道对面的男人正在跟克里斯平说话，但谈话似乎正往不愉快的方向发展。

"我读过你的书。"那家伙说，"甚至见过你在巡回宣传这本书时发表演讲，你去过我的大学，先生，你就像个摇滚明星。"

克里斯平点点头。他简直难以想象，自己的这副身体也曾经巡游全国，在演讲台上激动地高喊"雇用合适的员工""削减不必要的负担""公司的发展在于轻装上阵"之类的商业口号，他也曾对这样的演讲狂热追捧，见多了围着印有"利润驱动人类""改变世界是可能的""我们满足的是人类的需要，并非企业的贪婪"等宣传海报欢呼的男男女女，这些内容显然是哗众取宠，而他们是无法看到大局的笨蛋。路易莎以前喜欢把诽谤他的新闻链接放在电子邮件里发给他，每封邮件都以"亲爱的浑蛋"开头。

克里斯平熟悉面前这个年轻人盯着他看时的眼神，他认为这是不可救药的表现，它仿佛在说："我很饿，我比你还要聪明，所以请不要挡我的路。"他已经烦透了这种人，他们无非只会在他这只早已漏气的旧轮胎上再戳一个洞而已。

"你有多少个前妻？"克里斯平问。

年轻人的目光黯淡下去："一个。我知道你有四个。"

"一个就够了，不能再多了。"克里斯平说，"一个你还能负担得起，四个贵得要死。要试着尽早弄明白你自己有哪些毛病。"他咳嗽起来，然后压低声音说，"我就是一个人跟着个该死的护士来坐飞机的。"

年轻人看起来很困惑，还有点同情他，以为克里斯平可能是老糊涂了。

"你看起来很好啊。"年轻人明显口是心非地说。

尽管很想闭上眼睛休息，克里斯平还是决定回应他的谎言，他并没有丧失斗志，而且不希望这个不知天高地厚的小子觉得他已经老迈不堪。"在那位空姐面前,你看起来也很好。"老人说。

年轻人的眼睛像圣诞树一样亮了起来,看来克里斯平的话正是他想听的。"你真的这么认为?"马克问。

克里斯平点点头:"打好你的牌,她或许会成为你的第二任前妻。"

年轻人笑起来,这样的笑声也是克里斯平极为熟悉的——工作了十二小时之后,当他敞开自家房门时,经常听到这种声音,它要么来自厨房,要么来自卧室或者游戏室,是孩子们赢得比赛后发出的欢呼,见到爸爸回家,他们会扑进他怀里,最后大家一起笑着叫着滚到地板上,这样的笑声在他听来如同管弦乐,每一个音符都洋溢着快乐,然而后来他独自跟新一任妻子生活时,就只能收到路易莎以"亲爱的浑蛋"开头的邮件,晚上家里也不再有欢声笑语。

乔丹看着他的弟弟。埃迪把手按在雨水溅落的窗玻璃上,手掌在上面停留片刻,然后撤开,他一遍又一遍地重复这个动作。乔丹低头看表,这块表是父亲送他的十三岁生日礼物,表盘上有好几个小方块,能够显示好几种时间的刻度,包括百分之一秒,乔丹看着表给埃迪的动作计时,盯着他研究了足足三分钟。

"该死,这怎么可能?"他说。

他父亲在座位上睡着了。假如他醒着,肯定会批评乔丹讲粗口,布鲁斯告诉儿子们,假如能够达到良好的效果,他不介意骂人。简曾经在家听到布鲁斯这样教育孩子:"如果你很愤怒,而且把该讲的道理都讲出来了,但仍然有一种强烈的情绪需要发泄出来的话,那么你可以说'去你妈的',我反对的是滥用这些有影响力的词——比如有人开口就是'你他妈的在干什么?'这纯粹是懒。'他妈的'这个词对于这句话的表达究竟有什么帮助?"听到这里,站在门口的简咳嗽了一声,说:"抱歉,你的意思是,假如条件合适,'去你妈的'这几个字也是可以说的吗？"

听到哥哥的话，埃迪看起来很吃惊，他把手放在膝盖上。"什么？"他说。

"你是怎么做到的？"

"做什么？"

"你把手按在窗户上的时间恰好是二十秒钟，撤回手的时间恰好是十秒钟，这样来来回回，不停地重复，时间把握得非常准确，不多也不少，从来不会是二十一秒或者是十一秒。"

"哈。"埃迪说，"我不知道，我没在想这个，只是随意做出来的。"

乔丹注视着弟弟，埃迪看起来很疲惫，兄弟俩已经几个星期没睡好了，他们以前从来没去过加州，除了参加游览美国内战战场和其他历史遗迹的教育夏令营，两人从未在纽约公寓的那套高低床之外的地方睡过觉。

"这一定跟你弹钢琴有关。"乔丹说。

埃迪微微一笑。大概是因为不喜欢自己缺乏音乐细胞的缘故，乔丹经常以钢琴为理由来说明或者解释发生在弟弟身上的某些事。他知道弟弟只要醒着就想听音乐，而缺少天赋的乔丹能够制造的唯一"音乐"便是他的夸夸其谈和烦躁的抱怨，而且每当意识到父亲也明白这一点的时候，他会变得更加生气。一天下午，乔丹在尝试作曲，一直站在后面看的布鲁斯突然说："假如能够产生良好的效果，那么所有的激励因素都可以算是有效的，儿子。就这个意义而言，失败可能是一种非常强大的激励因素。"

这是乔丹第一次意识到自己的作品全都一无是处。他想，有才华的是埃迪，而我只会愤怒。

"你的眼睛有点奇怪，好像在发光。"埃迪说。

"去你的。"乔丹说。

"嘿。"睡醒的布鲁斯从座位上直起身体，犹如一头受惊的海象，"嘿，怎么回事？"

兄弟俩仍然在彼此对视，但乔丹的内心已经开始平静下来，这个变化尽管突然，但受到了他的欢迎。他突然想要趴到弟弟耳边，把自己跟马西拉的恋情原原本本地讲给他听。几周前他就想这么做了，这是个秘密，但此前他从来不会对弟弟保密，这个秘密塑造了他的日常生活和所思所想，不知何故，从第一次跟马西拉接吻开始，它就起到了楔子的作用，在兄弟俩之间制造出前所未有的隔阂。

乔丹想把手拢在埃迪耳边，对弟弟一吐为快，但他无法开口，裂缝毕竟已经形成，无论多么微小，都会伤害他们。他们最初是两个在地上打滚的幼儿，然后渐渐由孩子变成大人，宛如两块分别待在房间两侧的巨石，一步也不肯朝对方挪动。

"噢，爸爸。"埃迪说，柔和的语气像是在安慰一个不懂事的孩子，"我们没事。"

2014年1月

1月1日，爱德华尽可能地往身上套了好多件乔丹的衣服：内衣、衬衣衬裤、袜子、长袖T恤、短袖T恤、拉链运动衫、羊毛帽子、大得过分的红色匡威运动鞋。当他走进厨房时，莱西和约翰正背对着门口，站在窗边低声交谈，但语调并不冷静，爱德华甚至觉得有些凌厉，莱西似乎在指责约翰，约翰又弱弱地反驳回去。

"你都没问过我是否想参加听证会。"

"我没有想到这一点。"约翰说，"你愿意去吗？"

莱西使劲摇头："我甚至不知道他愿不愿意。我倒是要问问你，你为什么要去？"

约翰靠在厨房柜台上，好像需要一点支撑："收集所有信息是我的责任，这样我才能保护他。我需要知道他会遇到什么。假如我什么都不知道——"

"去年你还说你要保护我。"莱西急促地说，"而这基本上意味着你不和我说话，直到我同意停手为止。"

"这不一样。那时候我们没掌握任何信息，也找不到明显的原因，他们不明白为什么你的身体不接受胎儿。而现在我们可以获得信息，这也是 NTSB 举行听证会的原因。"他顿了顿，然后说，"我想让你停手，因为医生说你可能会死。"

"我确实停手了。"

"因为发生了后来的事。"

"但你的保护并没有帮助我。"莱西咬牙切齿地说，然后猛地转过头来，发现了站在门口的爱德华，她的表情从阴郁变成了惊讶，最后露出假笑。

"天哪！"她说，"你睡得好吗？"

姨妈假装出来的开朗模样让爱德华觉得害怕，尽管并没有睡好，他还是点点头。他始终睡不好，她肯定知道这一点，但她希望这一刻的一切都与平时不同，所以他想帮助她。

"约翰，"莱西说，"你看见他穿了多少件衣服吗？"

约翰猛地抖了一下，像个刚刚从睡眠模式中切换出来的玩具机器人。他想要跟着莱西演下去，但他的声音依然没有底气："也许他要出去探险呢。"

爱德华想：今天是新年的第一天，可我的父母和哥哥再也不能看到这样的日子了，你们知道吗？他谨慎地打量着姨妈和姨夫，想看看他们是否记得这一点，答案显然是否定的——这意味着他会像个在黑暗的冰面上滑冰的人那样孤独地度过这一天。

"我们其实想跟你谈谈。"约翰说，"告诉你一些来自律师的消息。"

莱西站在窗边，拿着一个煮熟的鸡蛋；约翰靠着房间另一侧挂着日历的那面墙壁站着。爱德华想，从几何学的角度来看，我位于他们两人争执的中点。想到这里，他不由得弯下了腰，犹如遭受重压的树枝。

"你想来一片吐司吗？"莱西问。

"不用了，谢谢。"

"那么，说起律师，"约翰说，"大部分流程已经完成，各种保险公司的赔付什么的。"他做了个鬼脸，"大多数受害者亲属会得到大约一百万美元的精神损失费，而你会得到五百万，因为——"他停顿了一秒钟，"你得到的更多，在你二十一岁之前，这笔钱会托人代管。"

莱西把煮鸡蛋放到餐桌上，轻轻地磕了两下，爱德华看见微小的裂缝在蛋壳上蔓延。

"这样的谈话让我想起了医院。"她说，"一切听起来都很荒谬。"

"这可是一大笔钱。"约翰说。

爱德华身体后倾，远离餐桌，仿佛这么多的钱已经堆在他的面前。他也想起了医院——他躺在病床上，穿着白袜子的伤腿高高吊起，一个低沉的声音在空气中回响，想知道为什么美国总统会觉得跟一个刚刚从天上掉下来的男孩谈话是个好主意。

"我的建议是，"约翰说，"你现在什么也别想，因为你才刚满十三岁。"几周前，他们一起吃了生日蛋糕，这是一场安静的庆祝，没有人唱生日快乐歌，因为爱德华用眼神恳求他们别这样做。假如非要过生日，必须安静迅速地过完。

"八年后你才二十一岁，而且现在这笔钱还不是真的，还需要经历另外一些繁文缛节。我们只是想让你知道有这么回事，免得有人在NTSB 上提到它。"约翰往一片吐司上抹了点低脂黄油，"并不是说我希望有人提到，但我们不想让人觉得你还不知道这件事。"

"我不想要这笔钱。"爱德华说。

"我听到你说的了。"莱西说，"需要我帮你收拾去华盛顿的行李吗？"

爱德华收拾行李的时候，谢伊始终陪着他，尽管他有些不好意思给她添麻烦。她想跟他讨论即将举行的听证会，可他不想。几个月前他就决定要参加听证会，但他不愿去想这件事。去就行了，别想它，每当爱德华被谢伊诱惑得有些动摇时，这个蛮横的声音就会在心中响起，如此告诫他。

"它会像电影里演的法庭审判那样。"她说，"揭露凶手的身份什么的。"

"不完全是这样。"爱德华把哥哥的所有 T 恤放在沙发上，从里面挑出两件塞进包里。

"他们会解释飞机坠毁的原因，对吗？他们有黑匣子，所以他们知道发生的一切。"

我就在飞机上，他想。这是爱德华第一次允许自己回想坐在哥哥身边时的情景，虽然他只坚持了一秒钟，但机舱周边的环境已经大致展现在他的脑海中：天空、机翼、其他乘客。

"上帝，真希望我也能去。"谢伊说，"你知道，那些亲属都会在那里。加里可能也在那里。你的伤疤会反应很激烈，像疯了一样。"她握紧拳头，"就算你展现出什么超能力来，我也不会吃惊的，比如用你的意念回到飞机上，调查失事的真相，就像超级英雄返回母舰那样。"

迈克医生在这个星期的治疗中说过："你看上去有些心不在焉，

爱德华，你应该知道，你不用非得去华盛顿的，对吗？"

爱德华用他知道迈克医生会理解的语言回答："我想去。"尽管"想去"这个词并不确切，他只知道自己说过会去，所以一定得去。

"细心观察。"谢伊说，"记笔记，如果可以的话。我需要知道一切，这样我就能帮助你了。"

爱德华点点头。

"没有人可以伤到你。"谢伊说，"没有人能再次伤害你。你已经失去了一切，对吧？"

这让爱德华打心眼里感到震惊，他试着说出想说的话："没有人能伤到我吗？""那是当然。"谢伊说。

爱德华和约翰离开之前，谢伊拍了拍他的背，就像上校派士兵参战前鼓励他们那样。莱西跟着他们走向汽车，约翰先上车，她紧紧地拥抱了爱德华。

"祝我好运吧。我今天有个工作面试。"莱西微笑道，但她脸上的其余部分都很焦虑，"一个人待着的时候，我必须找点事情干，对不对？我们都必须这样做。"

"祝你好运。"他说。

"我需要感受到勇气，所以我穿了你妈妈的上衣。爱德华，我想要变得更强大，为了我自己，也为了你。"

爱德华这才注意到莱西穿着一件带小玫瑰花图案的衬衫，过去，他妈妈每周至少会穿一次这件衣服，如此熟悉的物件让他的喉咙哽噎了片刻，他突然觉得愤怒——这不是你的，这是我妈妈的！然而怒火几乎立刻便消失了，他也穿着哥哥的衣服，所以，怎么能说莱西穿她姐姐的衣服是不对的呢？另外，莱西穿姐姐的衣服来获得勇气的想法对他很有启发，让他想知道穿上乔丹的衣服能够获得什么，此前他可从来没考虑过这个问题，穿着乔丹的红色运动鞋、风雪大衣、睡衣于他而言也许只是靠近哥哥的一种方式。现在他穿着乔丹的蓝色条纹毛衣，莱西穿着他妈妈的上衣，当莱西拥抱他说再见时，爱德华想，我们到底是谁？我们是否也是简和乔丹呢？他纠结着坐进车里。

旅途长达四个小时，灰色的高速路一段接着一段。

经过普林斯顿时，约翰瞥了一眼手表，说："你姨妈现在正在参加面试，我们应该多想点开心的事。"

爱德华在安全带里扭来扭去，寻找着更舒适的位置："你想让她找个工作吗？"

"我希望她快乐，而且你也越来越好，对吧？所以，她没有理由一直待在家里。"

爱德华想，我越来越好？这个问题让人感到无法回答。他记得他父亲有一次这样评价他的作文："你必须给你提出的词语加个定义。什么是'好'？'好'在哪里？比什么更'好'？"

树木已经掉光了叶子，天空是无色透明的。先是出现了一连串的路牌，指明他们即将离开新泽西州，然后又出现了新的标志，说明他们在特拉华州。约翰让爱德华选择一首百老汇的音乐剧唱段来听，爱德华盯着曲目列表，试图选一首最不花哨也不算难听的。"《吉屋出租》？"

"选得很棒。"约翰说，然后两人倾听着贫穷的年轻艺术家们的热情演唱，完成了余下的旅程。

当天晚上，他们入住同一个酒店房间，爱德华躺在黑暗中，听着姨夫的鼾声。刚才在车上，他的身体一直在疼，重力似乎莫名其妙地有所增加，虽然汽车停下来之后就不这样了，但黑暗之中疼痛感又回来了。爱德华在薄薄的被单下面辗转反侧，不适的感觉让他想起离开医院时自己的身体会以全新的方式疼痛，医院仿佛是他的保护壳，离开了它，他会变得很脆弱。他双手使劲儿按住前额，试图用压力应对压力。他待在酒店的床上，在陌生的黑暗中，加热器的咝咝声和姨夫的喘息声不绝于耳，他仿佛失去了重心，犹如置身太空，无法察觉时间的流逝，唯独被恐惧所包围。在他渐渐地睡着之前，终于恢复了意识并且立刻陷入恐慌：我在哪里？

次日早晨，喝麦片粥时，约翰说："我觉得我们该约定一个暗号，万一你想在听证会时离开，我们就使用这个暗号。我们可以随时离开。"

"暗号？"爱德华想起迈克医生和他的棒球帽。

"也许你可以说，这里很热。要是你这么说，我们就离开会场。"

"如果那里真的很热怎么办？"

约翰看着他："那就别评论。"

"哦，好的。好主意。"

听证会在位于华盛顿特区市中心的国家运输安全委员会会议中心举行，由于道路封闭，他们把车停在几个街区之外。"封路的原因一定是施工。"约翰边走边对爱德华说。转过街角之后，行人的数量多了起来，他们必须从一群人中间穿过去。

"你觉得怎么样？"约翰问他，听起来像在问自己。

就在此时，爱德华胳膊上的汗毛竖了起来，但他还没弄明白这是怎么回事，一个散发着清新的须后水味道的男人就转过来看着他，礼貌地说："我可以碰一下你的胳膊吗？我的妻子当时也在飞机上。"

爱德华的第一个想法是这个男人在撒谎，不过是个编故事骗他的路人，然而周围的其他人就好像被这个男人启动了开关一样，纷纷跟爱德华说起了话。"嗨，爱德华？很抱歉打扰你，可我想知道你是否在飞机上见到过我妹妹？"一个女人举着手机问道，手机屏幕上是一张微笑着的卷发女子的照片。

"哦。"爱德华说，试图用自己的语气让这个简单的"哦"听起来像是回答。

"她的名字叫罗丽娜。"女人说。

又一部手机被推到他面前，它来自另一个方向，屏幕上是个中年亚洲男人的照片。紧接着，一个蓝眼睛、外表挺邋遢的家伙递给爱德华一张打印出来的照片，上面是个有着白色卷发和面带微笑的老妇人，"这是我妈妈，你见过她吗？"他问。

爱德华的视线顺着他们手指的方向看过去。屏幕，面孔。他想，"我应该回应。"但他无法回应。他觉得自己似乎忘记了该如何讲英语。

他听到各种称谓从这些人的嘴巴里冒出来——女儿、妈妈、堂兄、哥们、男朋友。

有人说："我想拍一部关于这次空难唯一幸存者的纪录片，我可以采访你吗？"

约翰抓住爱德华的胳膊，把他从人行道上拉进一家干洗店。约翰转身锁上了店门。"我已经筹集到了经费！"刚才那个想拍纪录片的家伙在玻璃窗外面向他们喊道。

"嘿！"干洗店柜台后面的男人叫了一声，但当他看到窗外的无数手机和镜头时，立刻安静下来。"你俩谁是名人？"他问，"你们肯定很有名，拍电影的？"

爱德华转过脸来，不去看窗外。

"你们能在我店里的墙上签个名吗？"

"我不这么认为。"爱德华说。

约翰给 NTSB 的联系人打了电话，一名警官在干洗店与他们会面，带他们从后门出去，又用他的身体挡住爱德华，将他从人群中解救出来。但人们还是会伸出双手，越过警官的肩膀触摸男孩的胳膊，随同而来的还有更多的手机屏幕和男人女人的照片，无数名字和称谓再次向他砸了过来。

有人问："活着离开那架飞机的感觉怎么样？"

一位南方口音浓重的女士高声念诵起了《万福玛利亚》，这是爱德华唯一能够背下来的祈祷词。纽约的游乐场里曾经有个无家可归的女人，总喜欢坐在长凳上大声背诵这一段。有时候，乔丹会在埃迪做数学题或者看书的时候悄悄溜到弟弟旁边，对着他的耳朵念叨："万福玛利亚，充满恩典，主与你同在。"爱德华记得哥哥最后一次这样做的情景：乔丹唱着祈祷词，埃迪脱下运动鞋，对准往后退的乔丹扔了过去，两人都在狂笑。

爱德华身后有个声音喊道："假如这孩子是黑人，肯定没人在乎他，你们意识到了吗？他们以为这是基督再临，就因为他是白人！"

NTSB派来的警官拉开门，约翰在前面，所以他先走了进去，就在爱德华也准备进门时，警官靠过来说："我们击个掌吧，伙计。你太牛了，从那么可怕的灾难中活下来。太牛了。"

爱德华伸出手来，碰了碰警官的手——因为他别无选择——然后迅速钻进大门。米色的金属门在男孩身后关闭，他跟着姨夫和另一位警官沿着空荡荡的走廊朝前走，警官指了指大厅一侧的一排折叠椅，让他们在这里等着，然后便消失了。约翰和爱德华坐下来。大厅里不再有脚步声，于是爱德华倾听着他自己和姨夫的呼吸。约翰似乎在故意缓慢地吸气和呼气，好像要让他们平静下来。爱德华想，谢伊说得不对。他会受到伤害，现在他就受伤了。

"我们在这里很安全。"约翰说，"我们在地下室。听证会在三楼举行。拐角那边就是电梯。"他如释重负般地告诉爱德华这些信息，男孩意识到信息是姨夫最喜欢的东西，数据、统计资料和信息系统让约翰的世界变得平坦。

姨夫继续道:"听证会,如果准时的话,将在十分钟后开始。我们没迟到。他们告诉我,通常这种会议要开一个小时左右,最多九十分钟。"

爱德华说:"我不去听证会了。"

"什么?"

"我不想去了。我以为我想,但实际上我不想。"

"爱德华?"约翰说。

男孩想给姨夫一个解释,但他不知道该说些什么,因为如果他说他身体里的什么东西发生了变化,可能会吓到约翰姨夫。不过这是真的。变化是从昨天开始的,在车里的时候,他心里那块像是披风的东西渐渐地消失了,今天走过人群时,它彻底不见了。万福玛利亚,充满恩典。爱德华意识到他永远无法想象自己出现在听证会上的样子。他是否一直知道自己最终不会参加?假如真是这样,他为什么来这里?

他觉得犹如大梦初醒,又像是终于在地图上找到了自己的位置,如同一个闪烁的小点,就在这个楼层,在这把折叠椅上,整个人完全置身于华盛顿——华盛顿特区,不是华盛顿州——就坐在姨夫旁边。爱德华一下子明白了自己不愿意在姨妈和姨夫家里睡觉的真正原因:他受不了跟一个像是母亲却并非他母亲的人和一个像是父亲却并非他父亲的人一起生活。他曾经拥有真正的父母,但现在已经失去了他们。另外,假装成约翰和莱西的孩子实在是太难了,他们从来没有过自己的孩子,而爱德华甚至连孩子都不是,他已经完全变成了别的东西。

爱德华弯下腰,双手托着额头,在心里默默地对姨夫说:"对不起。"

约翰清了清嗓子,说:"他们今天会在听证会上宣布事故记录,接下来网上到处会是这些记录,我想先听一听,做个笔记,以免你有疑问。不过，如果你想离开，那也没关系。"

"你应该去听证会。"爱德华说，"我可能会有疑问的。谢伊也让我记笔记，所以你可以这样做。我就在这里等着。门口有警卫站岗，我不会有事的。"

约翰睁大眼睛凝视着他。"瞧，"他说，"你姨妈觉得我把你带到这里是错误的，哪怕你说你想来。我真应该听她的。我太顽固了。"爱德华不愿意看到姨夫如此难过，就说："听证会马上要开始了，你快去吧。"

"如果我去听证会，你会比我没去感觉更好吗？"

"是的。"

约翰离开后，爱德华坐在坚硬的椅子上一动不动。他觉得腰上仿佛系着飞机安全带，手很冷，就像他把手掌按在潮湿的飞机舷窗上时一样。他记得自己曾经按一下窗户，然后把手拿开。爱德华感觉乔丹似乎就坐在自己旁边，哥哥的身体很温暖，完全不像是记忆，爱德华能够真切地感觉到安全带紧紧地箍在自己身上。

他还能感觉到楼上会场中那些父母、兄弟姐妹、配偶、堂表兄妹和孩子的心跳，他的身体与他们的悲伤同步。他很高兴自己留在了地下室，而那些遇难者的亲属就像在用拳头击打飞机的窗户，男孩之所以在这里，是因为他不属于他们，他属于死者——无法出现在会场的人，知晓一切的人，也是什么都不知道的人。

一个小时后，他听到了真切的脚步声，抬头看到姨夫向自己大步走来。"听证会刚刚结束。"约翰瞥了一眼身后，"我们应该马上走，去侧门找警卫。今天来了好几百人，把会场挤得满满的。"

爱德华点点头，因为他知道姨夫说得对，他刚才的确感受到了数百人的心跳。

"他们中的大多数都想见你，我认为这很过分。"约翰摆了摆手，仿佛要把那些人扫到一边，"听证会上有个人安排了一辆车和司机在大楼后面等着，她会领我们到车那边去，这样我们就能避开人群了。"约翰带着爱德华一路走向门口。"我记了很多笔记。"他对跟在身后的男孩说，"包括事故调查专员的讲话记录，我还给他们展示的幻灯片拍了照，上车之后给你看。"

姨夫还没说完，爱德华就摇了摇头："没关系，我不需要看这些，我不想听到这架飞机坠毁的原因。"

姨夫扫了他一眼，但爱德华觉得挺高兴，因为虽然他对许多事情一无所知，但他知道这句话是千真万确的：他再也不想了解他生命中最糟糕的那一天究竟是什么样子的了。

于他而言，来到华盛顿的根本目的或许是搞清楚自己究竟想要什么。他想成为围绕这次事故而上演的公众闹剧的一部分吗？他想在人行道上被人群团团围住吗？他想要有人告诉他，他是特别的，甚至是被上天选中的吗？他想知道听证会提供的所谓"答案"吗？跟在姨夫身后，爱德华露出了一种非常接近于微笑的表情，他对这些问题的回答一概都是否定的，只有这样他才能得到解脱。他觉得自己仿佛正在远离某样东西——或许是那架飞机，抑或是飞机分崩离析的那个烈火熊熊的事故现场。

他们穿过人行道，钻进一辆门已经敞开的很长的汽车，从内部来看，爱德华觉得它是某种迷你豪华轿车。驾驶座上的司机西装革履，爱德华对面坐着个瘦弱的老妇人，她绾着白色的发髻，身穿天鹅绒连衣裙，双手叠放在面前，下巴抬起。尽管爱德华从未想过一个人非常有尊严地坐着会是什么模样，但他觉得这个女人做到了。

"你好，爱德华。"女人说，"我是路易莎·考克斯。"

"你好。"爱德华说。

"幸好我们把宾利开来了，博。"女人对司机说，"它的尺寸绝对物有所值。"

"没错，女士。这位先生的车离我们不远。"司机已经驶离大楼和人群，来到了路上，爱德华的心情渐渐轻松，简直要高兴得哭出来，但他不想在这个衣着花哨的老太太面前哭泣，她小心翼翼地摘下手套，正朝着他微笑。

"我有三个儿子。"路易莎说，"我还记得他们三个像你这么大时的样子。虽然他们想像你这样穿牛仔裤，但我还是给他们定做了西装，买了领带。我真应该让他们穿喜欢的衣服的，他们穿了西装，看起来就像总是在发火的总裁，跟他们的父亲一样。"

"非常感谢你的帮助。"约翰说，"我不知道……"

她摆摆手，手上的好几个戒指闪闪发光："这是我的荣幸。等到了你的车那里，你们就可以从从容容地离开了。"

她继续把注意力转向爱德华，好像他是一把她必须打开的锁，他觉得她盯着他看的样子非常不礼貌。"你没参加听证会，这很明智，年轻人。那儿就像个马戏团，你会吸引所有人的注意。"

爱德华拉起安全带准备系上，但带子的另一头埋在座位的夹缝里，非常难扣。"女士，"他说，"这条安全带坏了吗？"

"你不需要安全带。"约翰说，"再走几个街区就到了。"

"我需要。"他说。

路易莎伸出手，把安全带的另一头扯了出来，他一下子就扣上了，随即感激地朝她点了点头。

汽车左转然后右转。每条街都是单行道。

"我之前从来没有想到。"约翰说，"……没想到那么多遇难者亲属会来。"

路易莎微笑着说:"我前夫也是飞机上的乘客。克里斯平·考克斯——也许你听说过他?我们已经离婚了,差不多……四十年了。"

爱德华把手放在安全带上,确保它恪尽职守。他现在处于完全警觉状态,这个世界正如它所展现的那样危险。

"你的前夫在我的大学里做过演讲。"约翰说,"很多年前。"

"克里斯平是个浑蛋。"路易莎说,"他得了癌症,但他肯定打算想办法赶走它,然后继续浑蛋下去。"

"你不喜欢他?"爱德华问。

"怎么说呢?"她说,"比喜欢或不喜欢更复杂。但我确实讨厌他,一周中的大多数日子。"

"我看到了我们的车。"约翰朝他们的车的方向倾斜身体,他们正在接近它。人行道看起来恢复了正常,只有零星几个行人,他们似乎对爱德华·阿德勒不感兴趣,甚至不认识他。

"我不讨厌我的家人。"爱德华说。

路易莎若有所思地打量着他,她的眼睛是鲜艳的蓝色:"听你这么说,我感到很遗憾。假如你讨厌他们,现在会好过得多,你不觉得吗?"

约翰倾向爱德华一侧,打开车门,然后他们钻出汽车,透过敞开的窗户注视着那个女人。

"很高兴见到你,爱德华·阿德勒。如果你不介意,我们保持联系。"

"我不介意。"他说。

她挥了挥满手的戒指,窗玻璃向上滑动,宾利悄无声息地开走了。

他们返回新泽西后,一切都感觉有所不同。爱德华不在的时候,连空气似乎都发生了变化，它比以前更加黏稠，散发出一丝酸味。莱西每天早晨给他端来的牛奶冰冷得令人不适，爱德华发现自己近来意识到了细菌的存在，吃东西之前，他甚至会先闻一下食物的味道，因为担心它们会腐烂变质。回到谢伊的房间之后，他总会松一口气，然而睡袋给人的感觉像是缩了水，晚上翻身时，伤疤也会隐隐作痛。乔丹的衣服不再有原主人的味道，后来它们又在纸箱里装了好几个月，可现在连纸箱的气味都消失了，爱德华只能闻见上面有莱西的花香洗衣粉的味儿。

当爱德华注意到他脑袋里的咔嗒声也消失了的时候，他花了几个小时来测试这份安静是否长久——不停地摇晃脑袋、跳上跳下、甚至回忆他的母亲，但无论如何都不会让熟悉的咔嗒声再次响起，他很想知道自己的其他几样症状——假如听见咔嗒声算是一种症状的话——是否也已经不治而愈。

在他离开的几天里，连谢伊的脸似乎也发生了变化，她的某些表情也变得难以捉摸。比如在吃午餐时或者站在储物柜前，她偶尔会带着这样的表情突然看他一眼，他只能说："对不起。"

"不用道歉。"她每次都这样说，"你又没做错事。"然而爱德华知道她是因为他没参加 NTSB 的听证会而对他感到失望。回来的第一天晚上，当他把这件事告诉她时，她的脸变红了，说："你要是参加的话，会很有趣的。"

他跟着她穿过学校的走廊，意识到自己每天都会惊慌失措好几次，比如听到门"砰"的一声或者学校的喇叭嗡嗡作响。学校里的各种声音似乎比以前大多了，有天下午，一个男孩在他旁边大叫："去你妈的！"然后看了爱德华一眼，好像在说：冷静点儿，老兄，我没在骂你。爱德华只得跟跟跄跄地来到另一个空荡荡的教室，找一把椅子坐下来。

春末，爱德华收到一封信，是关于事故一周年纪念的，2977 次航班的几个遇难者家庭组成了纪念委员会，航空公司愿意为纪念活动支付一切费用。在坠机一周年纪念日这天，他们会在科罗拉多州的事故发生地点竖立一座纪念雕塑。州里已经把这块土地捐赠出来，纪念雕塑将永远留在那里。

信件中附有纪念雕塑的草图，负责制作的艺术家将用金属雕刻出191 只鸟，把它们串在一起，组成飞机的形状——一架由银色的鸟儿组成的喷气式飞机。

"多么震撼啊，但是又很美。"莱西看着草图的照片说。

约翰和爱德华从华盛顿回来后，她告诉他们，她找到了一份兼职工作，在当地儿童医院担任志愿者协调员，组织志愿者为患儿读故事书和照顾新生儿。她骄傲地对爱德华说："我要在真正的综合医院工作了。"

爱德华没有告诉她的是，他宁愿她没有接受这份工作，因为这是他生活中的另一个不受欢迎的改变。他发现她一直放在咖啡桌底下的育儿杂志现在已经不见了，还注意到她每天上下班前后会在房子里走来走去，匆匆忙忙地从一个房间钻进另一个房间，每一步都充满了目的性，她也不再和他一起看电视了。当爱德华闭上眼睛，听着她快步走出厨房时，她的脚步听起来就像是个陌生人。

"你想参加雕塑的揭幕仪式吗？"约翰问他。

"不。"

"好吧，听到你这么说，我真是松了一口气。那些人的亲属都会去。"约翰没有刻意掩饰语气中的担忧，这几乎让爱德华笑了起来。

"你肯定受不了这样的场面。"莱西说。

即使问题已经解决，他们三人仍然站着不动——房间里的光线随着日落变暗了——仿佛看到了那架指向天空、由银色鸟儿组成的喷气式飞机。

这一年暑假，爱德华白天在家看电视，谢伊继续参加夏令营。医生说他也可以去夏令营了，但是医生的语气有些犹豫不决，于是爱德华利用这一点表示了拒绝，因为他无法想象自己打棒球、做珠串或者玩躲避球时会是什么样。他发现自己喜欢独自待在家里，边看《综合医院》边和里面的人物交谈：提醒杰森不要为黑帮分子桑尼干活，告诉艾伦对他的女儿好一点。

与前一年夏天相比，他不用再看那么多次医生，所以他增加了电视节目的观赏数量，午饭后还会在沙发上小睡。有几次，大概是为了让男孩出门透透气，约翰带着爱德华一起上班。他们来到一个空无一人的办公室，从一台计算机移动到另一台计算机，将数据备份到驱动器上。"他们已经破产了。"约翰朝远处角落里蜷缩着的男人点点头，男人胡子拉碴，衬衫皱巴巴的，"九个月前我刚给他们装好电脑，他们那时非常兴奋。真是丢人。"

谢伊似乎也打算让他经常出门透气。每周总有几天，当她从夏令营回家，就坚持让爱德华跟她去街边的小公园散步。"你需要新鲜空气。"她说，"除了《综合医院》，还有更多的生活。"

他耸了耸肩，表示怀疑，但并不介意坐在她旁边的秋千上，听谢伊告诉他一些她讨厌的事情，比如她母亲或者夏令营的伙伴说的话。他抬起手来挡住阳光，看向不远处的沙坑，小孩子们正带着极为严肃的表情在里面挖沙子玩儿。

八年级开始时，他们每周都会抽出一两次时间，在放学后到游乐场散步。继续上学并没有对爱德华造成困扰，他不介意例行公事般地从一个教室走到另一个教室。阿伦迪校长夏天时又买来两盆新的蕨类植物，爱德华每星期三下午照常去校长办公室给它们浇水，他每天都会把当天播出的《综合医院》录下来，放学后回家看。

十月中旬，这部剧集中扮演"拉奇"的演员离开了剧组，一位新演员立刻取而代之。那天下午晚些时候，爱德华试图向谢伊解释这件事有多么不公平。

"除了在屏幕底部发表了简短的声明之外，没有人提到这个变化，所有其他演员都假装他还是那个'拉奇'，哪怕已经换了完全不同的演员。这个新来的家伙看起来比真正的'拉奇'重了二十多磅，简直都不像他了，所以一切看起来都很假。"

"不过是一部肥皂剧而已。"谢伊脚一蹬地，带着秋千高高地荡了起来。她总是荡得比他高，腿一直不闲着，似乎随时能够根据秋千的运动轨迹判断该如何用力。"这部剧里的每个女性角色都彻底整过容，莫妮卡的脸都假得没法动了。"

他朝她皱了皱眉，心想，这是真的吗？

"我不在乎什么新拉奇。"他说，"我再也不打算看这个电视剧了。"

"真正的拉奇可能会回来，也许他进军电影圈并不顺利呢。"谢伊说。

爱德华几乎有点恼火地说："不，他不会的。"

谢伊转头看着他，摇晃秋千的力度变得温柔起来："我一直想问你来着：今年夏天你不去参加那个纪念仪式吗？就因为你不想坐飞机到那里去？"

爱德华用脚蹭着地上的泥土，脚尖踢来踢去："这只是其中的一部分原因。"

她的这个问题让他感到惊讶，而且胸部毫无征兆地疼了起来，自从那天跟姨妈和姨夫在厨房里谈过这件事之后，他再也没让自己想起它，离开听证会之后，他就决定远离任何与坠机事故有关的想法。然而谢伊却问了他那样一个问题，这个问题的真实答案是，因为他不敢走进机场、通过安检，然后用安全带把自己固定在狭窄的座位上，至于乘飞机旅行对他来说更是无法想象，他现在完全属于地面，只有脚踏实地才能给他安全感。

"再次发生这样的事情的可能性很小。"谢伊说，"飞机的安全性基本上是可以保证的。"

"我不这么觉得。"爱德华扭了扭身子，秋千发出吱吱嘎嘎的声音，"这就是'赌徒的谬论'。"

"那是什么？"

"赌徒最开始一直输，然后他们说服自己，因为总是输，所以下一次赢的可能性就很大。然而他们错了，因为即使你再尝试十次，输赢的概率依然各是 50%。"

"有意思。"谢伊扬起脑袋，"跟你在一起的时候，我总是觉得自己刀枪不入，好像通过你获得了超能力。"

爱德华几乎没有注意她说了什么，他已经深深陷入对哥哥的回忆之中，有时经常出现这种情况，但他知道必须强迫自己走出陷坑。他想起乔丹待在上铺，脑袋半埋在枕头里的样子，还有他作曲时乔丹皱着眉头的表情，他仿佛看到乔丹和自己坐在飞机上……爱德华深知，他永远不会再坐飞机的最关键也最真实的理由是，他坐过的最后一个飞机座位，必须是在哥哥乔丹的座位旁边。

第二部分

"假如我们无法让别人的生活变得容易一点，
那么生活的意义又在何处？"

——乔治·艾略特

上午11:42

午餐服务之前，维罗妮卡在机舱前部厨房旁边的角落里休息。在这一刻，她总是希望抽一支烟。这很奇怪，因为她四年前已经戒了烟，而且丝毫不会留恋烟雾充满肺部的感觉，可当她靠着金属柜台，望向小小的舱窗外面的时候，每次都想来一支烟。

她不知道自己会在洛杉矶待多久——两天还是三天？她已经在空中待了四天，虽然还没有收到下周的日程安排，但她知道自己应该休息几天。她想穿上新的比基尼，躺在泳池边。她想开着哥哥的敞篷车，让风吹拂她的头发。

风是她在高空中最想念的东西。飞机上的空气并没有乘客们所说的那么糟糕，她向来不喜欢人们在缺乏事实根据的情况下随意评判。飞机会从乘客舱的气阀中收集大约 50% 的空气，将其与来自外部的新鲜空气混合，通过过滤器进行消毒，最后引入机舱内部，所以飞机上的空气很干净，没必要投诉，尽管如此，维罗妮卡还是对这样的环境相当敏感。

每次离开机场，她都能迅速察觉到地面与机舱的空气的不同，分辨出其中的爆米花气味或者暴雨来临前的泥土味，注意到其他人——潜水员和宇航员除外——习以为常的空气中的细微差别，当然，尽管维罗妮卡这样的人十分享受在四万英尺的高空飞行的感觉，但他们也眷恋地面上的家。

她挺直腰板，摸了摸屁股，自从与莱昂内尔分手，抚摸她身体的人就只剩下了她自己。她已经一个月没做爱了，这是个新纪录，通常像这样遇到空窗期的时候，她会在公寓里抽抽大麻缓解欲望，或者把大学时代的前男友叫来过夜，但她近来始终很忙，而且也有些心不在焉，可就在她知道自己逐渐被孤独所困的时候，今天这位英俊的乘客却成功地因为她而脸红了，这又让她有点蠢蠢欲动——连坐头等舱的金融精英都被她迷住了，想到这里，她摇了摇头，把叠成一摞的午餐托盘放到小推车上。进入乘客舱时，她故意走得很慢，这样就能让屁股左摇右摆，吸引每一双眼睛，如同硬币扔进钱箱。经济舱的空乘人员出现在布鲁斯身侧，"我们首先提供特殊饭菜。"她说。

布鲁斯眨着眼睛看着她："特殊饭菜？"

乔丹把托盘放在膝盖上："这是给我的。谢谢。"

"你为什么要吃特殊的饭？"埃迪问。

"这是素食。"乔丹说，"妈妈订票时为我们所有人订了午餐，我让她输入了我的用餐偏好。"空乘递给他的托盘上放着一罐苹果酱、鹰嘴豆泥三明治和一堆切好的胡萝卜。

布鲁斯说："你现在是素食主义者？"

"我已经一连好几个星期都只吃素食了，你只是没注意到我没吃奶制品而已。"乔丹揭开三明治的包装纸。

这样的举动对我们所有人来说都很难做到，布鲁斯告诉自己，他只是在表达自我，青少年喜欢这样做。保持冷静。

布鲁斯在家一直负责做饭。乔丹还是个学龄前的小孩时，曾经跑进厨房，要求帮助父亲准备晚餐，自那以后都是他俩一起做饭。起初，布鲁斯给了乔丹一把黄油刀，让他切软质蔬菜、把食物摆到盘子里、尝尝意大利面做好了没有，以及加盐。十岁的时候，乔丹开始帮布鲁斯选择食谱。光明节的时候，父亲为他订了一本《好胃口》杂志，乔丹仔细地读了每一期，还把想要尝试的食谱所在的页折了角。埃迪是家里的品尝员，弹钢琴或者读书的时候，他会溜到厨房评判各种菜肴的味道。布鲁斯想象中的"幸福"就包括这样的场景：他和乔丹在厨房做饭，同时听着隔壁房间里的埃迪弹钢琴。心情沮丧时，每当想到这一幕，他就会振作起来，心想："这样我已经很知足了。"

一年前，乔丹宣布他要戒掉肉食，理由是"出于道德原因"，自此他便告别了牛腩、周日汉堡、肉酱意面和蒸蛤蜊。布鲁斯讨厌单独为乔丹准备餐食，所以他订阅了《素食日报》，每天为全家烹饪没有肉的晚餐。他偶尔也会给自己、埃迪和简做普通汉堡，然后为乔丹做素食汉堡，或者配上香肠和培根——他最喜欢这两样食物，乔丹却一点都不碰。虽然同时准备两种餐食很辛苦，但布鲁斯勉强能够忍受。

可"严格的素食主义"完全是另一回事，他问儿子："不吃鸡蛋和奶制品？还有奶酪？"

"是的。"乔丹说，"我必须在道德方面严格要求自己。奶牛场的奶牛一直在遭受严重的虐待，养殖场对它们一遍一遍地进行人工受孕，强行把刚刚生产的母牛和牛犊分开，通过基因操纵让母牛分泌多于平时十倍的奶汁，因此它们的乳房肿胀疼痛不堪，以至于提早死亡。"他痛心地摇着头，"太糟糕了。"

"哎呀。"埃迪说。

"你肯定不想知道鸡会有什么样的遭遇。"

"你说得对。"布鲁斯说，"我不想。"

乔丹眯起眼睛，似乎在评判坐在旁边的男人："你会认为自己是

'道德的懦夫'吗？"

布鲁斯吃了一惊，仿佛听到妻子指责他："这都是你造成的，你说你希望孩子们学会独立思考。"

埃迪拿自己的肩膀碰了碰哥哥的肩膀："别对爸爸这样说话。"

"我没有。"

"乔丹没有错。"布鲁斯说，"他说得对。我们人类对待动物的方式很糟糕。"

"还有，"乔丹说，"你应该注意到了，人类是唯一的饮用其他哺乳动物的乳汁的物种。你从来没见过小猫喝山羊奶，对吧？我们是人，却要喝牛奶，是不是有点恶心？"

布鲁斯双手揉了揉眼睛。"我以后该怎么做饭呢？"他发愁地想。他几乎所有的素食食谱都依赖于奶酪或奶油。他觉得有点郁闷。他见过他们在加州的房子的厨房照片，亮闪闪的不锈钢台面，面积足有纽约公寓厨房的两倍，他一直期待着在那里做饭，每天都做大家喜欢吃的，用熟悉的气味填满新房子，让他们立刻有回家的感觉。

"我不是说你们也必须成为素食主义者。"乔丹说，他可能感应到了父亲的郁闷，"假如你们觉得动物受不受苦无所谓的话，那也没关系。"

"谢谢你。"布鲁斯说，"非常感谢。"

午餐托盘一放到面前，琳达就后悔了，鸡肉三明治里的肉味有些刺鼻，无论她如何摇晃脑袋，也躲不开这股味道，胡萝卜条弯弯曲曲，颜色也不自然，她唯一满意的是冰可乐。

旁边的佛罗里达正在吃从她的大包里取出的三明治，闻起来味道鲜美，她边哼歌边吃，浏览着一本女性时尚杂志。

"甜心，"佛罗里达说，"你的声音听起来像漏了气的轮胎。你需要冷静下来。你能吃点什么吗？"

"不。"琳达说，"我不能。"

"这只是孕早期的现象而已。"佛罗里达朝她的肚子挥了挥手，"任何事情都可能发生，所以，就算供不起孩子上大学，我也不会难过。"

琳达的神经绷紧了，她一年的收入还不到两万六千美元，打算在加州找工作，但在怀孕期间上班是否合适？她突然想到了什么，说："我不应该承受那么多的辐射。"

"你说什么？"

"我是 X 光技师。"

佛罗里达变了脸色，她轻轻拍了拍女孩的手。"啊，"她迷离地说，"玛丽是个非常友好的人，也很叛逆，我曾经住在她隔壁的隔壁。"

琳达眨了眨眼："玛丽？"

"玛丽·居里。她和她丈夫发现了放射性物质。做你这一行的肯定听说过她吧。"

"天哪。"琳达说，她本以为自己能笑出来，但笑意很快便被淤泥般的焦虑吞噬了。她一贫如洗、没有工作、已经发誓不再跟父亲要钱、做 X 光技师期间饱受辐射——她的宝宝生出来之后很可能会像手电筒那样发光。

"当然，玛丽就是被这些东西害死的。她把它们放在口袋和床头柜里。事实证明，这不是一个好主意。"

窗外正在下雨，琳达却宁愿跑到外面的雨里去，远离这个胡说八道的女人，被雨淋个透湿，洗掉过去五年的辐射。她想要变得干净。

本杰明在洗手间门口排队。正如他很少喝酒那样，他总是尽量避免使用飞机上的设施，他本打算到了加州再去厕所，然而手术之后他每天的小便次数变多了，以至于总是口渴，甚至到了脱水的地步。他不愿去看贴在身侧的造瘘袋，讨厌拧开袋口、将里面的东西倒进马桶这一套笨拙的动作。过去无论走到哪里，他都是人群中最强壮的那个，而现在他的内脏却变成了"外脏"，皮囊已经无法容纳他的器官，身体里的一切仿佛都在向外渗漏。

本杰明感觉有人排在了自己身后。"嘿，伙计。"一个男人的声音说道。

本杰明回过头，看到一个穿着纽扣衬衫的白人。"嘿。"他用一种不打算进一步交谈的语调回应道。

然而那个人正在活动酸痛的脖颈，眯着眼睛，显然察觉不到他的暗示，只听他说："我可没法那么长时间一直坐着。"

"当然。"

"我可以用头等舱的厕所，但我需要走动一下。"

本杰明没有回应这句话，他不清楚这个家伙是否知道自己说的话很混账。

"打扰了，先生们。"维罗妮卡说，然后侧身穿过走道，刚走出半步，她又停下了，左边的屁股翘着，好像一把枪。她对本杰明说："你还好吗？如果需要我的帮助，请告诉我。"

"我很好。"他说。

她点点头，继续沿着过道向前。

"你认识她？"那个白人吃惊地问，竟然有点破音。当这家伙看着刚才那位空乘时，他的表情让本杰明想起周日上午播出的动画片里的狼——眼珠凸出地盯着她，犹如饥饿的人看着火腿。

"老天爷，"本杰明想，"我要是也能迷上她就好了。"这时候飞机轻轻颠簸起来，雨水溅到窗户上，他知道假如自己不得不在乘务员和眼前这个家伙之间做出选择，他会选择后者。本杰明此前一直安慰自己，他之所以产生这样的倾向，只是因为加文，也许是暂时性的精神失常，然而当他回到军校时，却意识到自己竟然庆幸学校里没有女生，自他有记忆以来，每当想到女孩，他就会模模糊糊地感到伤心，而这位乘务员和她丰满的屁股只让他觉得孤独又凄凉。

"不，"他说，"我不认识她。"

"轮到你了。"那家伙指着洗手间门上方的信号灯说。

"你可以先用。"本杰明说。

"你确定？那我就不客气了。"那家伙侧过身来，从本杰明旁边挤过去，他们的肩膀接触了一秒钟，本杰明不自在地想，"该死"，当然，被骂的对象包括这个华尔街精英模样的家伙，还有加文、贴在他身上的造瘘袋、下一次行动和洛莉把他丢到军校之后他不得不忍受的那种循规蹈矩的生活。"该死，"他想，"这一切都该死。"

佛罗里达吞下最后一口三明治，把玻璃纸包装团成一个小球。

"做这个的诀窍是在肉里面加一点姜黄。"发现琳达看过来，她说。

"那是一种香料吗？"琳达问。

佛罗里达手中的玻璃纸以及三明治里的火鸡肉和西红柿片来自她在佛蒙特州的厨房。她总是站在厨房水槽前面，她最喜欢家里的这个地方，光从窗外洒进来，可以切着西红柿远眺院子尽头的山脉。做三明治的时候，鲍比进来两次，他知道她要出门，但不知道多久。她告诉他，她要去纽约东村参加一位女性朋友的婚前派对，派对是真的，佛罗里达已经接到了邀请，然而她衣柜后面的那双登山靴的鞋底藏了一张去洛杉矶的单程机票。

"没错，是一种调味品。"佛罗里达把玻璃纸球放进包里，"我要去加利福尼亚寻找阳光。"她朝窗外挥挥手，"我认为这场雨正在为蓝天清扫道路。"

"你为什么要去那里？度假？"

佛罗里达耸耸肩。

"你认识那里的人吗？"

"我有几个老朋友，我可以投奔他们。这是我第一次去那里，我想在海滩边上的那条步行道上滑旱冰，就像电影里演的那样，你知道吗？"

"是的。"琳达说。

"嗯，去了洛杉矶，我也要这样。"

"可是你结婚了，不是吗？"

琳达看着佛罗里达的手，所以佛罗里达也低头看着自己的手，她的左手无名指上戴着个朴素的纯银戒指，她本想把它摘下来，但她喜欢戒指，而且也怀疑自己的指关节变粗了，不容易摘，她和鲍比结婚时比现在瘦多了。

"我离开他了。"她说，"在情况变糟之前。我必须相信自己的直觉。我离开的时候，他仍然对我有感情，但我们不是一路人。"

琳达沉默了一会儿："你的意思是，他不愿意在海滩的步行道上滑旱冰？"

佛罗里达不由自主地哈哈大笑，而且被自己的笑声吓了一跳，周围的乘客很可能也被吓到了，她高兴的时候从来不会保持沉默。前排和旁边座位的人纷纷转过头来，不知怎么，琳达身旁的那个女人依然在睡觉，佛罗里达咯咯地笑着，腰都直不起来。她想象着鲍比趴在工作台前的样子，桌上摆着应急方案——他针对有可能发生的各种灾难制订了详细的生存计划：美元崩溃、全球变暖造成的供水限制、极端气象事件、民粹主义暴动推翻政府、美国成为法西斯警察国家等等——类似的文件有十三份，全部以"假如……那么……"的格式作为标题。

"你说得对。"佛罗里达喘息着说，"他不愿意滑旱冰，但我想滑。"

这句话在某种程度上准确地总结了她离开鲍比的原因，所以佛罗里达对邻座的女孩产生了一种全新的尊重，也许琳达真的是有一些智慧的。

此外，鲍比的那些应急计划在他们的婚姻过程中发生了变化，起初，这些计划的目的是拯救每个人，或者至少拯救他们的朋友和志同道合的盟友，但随着佛蒙特州的岁月流逝，他们俩的朋友越来越少，因此这些计划首先被巧妙地修改，然后是肆无忌惮地修改——拯救的对象只剩下了他们俩，她甚至怀疑，最后得到拯救的只有他自己。

"我很抱歉。"琳达说。

佛罗里达朝女孩笑了笑。"一切都结束了。"她说，"没什么好难过的。重点在于那一刻的结束意味着什么的开始。"

"意味着这一刻的开始？"

"没错。"

从洗手间出来，马克在过道里走来走去，坐在他旁边的女士一直在极为缓慢地打字，让他觉得很紧张，她紧皱着眉头，仿佛在向他施加压力。当那个大块头男人在回座位的路上与他擦肩而过时，马克竟然很想揍这个当兵的一拳，不过，他担心这样的举动会被视为种族歧视，所以只是朝对方点了点头。马克想知道这家伙是否觉得自己看不起他，因为对方是一名士兵，受教育程度很可能比他低，但他看起来像个老兵。当然，马克也是老谋深算，犹如当年的克里斯平·考克斯——他们都是一类人，跟种族和阶级无关。"你知道自己的弱点吗？你有能力吗？你是强者吗？只有强者才配与我相提并论，兄弟们。"

马克回到头等舱，就在几乎要坐下的时候，他决定再站起来走走。那位带着两个孩子和满头白发的丈夫的女士并非强者，也不是斗士，她擅长的是担忧发愁。她是个母亲，忧虑削弱了她的力量。马克站在过道中央，闭上眼睛，试图感应维罗妮卡的位置。

"一切都还好吗？"他听到她在旁边问。

"噢，是的。"事实正是如此，他在离开座位之前就服下了一颗咖啡因药片，他感觉很好，非常棒。

她又在用那种无所不知的眼神看着他了，仿佛能读懂他的心思，于是他想："无所谓了，我要大声说出来！"——然而他却用几乎没人能听到的很低的声音说："在这个地球上，我最想做的事情就是亲吻你。"

随之而来的是一阵沉默。空调嗡嗡作响，有人大声打开一袋薯条，不知是谁打了个响亮的喷嚏，马克意识到结果可能会非常糟糕，她也许会厌恶地看着他，让他立刻回到座位上，举报他性骚扰，甚至起诉他。

但她却用她独有的低沉音调回应道："很明显，我们现在并不在地球上。"

他的心里立刻燃起了烟花："所以我更想那样做了。"

2015年6月

事故发生两年后，理疗师和喜欢清嗓子的那位医生认为爱德华完全恢复了健康，这意味着他别无选择，只能和谢伊一起参加夏令营。他发现辅导员——他们不过是些比他大不了多少的孩子——根本不在乎他是否愿意打棒球，所以他成了营地记分员，坐在看台上的阴凉处，看着棒球队员们跑来跑去，记下比赛的分数。爱德华竟然意外地享受美术和手工课，他喜欢坐在谢伊旁边，摆弄各式各样的胶棒、管道清洁剂、马克笔和颜料，自由自在地创造各种丑陋的作品。

然而，让爱德华感到惊慌的是，医生的最终判断使得他周围的气氛变得松懈下来，八年级结束时，老师要求他做家庭作业，而且还要在课堂讨论中发言。莱西第一次让他做家务——洗碗和洗自己的衣服——她在医院上夜班时，他还要用烤箱为自己和约翰加热冷冻的比萨。贝莎会让爱德华把她车里的重物搬下来，有时候她会怀疑地看着他，似乎在问："你还需要老是缠着我的女儿吗？"大人们时常斜着眼睛看他，用自己的肢体语言告诉他："危机已经结束了，你需要向前看，我们也好继续过自己的生活。"

然而危机怎么可能结束呢？他现在仍然难以入睡，必须穿着哥哥的衣服才有安全感，而且再也不会见到自己的家人。因此，当莱西眼神热切地问他"夏令营有趣吗？你喜欢吗？"的时候，他不得不掩饰自己的烦恼。"不，我不喜欢。"他想。好在夏令营并不会让他紧张，所以这种新体验并不令人难以忍受。爱德华会不由自主地回避姨妈，他在谢伊家待的时间比在姨妈家都长。他理解大人们希望他尽快好起来，可他们又怎能真正理解他所经历的一切？无论如何，他认为莱西应该更加理解他才是。

夏天结束，爱德华即将升入高中，他的姨妈显然为此十分兴奋，这非常令他费解，因为他看不出高中和初中究竟有什么真正的不同。他和谢伊仍然要去同一座教学楼上课，校长也还是原来的那一位，只不过上课的教室位于最顶上的两层而不是底层，唯一显得重要的变化就是他不再不用上体育课，此前他喜欢在图书馆度过那段时间——读书或者在笔记本上写写画画。

高中部的大型体育馆位于四楼的后侧，爱德华在第一堂课之前就在办公室里找到了体育老师，告诉对方："我跑得不快，有时候会失去平衡。我觉得我最好还是坐在看台上看别人跑，或者，如果您愿意，我也可以帮您掐表，给大家计时什么的。"

体育老师图安夫人是个结实的矮个子女人，棕色短发，脖子上挂着哨子，她的视线始终没有离开手上的笔记本。图安告诉爱德华："这不是什么球队训练，孩子——而是体育课，你不会是唯一一个摔倒的学生。现在离上课还有五分钟，去黄线那边等我，穿好合适的衣服和鞋子。"

"但是……"

"没有但是。"

换完衣服，爱德华发现谢伊在更衣室外等他。"我们应该组织一个篮球队。"她说，"你打过篮球吗？"

爱德华和哥哥有时候会在当地的操场上投篮，他摇摇头："我爸爸不怎么喜欢有组织的体育活动。"

"你可能会喜欢的，反正我喜欢从那些王八蛋手上把球抢过来，你知道吧，这可不犯法，而是篮球的规则。"她瞥了他一眼，"说不定你会发现自己很擅长运动呢。"

"这不太可能。"

谢伊耸耸肩。

爱德华穿着健身短裤，觉得腿很冷。他长得很快，以至于手臂和腿一直在疼。他讨厌自己现在的模样。"别再期待我会有什么超能力了，好吗？我可不是什么该死的巫师。"爱德华说。

"我早就不期待了。"

他看着她，意识到这是真的。哈利·波特已然成为遥远的过去，连同各种幼稚的想法早就被他们抛之脑后。他们长大了。个子越来越高的爱德华既让她失望，也让他自己失望。他的心中涌上一股悲伤，掺杂着愤怒，这出乎他的意料，只听他语气刻薄地脱口而出："我可以向你保证，我根本不擅长打篮球。"

"上帝。"谢伊说，"好吧。"

爱德华的脸火辣辣的。他跟着她走到球场上，站在其他孩子们站的地方。开始上课时，他发现体育馆的噪声令人难以忍受，尖厉刺耳的哨声反复响起，篮球碰撞地板，鞋底摩擦地面，众人推来搡去，音量和紧张的气氛唤起了他试图逃避的记忆。穿过球场时，他的心跳几乎顶穿了鼓膜，他不敢跟任何人有眼神接触，所以没有人会把球传给他。偶尔篮球弹到他的怀里，他整个身体都会一僵，然后赶紧把它丢出去，仿佛它是一枚即将爆炸的手榴弹。

体育老师喊过两次："阿德勒，你走反了！掉头！"爱德华觉得墙上的时钟似乎已经停了，或者说他掉进了自己设置的时间陷坑，它就像一片流沙，他永远无法摆脱。时间吞没了他——他将永远在这个体育馆里冒着虚汗恐慌下去。当一个孩子撞到他身上时，爱德华不假思索地做出反应：转过身去，推了对方的胸口一把。那个孩子——爱德华本以为是个男孩，然而那是个亚洲女孩，名叫玛格丽特，帮他找到过升上高中后新储物柜的位置——倒在地上。图安夫人说："阿德勒，现在下场！找个地方坐下！"

当天晚上，他对约翰和莱西说："你们得给老师写个申请，先别让我上体育课了，等过几个月我身体强壮一点再说，这太危险了。"

"危险？"约翰看着他的妻子，"现在的体育课跟我们小的时候不一样吗？"

"如果你们不给我申请，我每次只能假装肚子疼。"爱德华说，"我真的不想再装下去了。"

"亲爱的，"莱西说，"我们当然会给你申请的。"

那天晚上，爱德华垂头丧气地走进谢伊的房间，他似乎依然能听到篮球撞击地板的声音。"我很抱歉。"爱德华对谢伊说，他意识到自己听起来很生气，但他并不生气，因为耳朵里的噪声，他不得不高声说话。

"你对玛格丽特有什么意见？"她问。

他试图设法解释自己在篮球场上时的感觉——他的神经是如何被一根一根地点燃的。体育课后，他向玛格丽特道了歉，但她什么都没说，只是怒视着他，然后走开了。

"至少你知道推了她之后不会有任何后果。"谢伊说，"因为你是你。"

"无论是谁，都不会因为偶尔推了别人一次就受到惩罚的吧？"

"那你可说错了，我揍了一个男孩一拳，结果被禁赛了。"

爱德华瞪大眼睛："你被禁赛了，什么时候？"

"就在你来这里之前，那个孩子搬家转学了。"谢伊合上手里的书，"一上体育课他就哼哼唧唧，特别烦人，我受不了。"

"所以你打了他？"

"嗯。你来到这里之前，我很无聊。我讨厌无聊，只好自娱自乐。我从六岁开始每年都会试图离家出走，每次的计划都不一样，但在某种程度上，我知道自己永远不会真的逃跑，因为我妈会受不了，但为了分散自己的注意力，我仍然需要制订计划。"

爱德华想起他刚来这里时曾经和贝莎站在门口聊过一次天。"你妈妈告诉我，你以前会打其他女孩，你还小的时候。她感谢我成为你的朋友，但我知道她是故意说得这么夸张，这是为了让我不觉得尴尬。"

"她并没有夸大其词。"

"你想要分散自己的注意力？"

谢伊发出一声恼怒的咕哝，然后说："我不知道。我妈每个圣诞节都给我买娃娃，让我和它们一起玩。我家每天下午五点十五分准时吃晚饭，你知道我们家的鸡肉菜谱吗？星期一吃炸鸡，星期三吃烤鸡，星期五烤鸡胸。永远不变。"

爱德华觉得谢伊的卧室跟过去不一样了，尽管他每晚都会睡在这里。他记得七年级的第一天跟随谢伊穿过学校的走廊，她拿胳膊肘把一个挡道的男孩撞开，还记得那些围观他的人，仿佛他是个游行队伍。在那个旧谢伊的脸上，他看到了新的谢伊。

她伸出手来，就像运动员们在比赛时那样。"听着。"她说，"我不想再忍了，我要把想说的说出来，我觉得你也不希望我闭嘴。"

"是的。"他说，但他感到很紧张，房间里的气氛非常怪异，犹如飓风的前兆。

"飞机失事，你搬到这里，这些显然都很刺激。"她说，"可现在……"

他点点头。他知道现在不一样了，气氛放松了，大家又开始觉得无聊，回到一成不变的生活之中。爱德华的脑袋几乎垂到了地面上，双手按着膝盖，今天的他筋疲力尽，但他必须强打精神，因为他讨厌这个世界和谢伊很生他的气是完全不同的两码事，后者是他接受不了的，但爱德华能够看出过去几个月她疏远他的小迹象，有时候谢伊会早早关掉床头灯，即使她不是特别累，她在夏令营选了跟他不一样的课程：爱德华报名参加了美术和手工辅导课，她则选了木工课。有那么一两次，她跑到另外一张全是其他孩子的桌旁吃午餐，这让他感到恐慌。他正在失去她。

"我很抱歉，让你感到无聊了。"他说，他很讨厌自己像是在发牢骚的语气。

她耸了耸肩："这一次不关你的事，爱德华。"

谢伊的表情有点吓人，她看着窗外，似乎想跳出去，逃到人行道上。不知怎么，他知道这是因为他在体育馆里刻薄地对待她，她一直试图照顾他，他却把她推到一边去。

"天哪，"他想，"我做了什么？"

她面色坚定地转过脸来："我必须告诉你一件事。"

"没必要马上说。"爱德华说，"你可以明天再告诉我。"他不知道谢伊要说什么，只是他再也受不了了。他想起母亲用拇指按住她锁骨上的胎记，当简发现儿子在看她时，她笑着说，当我想要时光倒流时，我会按着这里。八岁的爱德华相信了她的话，很希望自己出生时也有如此神奇的胎记。现在他又产生了同样的愿望。充满了恐惧的他非常想要摆脱这一刻。

"我一定得说。我答应过我妈，否则她会亲口告诉你，那样大家都不会高兴。"

有辆车在街上大声按喇叭，爱德华感觉到自己身体里也发出共鸣般的颤音。

"你不能再在我的房间里睡觉了，虽然我觉得没关系，另外，别的什么都不会改变。"

爱德华浑身冰凉："为什么？"

"你第一次在我房间里睡觉时，我妈让我保证，等我们不再是小孩，就不能再这样了，呃，就是当我成为女人的时候。"谢伊捂着脸，从指缝里发出声音，"她原话就是这么说的。"

爱德华看着她床头柜上的钟。八点十七分。这一天终于来了。"你在说什么？"他问，"我听不懂。"

"我来月经了。"

除了去华盛顿那一次，爱德华每天晚上都来她房间过夜。"那又怎么样？"他说，但他知道贝莎在乎这种事，这是她的界限。

"我知道你不想在儿童房睡觉，你家地下室里有张沙发床，你可以睡在那里，我帮你收拾好它。地下室收拾出来之前，你可以在我房间再睡几天。"

爱德华眨了眨眼。他知道他必须回应，所以他说："好的。"

"我们都知道，这种情况不会永远持续下去。"

他想："我可不这么认为。"

第二天是星期三，所以爱德华放学后来到阿伦迪校长的办公室。他们在屋子里转来转去，爱德华用蓝色喷壶给植物浇水，校长拿着平纹细布袋子给植物施肥，袋子上没有标签，但他知道它们都是干什么的。校长会把肥料撒在其中一些植物的叶子上，然后调整好顶部的热灯，对于其他植物，则用食指在它们的根部小心地挖出一个洞，然后轻轻地将袋子里的肥料撒进洞里。

爱德华学会了慢慢地浇水，同时观察土壤的颜色，看看吸水是否饱和，深棕色说明水量足够，焦黑色则说明水浇多了，他专注于控制浇水的力道，前一天晚上几乎没怎么睡，他的手略微有些颤抖。那天早晨，他在谢伊卧室的地板上醒来，试图记住天花板上的 Y 形裂缝和她在睡梦中翻身时发出的微小的吱吱声。

"你能说出它们的名字吗，爱德华？"校长站在离男孩三盆植物之外的地方问，他嗅了嗅其中一盆植物的叶子，然后把头扭到一边，好像在思考气味的含意。

爱德华知道整个房间里的植物种类并不繁杂，正如他第一次参观这里时设想的那样，它们大都是些蕨类植物。阿伦迪校长不仅是个狂热的园丁，而且是蕨类植物专家，他甚至出版了一本名叫《东北部蕨类植物——石松和马尾》的书，石松和马尾就展示在两个大花盆之间的窗台上。

爱德华放下喷壶，拿起桌上的喷雾瓶，指着面前摆的那盆褶边植物说："这是鳄鱼蕨。"

"很好。"

爱德华又指了指另外几盆："波士顿蕨。鹿角蕨。这几棵是铁线蕨和冬青蕨。"他眯起眼睛，看向角落里的一盆植物，它有两英尺高，带状的叶子有如皮革，"那一棵和那边那棵是鸟巢蕨。"

阿伦迪校长高兴地朝同一个方向点了点头："我是从读研究生的时候开始养那盆美人的。"

"那是纽扣蕨。架子上的那几棵是银脉蕨，那个是袋鼠爪。"

"优秀。它们有什么区别于其他植物的共同之处？"

"它们是维管植物，通过孢子繁殖。"

校长点点头，小胡子随着笑容绷紧："答得好，我很喜欢教你这样的学生。"

给植物浇完水，爱德华拿起背包。谢伊正在家里等他一起布置地下室。爱德华整了整背包的带子，缓缓地吐出一口气。

正在照料角落里那盆古老蕨类植物的阿伦迪校长转过身来："已经四点了？别急着走，爱德华，还有一件事，图安夫人告诉我你退出了体育课。"

"我腿疼。"

"嗯，没错。她已经把情况告诉我了。你能过来帮个忙吗？我要给它剪枝。"

爱德华想："他知道我推了一个女孩。"校长让爱德华扶着纽扣蕨的枝条，然后开始调整花架，男孩低头看着手中的植物，它是亮绿色的，大约六英寸高，叶子有指甲盖大小。爱德华把枝条抱在胸前，直视着纽扣蕨的中心，如果说植物也有面孔的话，那么这就是它的脸，爱德华不由自主地觉得这棵植物正在怀疑地盯着他看。没错，他想。

"举重。"阿伦迪校长说，看起来有点恼火，"上体育课的时候，你可以在器材室举重，不用参加班上同学的活动。这样能让你的伤腿适应，你也能得到锻炼，而且器材室比球场安静多了，我本人就很喜欢那里，我们都不讨厌把身体练得壮一点，不是吗？"

爱德华想起了飞机上的那个士兵，他和本杰明曾在卫生间门口搭讪过，士兵的肌肉看起来难以置信地发达，绝对练过举重，没人敢惹，本杰明无论走到哪里，必定充满了安全感，当然，飞机上除外。爱德华低头看看自己细弱的胳膊和骨瘦如柴的手腕，仿佛能感受到胫骨上那道疤痕的形状，他试图想象自己更魁梧强壮、更有安全感的样子。

"我会的。"他有点破音地说，"谢谢你。"

晚餐时，莱西说："你最喜欢看哪一部电影？"

"我？"爱德华方才一直盯着盘子，为了不让莱西失望，他努力想要多吃一点猪排，自从谢伊说了那番话，他就没了胃口，觉得自己仿佛站在一个灯光渐渐变暗的房间里。

"你还好吗？"午餐时谢伊这样问过他，"不要因为这个变得怪怪的。一切都好。我们的关系也很好。"他对自己说："我知道。"而实际上他觉得自己正被迫走在搭在船舷边的木板上，前方就是鲨鱼出没的海域，他随时都有可能抵达边缘，跌进水中。也许明天就会。

"嘿，听见了吗，小傻瓜？"莱西说。

"你最喜欢什么电影？"为了拖延时间，他问。现在他没有喜欢的电影，不过，小的时候他喜欢《丛林书》。自从坠机以来他看过电影吗？爱德华想："《综合医院》算不算？"

"《钢木兰》。"莱西回答。

"你呢？"爱德华问约翰。他很喜欢这种无意义的闲聊，他和迈克医生每星期都会这样做，每当听到让他不舒服的问题，爱德华就会转移话题。这个星期，为了避免提及谢伊和自己正在迁移卧室这件事，爱德华告诉迈克，路易莎·考克斯的司机给他们送来一本关于投资的书，还有一张很厚的卡片，上面写着：有很多东西学校是从来不会教给你的，读读这本书，然后把你的想法写信告诉我。这是听证会后司机送来的第二本书。第一本是泰迪·罗斯福的传记，谢伊和爱德华一起读过，每读一两页都会停下来取笑作者的愚蠢，后来谢伊说，"我们是不是该做作业了？"爱德华突然觉得内疚，不是因为没做作业，而是由于没有给考克斯夫人写信——就为了那本他读不下去的枯燥投资书。

迈克医生被逗笑了，按照讲好的规则，谁先笑谁输，因此爱德华赢了。他并非总是在这种游戏中获胜，迈克经常玩一会儿之后提出一个更接近靶心的问题，但爱德华有信心在与姨妈和姨夫的比赛中赢过他们，因为他们还不熟练，没有取胜的机会。

"《银翼杀手》。"约翰咬了一口食物，微微一笑，好像这部电影是一段温暖的回忆，"我看了二十三遍。"

"得了吧。"莱西说，"这又不是什么值得显摆的事儿。"

"哦，是吗？"约翰拿叉子尖指着妻子的方向，"你看过多少遍《钢木兰》，莱西？"

"那部片子可是经典电影。"莱西用傲慢的语气说。她转向爱德华："如果你喜欢《星球大战》之类的大片，我们可以给你买星战系列的床上用品。"

爱德华疑惑地问："床上用品？"

"贝莎告诉我，你要睡在地下室的折叠沙发上，我想我们可以为你布置一个非常特别的个人空间。"

在地下室里。爱德华想象着自己躺在那里的样子，仿佛走到了木板的尽头，风在咆哮，他讨厌这种感觉。他知道自己担忧过度了，至少从表面看，他不过是换了睡觉的地方而已，况且谢伊的卧室和地下室之间的距离才不到30码，他每天早上仍然可以和谢伊一起上学，他依然能听她大声念书……表面看似可以忍受，然而表面以下的东西令他感到沮丧。

坐在对面的莱西正朝他微笑，爱德华放下叉子，完全没有食欲，内心被黑暗占据。他想知道贝莎究竟对莱西说了什么，她是不是告诉姨妈谢伊来月经了？还是说了别的什么？比如爱德华最怕变成现实的东西：谢伊讨厌他了，所以才找借口让他离开她的房间，进而远离她的生活。

他举起图安夫人让他举的杠铃，随着她的口令伸直脊椎，试图领会她所说的那些健身术语的含义。器材室就在球场对面，爱德华能听到孩子们跑过光滑的地板和运球的声音，还有警告的哨声。

"你得练习深蹲、硬拉，锻炼核心力量。"她说，"这些是复合练习，一次能锻炼多个肌肉群，假如练好了核心，你就能推倒体重一百磅的人，把自己的潜力发挥到极致，比如从被困的孩子身上搬开汽车。"

"真的吗？"爱德华问，想象着自己举起汽车的样子，不由得脸红了，手臂颤抖着。那恐怕是不可能的吧。

"真的。"

"深蹲有什么用？"

"作用很多，蹲下的时候会调动全身的肌肉，你想要强壮的大腿吗？深蹲。你想要强壮的胳膊吗？深蹲。"

图安夫人看起来总是很兴奋，而现在的她更像是在宣讲什么伟大而永恒的真理。本杰明·斯蒂尔曼一定做过深蹲，他一定知道如何使用这个房间里的每一件金属器材。

爱德华背着一根木棍蹲在地上，因为图安夫人说他太瘦弱了，还不能练习举铁杠铃。下蹲的时候，他想起谢伊凝视窗外时的激愤表情。

"阿德勒，"图安夫人说，"深蹲不是这样的，你这样叫坐，你必须挺直身体，保持正确的姿势。"

"挺直身体，保持正确的姿势。"爱德华默默重复老师的指令，努力按她说的去做。

谢伊大声读了《黄金罗盘》的其中一章，九点钟时，爱德华站了起来。为了避免这一刻的到来，方才他一直想要说些什么，但最终难以启齿，因为谢伊希望他离开，他必须离开。她读的书他一句都没有听进去，只能慌乱地翻动书页，他浑身的肌肉都在发抖，犹如数百根橡皮筋，他知道明天又要疼了。

他没有看她，只是说："好吧，晚安。"

"希望你能睡个好觉。早上见。"

他们的声音都有点大。爱德华拿起背包，跟跟跄跄地出了房间，幸好没有看到贝莎，他松了一口气。他走出前门，来到谢伊家和姨妈家中间的阴影里——他知道从谢伊房间不会看到这边——坐在地上，更确切地说，是瘫倒在地。

他想："我现在无家可归了。"

纽约市的公寓——那个曾有父母和哥哥的地方才是他的家，而坠机之后，最开始躺在谢伊家地板上的只是他的身体，后来，习惯与乔丹一起睡的他才最终适应了在谢伊身旁睡去，将她的卧室当作庇护所。姨妈家的房子在阴影中隐约可见，但那里从来不是他想去的地方，爱德华感到自己已经踮着脚来到木板的尽头，看到幽暗水面之下盘旋的鲨鱼。

他蜷缩在地上，九月的夜晚非常寒冷。爱德华闭上眼睛，黑色的夜幕犹如黑色的海洋，他不记得自己曾经这样哭过，这是坠机以来的第一次崩溃，他的脸颊透湿，肩膀颤抖，眼泪与四面八方围拢过来的海水连成一片，涌起白色的巨浪，恍惚之中，他仿佛看到了加里和他的鲸鱼。

就在这时，有人摇晃他的胳膊，爱德华这才意识到自己刚才睡着了。

"噢，天哪，爱德华！你受伤了吗？"姨妈脸色苍白，惊慌失措地看着他。然后她转过身去尖叫道："约翰！约翰，过来！约翰！"

爱德华想，她听起来很害怕。

莱西抓住他的肩膀："爱德华，你能说话吗？你怎么了？"

爱德华点点头，做出这个动作需要付出巨大的努力，他觉得自己的身体就像被焊成了一块铁板，终于，他从嘴里挤出两个字："是的。"

随后约翰姨夫也来了，弯腰看着爱德华，他穿着那件旧格子睡衣，问："发生什么了？"

"我不知道。瞧瞧他，我们该去医院吗？"莱西说。

"咱们先让他进屋吧。"

约翰扶着爱德华站起来，架着他的一条胳膊，莱西架着另一条，爱德华发现自己似乎一下子变高了，脑袋仿佛飘离了脖颈。爱德华的唯一希望——三个人往屋里走的时候——就是此时谢伊已经睡着，不会看到莱西和约翰把失魂落魄的他拖回房子里。

下午12:22

尽管人们知道每年都有一定比例的坠机事故发生，但大家还是会使用飞机这种交通工具。他们虽然"明白"这个事实，然而总是想方设法地"软化"它，最常见的说法是，乘汽车比乘飞机旅行更危险，从绝对数字来看，每年发生的车祸有500多万起，而航空事故仅有20起左右，因此实际上飞行更安全。另外，受到习惯和传统礼仪的影响，航空服务的大众化也使得群体信心发挥作用，让肩并肩坐在一起的人们起到互相安慰的作用，他们相信，假如飞行安全真的得不到保障，大家是不会如此愚蠢而冒险乘坐飞机的。

克里斯平回到座位上时，脚下的地板有些抖，他去洗手间来回用了二十分钟，因为他不得不坐在马桶上休息很长时间才能有力气走回来。他想，一个月前我感觉很好，那时我还是我自己，现在我却不知道自己究竟是谁。

这次旅行前，克里斯平接到过他的律师萨缪尔斯打来的电话。萨缪尔斯同样七十多岁，但身体很健康，甚至还在练习举重。律师在电话里说，克里斯平在福布斯年度百强富豪榜上名列榜首。

"嗯。"克里斯平对着电话说。

"恭喜，考克斯。你很了不起。"

"嗯。"他重复道。实际上克里斯平完全无动于衷，他已经在这个榜单上待了二十年，过去十年始终是前几名，自从出售公司以来，他一直期待着福布斯每年的公告，在富豪榜公布的日子沾沾自喜，骄傲地接听祝贺他的来电。

"考克斯，你还好吗？洛杉矶的医生很快就会解决你的问题。"

"打电话给厄尼，告诉他，等我到了那里，我想重新立遗嘱。"

"好的。"

"为什么我要把一切都留给孩子？他们讨厌我。"

"大都会博物馆希望你能考虑一下他们，很明显。"

"去他们的。"克里斯平担任大都会博物馆的董事几十年——他很享受各种会议，出席者都是纽约的重量级人物，还有他的社交圈子里的朋友，但他始终没时间欣赏什么艺术，这经常成为他和路易莎争吵的焦点，因为他们都介入了这家机构。她在大学主修艺术史，向来以收藏家自居，在 20 世纪 90 年代中期，她一度担任该博物馆的董事会主席，而且禁止他参加会议。

"你有什么打算？"

克里斯平拒绝回答，只是说"我不确定"，他以前从来不这样说，不确定性是弱点，他甚至有一套专门对付它的策略。他说："我可能把全部财产留给路易莎，把她弄疯，既然这个该死的女人一生都在想着我的钱，那我就把钱装在银盘子里端给她。"这个主意让他窃笑起来。

电话另一头沉默了一下，因为萨缪尔斯也是路易莎的律师，出于专业人士的谨慎，他没有立即回应。"如你所愿，考克斯，我会告诉厄尼的。"最后他说。

克里斯平倒进座位里，凝视着窗外的雨滴，犹如他的财富那般，它们终将化入尘土，这是个悲惨的想法，因为失去了掌控，金钱于他而言毫无意义，不过是他一生都在追逐的绿色纸片而已。他确实想用钱为筹码拿捏路易莎，但她并不缺钱，继承遗产增加的只是账面上的数字，她的生活不会有任何变化。正如他曾说过的那样："你现在吃的东西已经是最好的了。"他和路易莎早就已经过上了最好的生活。

　　他总是太看重金钱以及如何才能得到更多的钱，直到这天早晨律师打来电话，金钱和数字才失去了重要性，可如果连这些都消失了，他还剩下什么？过道对面的那个跟风筝差不多高的男孩正在敲打他的键盘，仿佛手指敲击的每一个字母都会真的产生变化。也许确实如此，也许不会。

　　也许确实如此。

　　疼痛于他而言就像一盒弹子球，围绕着他的腹部滚动。陷入沉睡之前，克里斯平迷迷糊糊地想："孩子们要求去露营时，我真的应该带他们去的。"

　　布鲁斯揉了揉脑袋——他觉得自己的脑袋紧张得抽搐了一下，但也可能是幻觉——站了起来。

　　"我去跟妈妈打个招呼。"他说，"你们要乖乖的。"

　　埃迪说："爸爸，我们不是五岁小孩。"

　　乔丹说："告诉她，谢谢她的甜点，但是里面有乳制品，所以我把它送给了埃迪。"

　　布鲁斯叹了口气，因为在他刚刚做的梦里面，埃迪才五岁，坐在他的腿上——布鲁斯则坐在沙发上，给埃迪读《小熊维尼》。埃迪靠在父亲胸前，沉甸甸的，让布鲁斯觉得儿子完全信任自己、无拘无束，男孩身上的每一个细胞都是放松的——可能这样的一幕正是为人父母的意义。

　　布鲁斯给埃迪读过十二三遍《小熊维尼》，他知道所有的孩子都喜欢重复，但埃迪比大多数孩子还要喜欢。学会了阅读之后，他几乎每天晚上都会在床上读几页《小熊维尼》，还看了无数遍他最喜欢的电影《丛林书》。"至少他的品位很好。"当布鲁斯担心地表示埃迪的阅读量可能不够的时候，简经常这样说，"至少他喜欢经典作品。"

十二岁的埃迪四肢格外细长，不再像小时候那么圆润，跟人拥抱时动作尴尬笨拙。他觉得自己在父亲的怀抱中就像一棵可能会被折断的树苗，他现在更渴望用弹钢琴来满足自己喜欢的重复感，不再需要或希望父亲为他读书。

布鲁斯把头等舱的帘子推到一边，看到简旁边的座位是空的。

"坐下吧。"她说，"我不知道他去哪儿了。"

布鲁斯在她旁边坐下来。"那家伙看起来不怎么好。"他说，指着过道对面那个睡觉的老人。

"他一看就是个大人物。"

"大人物。"他笑道，"那他为什么要跑来坐商业航班？如果我是大人物，我肯定有自己的私人飞机。"

"他也许是个骗子。"她说，"头等舱里有不少这样的人，我敢打赌。"

"剧本怎么样了？"布鲁斯尽量语调柔和地说，他想要谈话，而不是打架。坐在经济舱离妻子太远，他很想她。

像往常一样，她似乎感觉到了他在想什么。"我很抱歉。"她说，"再一次抱歉。"

她把手搭在他的手上，用力按了按，她的皮肤很柔软，压力让他的嘴角浮起笑容，虽然他在生她的气，但同时也意识到自己爱她。他花了好几年的时间才终于接受他们的爱缺乏逻辑这个事实。尽管心情沮丧，但看到她的笑容，他还是会不由自主地快乐起来，他希望孩子们在自己的人生中也遇到像她这样的另一半。布鲁斯想起乔丹那天在中餐馆里的表情，很好奇大儿子是不是已经遇到了那个人，但他很快便打消了这个荒谬的想法。

"什么？"简说，"你有什么想法就请说出来吧。"

"我们应该让埃迪上洛杉矶的科尔本学院。"

简抬起眉毛："真的？"

"你不同意吗？"

"当然同意。我觉得他很有才华，他喜欢钢琴。可这样你就没法在家里教他了。"

"不完全是，我仍然可以教他数学和读历史书。"

"乔丹会很孤单。"

"我知道。我们必须解决一些问题。也许他会喜欢和他父亲一对一相处的。"

这是一句两人都懂的玩笑，甚至没必要真的笑出来。

简把头靠在他的肩膀上。

"这个人去哪儿了？"布鲁斯说。

"可能跟在头等舱的空姐屁股后面。我觉得他恋爱了。"

"她漂亮吗？"他试图回想那个女人的模样，但只记得她绾了个发髻。

简眯起眼睛："是吗，你真的没注意到她？"

他冲着她的电脑点点头。"你快要写完了吗？"他听得出自己的声音里渗透着常年累积的挫败感，对自己感到失望，但只觉得失败还不够，作为丈夫和男人，他必须变得更好。

简看着屏幕上字母排列组合而成的词句、剧本特有的大篇幅对话和充足的段落留白。"没有。"她说，"不过，等飞机降落的时候就写完了，我保证。"

在自己的职业生涯中，维罗妮卡曾经做过两次这种事，虽然这与她的习惯无关，但她知道怎么处理是最好的。她告诉马克在十分钟之内到机舱左后方的卫生间去——那里是飞机上最隐蔽的地方。等到马克过来，她立刻打开"系好安全带"的提示灯，确保尽可能多的乘客留在座位上，然后把头顶的扬声器调到最高音量，让嘈杂的白噪声充满整个空间。每个醒着的乘客都抬头望向天花板，扬声器就安装在那里。她关掉噪声，躲进了卫生间。

房间的尺寸很小，她和马克立刻贴挤在一起，关门落锁后，排风扇和荧光灯应声打开，将两人笼罩在灯光之下，马克的膝盖后侧紧靠着马桶边缘，这里的味道竟然不坏，看来通风口正在发挥作用。

"别说话。"维罗妮卡低声说。

马克双手拢着她的后脑勺，手指穿过她脖子后面的发髻。维罗妮卡被自己的饥渴搞得喘不过气，她想从头发里拔出簪子，可她必须在六分钟之内返回工作岗位，否则肯定有人找她，所以，当她出去的时候，必须看起来跟进卫生间之前一模一样。

马克解开腰带。

某种敲击的声音传来，但不是在敲卫生间的门，而是来自飞机两侧。那是什么？维罗妮卡暗忖。

咔、咔、咔，敲击声还在继续，可能是空调发出来的，抑或是通风管松动了。马克把嘴贴在她的嘴唇上——维罗妮卡的接吻技术竟然很不错——她抓着他屁股上的肉，把他往自己身上带。

然后她的脑子里充满了呼啸声，脸如同她的口红一样红，迫使她几乎把生活中的所有事都置之脑后，马克·拉西奥在她的耳边低语："我可能需要你。"她用亲吻把这些话语吹走。

乔丹轻轻推了推弟弟，往埃迪旁边靠了靠。他们的父亲还没回来。

"怎么了？"埃迪问。

"头等舱的那个空乘和一个男的一起进了卫生间。"

埃迪从座位上转过身，看向飞机后部："他们进去干什么？"

乔丹咯咯地笑起来："很可能是做爱。"

埃迪看起来很惊恐："在飞机上的卫生间里面？"

"我觉得不会有人注意到的，她在所有人头顶播放白噪声，分散了大家的注意力，所以没人会往卫生间那边看。"

"你为什么会往那边看？"

"我刚才在计算飞机上有多少排座位，恰巧面朝那边。"

埃迪思忖片刻，表情严肃："也许他生病了，她进去帮忙。"

"也许吧。可他看起来很健康。"

埃迪不寒而栗："真恶心。"

"嗯，反正我是不会再去那个卫生间了，这是肯定的。"乔丹不由自主地想起了马西拉，突然身体有了反应，于是放下小桌板遮住下身，防止弟弟发现。

他看到父亲沿着过道朝他们走来，又不由自主地想起爸爸也会和妈妈做爱，这个念头让他的下体变软了。

"不过，"埃迪以他特有的谨慎而深思熟虑的语气说，"认为做爱才是最重要的，甚至不介意在卫生间里干这件事，真的是太酷了。"

埃迪的这句评论让乔丹大为赞赏，他同时欣慰地意识到，弟弟终于开始加入他的色情梦幻俱乐部，他再也不用一个人忍受不舒服的内裤了。

克里斯平睁开眼睛，不知道自己身在何方。没错，他在飞机上，这很明显，但飞机飞到了哪里？现在几点了？他一生坐过几百次飞机，有时候一连好几年都在天上飞来飞去，到处参加会议、度过奢华假期，甚至比待在地面上的时间还多。假如他愿意，可以买下一整个飞行队，但他不喜欢私人飞机。商业航班能让他坐在自己的客户们中间，观察他们的想法和行为，这种场合为数不多。他一直认为自己在机场和飞机上的时间是进行市场研究的宝贵机会。

"今年是几几年？"他问旁边的那个女人。她穿着一件白色的开襟衫，扣子一直系到领口。"把你的手腕给我。"她说，"我来测测你的脉搏。"

"没门。回答我的问题。"

"现在是 2013 年。"

"我 1936 年出生。这意味着我……"他闭上眼睛，但他的大脑拒绝进行计算。他怀疑这个女人是护士，而且很可能就是他的护士。

她抓起他的手臂，仿佛自己有权这么做，然后将两根手指搭在他的手腕内侧。他没有反抗，因为随着算术能力的衰退，他的体力也消失了。

"丝状脉。"她低声说。

他点点头，又或是实际上并没有点头，但为了表示认同，他已经在心里默默地点过了头，她说得没错，他的确脉若游丝。

"你冷吗，考克斯先生？"

"是的，"他想，"我快冻僵了。我不再年轻了。我在天上孤孤单单的，还要去一个完全陌生的地方。"

邻座乘客回来的时候，简意识到他和她丈夫的气色迥然不同，不由得感到好笑。

马克的脸红扑扑的，好像刚刚跑到天寒地冻的室外散过步，他把手中的笔按得啪啪直响；布鲁斯则安静地坐在她身边，她不得不看着他的眼睛来猜测他的想法，然而毫无头绪。

"我觉得外面下雹子了。"她说，指着窗户。

"太疯狂了。夏天这么快就来了。"

她点点头，盯着灰色的云团和模糊的雨滴，不知道这样的天气是不是一种警告，它似乎在对她说："转过身去写你的爱情故事吧，过好你自己的生活，别想那么多。你可以搬到莱西家附近去住，就像她一直希望的那样。一起抚养你们的孩子。"

然而事实证明莱西没有生育能力。妹妹流产的时候，简既惊讶又伤心，但她不让莱西看到自己的悲伤，当妹妹再次怀孕时，简觉得自己浑身上下都兴奋不已，他们的大家庭会迎来全新的生命，她的儿子们可以全心地爱这个婴儿，想起这一幕她就高兴，惹人爱的新宝宝，可与希望同时存在的是对于妹妹可能失去婴儿的恐惧。

后来简在电话里这样劝慰莱西："建立家庭还有许多其他方式。你想让我考察一下收养或者代孕机构吗？"但莱西拒绝停止尝试怀孕，所以简当然不会住到妹妹隔壁，眼睁睁地看着她害死自己。此外，她讨厌郊区和超级碗派对，那些外表怪异的家伙会觉得他们让孩子在家读书不可思议，甚至自以为是地提出一些危险的建议。参加地方教育会议时，为了疏远这一类热衷提建议的"好心人"，布鲁斯会先下手为强，主动向他们宣扬儿童在家受教育的优点。

"天哪。"马克说，"我没法集中注意力。"

"这是因为你在飞机上。"简说，"我总会在发现旅途才过去一半的时候感到绝望，当你已经坐了好几个小时的飞机，却意识到还需要继续飞几个钟头的时候，你会觉得无所适从的。"

马克转身看着她。"有道理。"他按动着笔头，"你结婚多久了？"

她惊奇地笑了笑："我想想……十六年。"

"该死，时间真的很长了，你从来没出过轨吗？"

"多么奇怪的对话啊，"简想，"可也许头等舱的人彼此之间就是如此坦诚，因为他们觉得大家可能会有很多共同点？"

"没有。"

他摇摇头："该死。"

"你结婚了吗？"

"曾经结过婚，大约十分钟吧。"

"那是个有趣的错误吗？"

"哈。"他干巴巴地笑了一声，"是的，算是吧，当时我吸了太多的可卡因。"

"啊。"简从来没吸过可卡因，也从来没跟错误的人结过婚，不曾迷上过空乘。她突然感到一阵遗憾。虽然她并不想成为这个家伙那样的人，拥有他那股咄咄逼人的劲头，但她倒是希望能在自己的人生旅途中多绕几个无谓的圈子，她厌倦了以前那个总是经过深思熟虑才会迈出下一步的自己。

现在的乔丹似乎已经到了反抗全世界的年龄，她也希望自己能对儿子说："我理解你。我曾经整个十一月都待在西雅图抗议世贸组织。"然而她做不到。她反抗世界的方式是阅读《国家》杂志上的文章，然后深感认同地连连点头。她想："即便是杂乱无章的人生，也必然有它的价值。"她和布鲁斯的生活过于整洁有序，即便连她最大的抱负——写一本小部头、个人化、表达私密情绪的电影——也是整洁有序的。

马克揉揉眼睛，环顾四周，显然是在寻觅那位空乘的身影。

简也抬起头，想要帮他去找。

2015年12月

爱德华凝视着迈克医生办公室外面的那棵树。它的灰色树皮上有着深邃河流一般的纹路，树枝看起来像是永远都不会长出叶子。一只鸟落在树枝上，下一秒就飞走了。

迈克医生说："你能告诉我你是怎么了吗？假如我知道出现了什么问题的话，也许能帮上你的忙。"

爱德华已经停止尝试控制自己的想法，所以每个想法于他而言都是个小小的惊喜。他听到桌上那只华丽的时钟嘀嗒作响，想着，我比以前更加想念乔丹了。

"爱德华？"迈克医生说。

"我知道他们希望我每周来这里两次。"他说，"但我认为这是浪费你的时间。"

"你在你姨妈和姨夫的房子外面昏倒了。"

"那是三个月前的事了，真的不是什么大问题。"

"可如果当时外面再冷一些，你或许已经冻死了。这是一个大问题。"

"我不会死的。"

"你怎么知道？"

爱德华看着外面的树枝，希望刚才那只在树上落过脚的鸟儿能叽叽喳喳地飞回来，然而无论空气还是树木依旧静止不动，但这种空旷的感觉很不错。爱德华现在就独自睡在空旷的房间里，每天一个人四处走动。他打算告诉治疗师，即便如此，谢伊仍然是他的朋友。他们更深层的联系——他一直都知道她是他的氧气——正在慢慢消失，自从他在体育馆让她靠边站时开始。然而谢伊非常强大，以至于能在她认为有必要的时候挣脱这一切，在其他地方找到空气，可他知道自己并不像她那样坚强，这已经是他的第二次机会了。爱德华明白，当他和谢伊之间的一切最终消亡时，他内心的活力也会随之而去。

迈克医生希望爱德华告诉他这一切，但爱德华不愿谈论。他一直盯着窗户，感觉那棵树也在看着他。

约翰现在每天晚上都会熬夜，非要亲眼看着爱德华躺在地下室的床上，这时他会把头探进门缝，查看外甥的被子有没有盖好，然后自己才去睡觉。"一切都还好吗？"这天晚上，约翰像往常一样问爱德华。男孩点点头，翻过身去。

过了一个小时，当他确定姨妈和姨夫都睡着了的时候，爱德华爬起来，拖出运动服和他的匡威——假如外面真的很冷，还会拿出那件橙色的大衣——然后出门。他会围着街区转很多圈，小心翼翼地绕开谢伊的卧室窗前。他计算着经过的房屋和窗户的数量，还有头顶上的星星。他渴望运动，喜欢近乎完全黑暗的夜空和树木之间的黑色空气。有时候，当脑子里的数字开始混乱时，他就闭上眼睛走路，但从不让自己坐下或躺下，以免睡着后冻僵，从而证明那些大人的恐惧不无道理。

在某些时候，当他内心的某些紧张情绪得到缓和，他会回到地下室的那张抽拉床上。地下室并不安静，但这里的噪声跟谢伊房间里的截然不同。也许是因为他在房子的底部，整座房屋仿佛在他的床上移动喘息，他能透过封闭的窗户听到干树叶的摩擦声，每晚至少听到两次某种响亮的断裂声，这会让他一下子坐起来，凝视着面前的阴影。

但在室内他并不想要黑暗，他一直开着隔壁浴室的灯，光线透过地下室的高窗漫射过来。拥有自己的卧室，唯一的好处是他不必为了避免打扰谢伊而保持安静，不必假装睡着，可以咳嗽、捶打床垫、自言自语，可以在床上滚来滚去、凌晨两点吃燕麦棒，因为他的肚子咕咕叫。

他仿佛听到了图安夫人刺耳的哨声，想起自己偶然听见谢伊——她的声音因为兴奋而有些急促——在法语课上跟一个女孩谈论星期五可能会去湖边参加派对。当天空变亮，又一天开始时，爱德华会依旧茫然地盯着高而窄的窗户。

图安夫人痴迷于她所谓的"塑形"，时而命令他右脚移动一厘米，撅起屁股，时而让他伸出双臂，直到它们百分之百伸直。足球队长——一个矮胖的红头发小孩——在训练时溜进举重室，看到爱德华正在深蹲，咧着嘴笑了。

"动作真漂亮，阿德勒。"他说，随后拿出手机拍了一张照片。图安夫人让这个小孩离开房间，但爱德华知道为时已晚，手机照片已经发送给了那孩子的朋友。看到爱德华出来，足球队的小孩们立刻模仿他的样子蹲在地上，面带嘲弄的笑容。

爱德华和谢伊经过一处角落，看到他走过来，一个小麦色头发的腼腆男孩也做了个下蹲的动作。谢伊说："你？你为什么也这么做？你又不是他们那样的浑蛋，你比他们强多了。"

男孩的脸一下子白了，站起来，跑开了。

下午一连上三节课，爱德华始终愣愣地坐着，笔记本摊在桌上，手里拿着一支笔，但什么都没写，老师仿佛站在很远的地方讲课。他仍然和谢伊从学校一起回家，假装两人之间的一切都很正常。他理解谢伊的烦躁，因为她也觉得某些事情不对劲——除了爱德华搬出她的卧室之外的事情，但她又不能明确地说出那是什么。"我们的关系完蛋了，"他想，"我们很快就不再是朋友了。"

"阿伦迪是不是也要见你？"谢伊问。

"没有，为什么？"

"哦，我觉得我的成绩下降了，我猜他可能会找我谈谈，鼓励我做好申请大学的准备。"

"不，还早着呢，上大学。"爱德华疲惫得有些语无伦次，"肯定是为了别的事，我的成绩也下降了。"

"好吧，可他不会找你说这个的，因为你可以进入你想去的任何大学，即使你的成绩很糟糕，你要做的就是在论文里写点关于空难的话。"

爱德华摇了摇头。他突然希望现在是半夜，这样自己就能闭着眼睛走在星空下。他不愿意现在是白天，他的皮肤里面发痒，还要听谢伊谈论她一无所知的事情。

他索性闭上眼睛走了几步，然后若有所思地睁开眼："为什么学校里没有一个像我这样的孩子？"

"你在说什么？"谢伊顿了顿，"他们中的一些人可是喜欢你的。"

"我几乎没和他们说过话。"爱德华说。他以前怎么没想到这一点？他在这个城镇住了两年半，因为大多数学生都不怎么打扰他，他觉得很放松，但他从来没想过这是为什么。他回想起足球队长和他那些可怕的朋友，还有玛格丽特和涂着香喷喷的无色唇膏的女生们，她们的储物柜就在他的柜子旁边，还有一些孩子从来不看他——仿佛这是基本原则——每当他接近时就转身离开。

"噢。"谢伊做了个鬼脸，"他们真是白痴，你不应该搭理他们。他们认为你很幸运，有些人还嫉妒你。"

他觉得自己一定是听错了："幸运？"

两人来到街上，谢伊扭头扫了他一眼："我们年级有三个孩子的家长在坐牢，不少学生家里靠食品券生活，你知道，每个人都有自己的悲伤故事，但你的悲伤故事为你获得了名气。"

爱德华呼吸着寒冷的空气。

"而且，"她用歉疚的语气说，"等你拿到保险金，他们会认为你是个拥有特权的白人男孩，注定腰缠万贯。"

幸运。爱德华思索着这个词的含义，仿佛在掂量它有多重。

"就像我说的，你别理他们。"

他觉得自己内心越来越暗，犹如一只烧黑的灯泡，她说得完全不对。"也许我就是个浑蛋。"爱德华暗忖，他之前从未这样想过。

那天晚上，例行的街区散步完成后，爱德华在阴影中绕过姨妈家的房子，琢磨着足球队长那天挂在脸上的冷笑，以及自己成为浑蛋的可能性，这些想法让他加快了脚步。他还有另一个想法，它跟随了他好几个星期，现在正拍着他的肩膀提醒他：明天是他的十五岁生日。明天他就跟去世的哥哥一样大了。爱德华一遍又一遍地围着黑魆魆的房屋的四个角落转圈，他注意到了车道末端的车库，就朝那个方向走去。

姨妈家的后院形状狭长，车库是和房子分开的，位于最远的一侧，紧贴栅栏，栅栏外面是树林。爱德华从未靠近过车库——约翰和莱西都把车停在车道上——对这个地方向来视而不见，从来没想过这里是干什么的、里面有什么。自从搬来这里之后，他的活动范围极其有限，只有厨房、客厅、谢伊的房间、操场和学校。

黑暗中，草地使他的运动鞋变得越来越潮湿，即便那只是一个车库，他也为来到了新的环境而感到些许满意，于是在它周围走来走去，最后停下来透过窗户往里看。他只能看到自己的倒影，像个严肃的幽灵。不知道姨妈和姨夫在车库里放了什么东西，因为他们从未把车停在里面。

车库的侧面有一扇门，爱德华试着转动门把手，猜测它是锁上的，然而门没有锁。他拧动把手，门向后敞开一条缝，他跨了进去。黑暗的室内像是后院的延伸，同样有着矮胖的栅栏，中间是个房屋形状的结构，还有各种深色调的长方形和模模糊糊的影子，爱德华停留在门边，视觉对黑暗稍有适应之后，他看到右边的墙插上插着一把手电筒，这是约翰的习惯——房子里的每间屋子都有这样的手电筒，在紧急情况下可以用于照明。爱德华拔出手电筒，将它打开。

只见车库中央是个工作台，两侧挂着工具，摆放得极为整齐，似乎并不经常使用。不知道姨夫会在这里做些什么手工活儿，爱德华试图想象约翰拿砂纸打磨一张旧桌子的模样，但他觉得这是不可能的。再走近些，他看到几台笔记本电脑，不由得微微一笑：当然，这里并非制造和修理家具的地方，而是组装和拆卸电脑的工作室。虽然他从未在车库附近的任何地方见过姨夫的身影，但约翰习惯早起，所以他必定是在爱德华和莱西起床之前才会到这里来。

角落里有一张褪色的绿扶手椅，通常老年女性更可能拥有这种家具。椅子旁边是个书柜。爱德华把手电筒指向书架，看到上面摆满了两位作者的全部作品：赞恩·格雷和路易斯·拉摩。爱德华又检查了一遍，想看看是否还有其他作家的书，结果没有找到。"难道约翰是来这里读西部小说的？"不知怎么，爱德华察觉到这里的东西都属于约翰，而不是莱西，但房子是莱西的，男孩本能地清楚这一点，所以这个车库是约翰存放妻子不允许放在房子里的杂物的地方。

爱德华坐进绿扶手椅，从约翰的座位上看世界。他很高兴自己走了进来，他可以在这个地方消磨时间，不用马上回地下室去。他决定今晚晚点睡，明早晚起十五分钟。扶手椅旁边有一张圆桌，上面有一摞不同颜色的文件夹，他脚边摆着两个军队样式的大行李袋，爱德华用脚踢了踢其中一个，发现它很容易移动，说明袋子里的东西很轻。他把手电筒向下照，看到两个袋子都用挂锁锁住了。

他拖过最上面的那个文件夹，搁到膝盖上，将它打开。里面有一张写满了字的纸，字迹整齐匀称，显然出自约翰之手，爱德华起初以为这是一份厨房采购清单，记录着诸如：苹果、火鸡鸡胸肉、豆奶、巧克力杏仁之类的食品名称，但他发现这并非购物清单，而是一份名单，每个名字旁边都标注着一个数字和字母：34B、12A、27C。只有五个名字没有附带的编号。

爱德华的指尖开始在纸面上沁出汗珠。

他不用数就知道，这张纸上一定包含191个名字。这是航班乘客名单。没有座位编号的五个名字属于两名飞行员和三名空乘。爱德华扫视清单，寻找自己的名字，然而它不存在，但约翰写下了他的哥哥、父亲和母亲的名字。他母亲的座位行号跟阿德勒一家其他人的不同。"你应该和我们坐在一起的。"爱德华想。

名单下面还有别的文件，有些纸张摸起来跟最上面那份文件不同，纸质更厚。尽管如此，他没有掀起最上面的文件查看更多的内容，而只是让打开的文件夹继续留在膝盖上，拿着手电筒。爱德华想起自己跟姨夫一起坐在国家运输安全委员会地下室的大厅里，心想："这么说，你一直在收集信息。"

他木然地将文件夹放回桌上，尽管从身体到大脑都在反对这么做。他把手电筒插回门边的墙插，穿过后院，朝谢伊家走去。他捡起地上的鹅卵石——他能找到的最小的石子，以免吵醒贝莎或者打破玻璃——朝谢伊的卧室窗户扔过去，直到她出现在窗口，头发蓬乱，戴着眼镜。

"到底怎么回事？"她拉开窗户，迫不及待地问，她的声音不大，他几乎听不真切，她也不想吵醒贝莎，"你还好吗？"

"我有东西给你看。"他回答，看到她的眼睛亮起来，他感到一丝安慰。

"嘿。"她说，"生日快乐。"

"噢。"他瞥了一眼夜空，看着那块黑色毯子上的星星，"已经是凌晨了吗？"

她点点头，他看得出，即使他们没谈到这件事，谢伊也明白这个生日是不同的，具有更加复杂的意义。两分钟后，她来到楼下，穿着运动服。爱德华领她前往车库。谢伊在他身后低声问问题，他感到荒谬和疲惫，头也很晕。

"你怎么会到车库去的？"

"你为什么现在还不睡？"

"要是你想出门散步，为什么不叫上我？我肯定会出来的……"

进了车库，爱德华把手电筒对准扶手椅，然后是书柜、堆叠的文件夹和上了锁的行李袋。他看到扶手椅下面藏着一只与其配套的绿色小脚凳，就把它拖出来坐在上面，谢伊坐在椅子上。

他指着最上面那只文件夹，谢伊把它搁在自己的腿上，低头看了看，又看着爱德华。

"怎么了？"他说，"来吧，打开它。"

"不。"她慢慢地说出这个字，好像它的音节对她而言很陌生。

"不？"

"除非你向我保证，否则我不会打开它。"她挺直身子，"你必须保证不再那么奇怪。从现在开始，你必须正常对待我。明天早晨，你也不能再变回那种冷冰冰的样子。"她顿了顿，然后更平静地说，"我再也受不了了。"

他望向她的眼睛，吓了一跳。他意识到自己不再熟悉这双眼睛，而且他已经很久不曾直视它们了，因为他总是低着头，或者看着别处，和自己的内心扭打较量。那一刻，爱德华突然领悟到，长久以来，闹别扭的始终是他自己，而不是她。当谢伊提到他们之间必须恢复正常的时候，指的就是这个意思，因为他才是实际上的破坏者。爱德华的脸颊变热了，他差点单方面毁掉了自己生命中最重要的部分。

　　"我很抱歉。"他说，"我保证。"

　　"很好。"她点点头，"我很想你，你这个怪胎。"谢伊打开文件夹，他看着她浏览乘客名单。"这就是我想看的那份东西吗？"

　　他把双手按在火辣辣的脸颊上。

　　她低声说："你不在这里面，你的座位号是多少？"

　　"31A。"

　　读完第一页，谢伊把它掀到一边，下面是一张金发女子的照片。这个女人的身体微微前倾，对着镜头微笑，似乎试图取悦镜头后面的人。这张照片与爱德华在学校停车场看到的那张不同，但他仍然认出了她。他说："这是加里的女朋友。"

　　"噢。"谢伊喃喃道，"可怜的琳达。"

　　接下来是身穿制服、不苟言笑的本杰明·斯蒂尔曼的照片，但爱德华没说话。他从来没向谢伊提起过这个士兵，也不知道如何解释本杰明是谁。他无法把"虽然我只和他待了几分钟，但我每天会至少想起他一次，想要因为他而变得坚强"这种话说出口，万一别人把他当成傻瓜或者疯子呢？

　　后面是他家人的照片。他的母亲。他的父亲。乔丹穿着爱德华现在穿的橙色大衣。接着是一个大块头女人的照片，她的裙子上点缀着铃铛，手臂举在半空，仿佛在跳舞。这些照片的冲击如此直接——尤其是他的家人——爱德华觉得有些眩晕，所以，当陌生人的面孔出现时，不啻一种解脱：许多人看起来有点面熟，但他想不起他们究竟是谁。也许他曾经从他们的座位旁经过，也许他和他们一同站在卫生间门口排过队。男孩的目光落在一个看起来很有钱的家伙身上，他对这个男人油光水滑的发型有些印象——他正在咧着嘴笑，但似乎有点生气，也许是打算对摄影师的工作指手画脚。

谢伊把有钱人的照片翻过来，两个孩子这才发现每张照片背后都记着东西：比如这个男人的照片后面写着他名叫马克·拉西奥，还有他遇难时的大概年龄、在世的亲属名单——他只有一个名叫贾克斯·拉西奥的兄弟，住在佛罗里达州。

文件夹中有一百多张照片，其中包括两名使用官方头像的飞行员：一位面带微笑、小胡子颜色花白，另一位年轻许多，忧郁但英俊。爱德华觉得自己的内心空间全都被他们的脸占据了，他的身体仿佛被整架飞机充满，他的手臂似乎变成了飞机的翅膀，躯干则是飞机的身体，男人和女人一个接一个地走进机舱。

看过了每一张照片，谢伊合上文件夹。他们在黑暗中沉默地坐了一会儿，随后谢伊说："我敢打赌，你们从华盛顿特区回来之后，约翰就开始收集这些信息了。"

"什么？"爱德华的手搭在文件夹上，里面的东西意味着太多太多，他正沉浸其中无法自拔，一时无法理解谢伊的意思。

"也是从那时候开始，他和莱西不再睡在一起，所以说，这个时间点意味着什么。"

爱德华看着她："你在说什么？"

"你难道没注意到，约翰一直睡在儿童房的床上？"

爱德华想起儿童房，还有里面堆叠的纸箱子和单人床："我没……

我从来不去二楼。你怎么知道他在哪儿睡觉？"

谢伊猛然绾起头发，以神奇的速度和准确度将发辫扭曲成一个发髻。爱德华不是第一次注意到她的乳房已经发育，透过她的运动衫可以看出它们的形状。他的脸红了，连忙低下头。

"莱西告诉我妈妈的。起先她说这是因为他俩吵架了，后来又说实际原因是约翰打呼噜。但这不是真正的问题，因为我妈妈说，只要吃了莱西吃的那种安眠药，根本不可能听到任何人的呼噜声。"

爱德华扫视着阴暗的房间，他先前猜测这里是姨夫读小说和检查电路板的地方，可现在他显然还需要进一步探索，室内的阴影笼罩着他，充满不为人知的秘密。"莱西吃安眠药？"

"事故发生之后，医生给她开了这种药，劲儿很大。我妈妈担心药劲儿太大了。"注意到他脸上的表情，谢伊安慰地冲他笑了笑，"别担心，我知道你不会注意这些事情，从现在起我会提醒你的。"

一周之前，有个学生把许多纸杯蛋糕带到法语课堂上，庆祝老师即将休产假。爱德华始终觉得迷惑，因为不知何故，他竟然没注意到老师的大肚子，也没注意到大家都在谈论她要休假的事。他手里拿着纸杯蛋糕，很想知道自己怎么能错过如此明显的事实。

"莱西总是早睡。"他说，试图跟上谢伊的节奏。

谢伊点点头："她会在晚饭后吃一片药。"

爱德华的手掌按在文件夹上，那里面有他姨夫收集的名字、面孔和数字。他想到学校里所有那些不喜欢他的人的脸，想知道自己究竟错过了多少信息，不由得对姨夫做研究和记笔记的习惯肃然起敬。

"有个事实你可能很爱听。"谢伊说，"你会注意到我注意不到的事情，否则今晚你也不会鬼使神差地跑到这里来，我觉得这是因为你能察觉到某些有意义的事正在发生。"

爱德华摇摇头，驳斥了这个想法，与此同时他也很高兴，谢伊仍然觉得他是特别的。

"莱西肯定对约翰这种做法感到不安。"谢伊戳了戳离她最近的行李袋，"你觉得这里面是什么？必定跟那架飞机有关。"

爱德华此前没有想到这一点。他怀疑地看着那两个巨大的行李袋。

"我们应该打开它们，一定还有更多文件夹。不过，我们等明天再来。你看起来有点抓狂，不用着急。"

第二天晚上，爱德华试图表现出庆祝生日应有的模样，因为他发现莱西在他的厨房餐椅后面拴了一只气球。"嘿，大小伙子。"他的姨夫说，"十五岁了，不是吗？你们这些孩子真的长大了。"

爱德华笑容满面。他想知道姨妈或者姨夫是否会提到这也是乔丹的年龄。很可能不会，但他就是想知道他们是不是还记得，抑或是他们根本不知道该怎么说。

谢伊在晚餐前给他打气："我知道你讨厌自己的生日，但为了约翰和莱西，你至少得表现出高兴的样子。"

爱德华点点头。尽管这个特殊的生日让人感到不安，但他还是笨拙地表达出了自己的感激，因为他跟谢伊和好如初了。他也感激车库里的那个文件夹，让他有机会与谢伊冰释前嫌，阻止他毁掉自己的生活。这天早些时候，谢伊带着明显松了一口气的表情看着他，说："你又恢复正常了。"爱德华转动着叉子上的意大利面，故作心不在焉，偷偷观察姨妈和姨夫。坐在他旁边的谢伊似乎也在做同样的事情。当天早上，爱德华察看了儿童房的单人床，约翰很明显就是在那里过夜的，他叠好的睡衣摆在一张椅子上，床单乱糟糟的。然而，莱西似乎并不讨厌她的丈夫，当他讲了个愚蠢的笑话时（说他的第一台电脑的处理速度大概是十五），她照旧给约翰递意大利面、朝他微笑。

爱德华意识到，莱西很久没对丈夫发脾气了，也不再像个有需要的孩子那样紧紧抓住约翰。她变得更镇定，但也更淡漠。谢伊的"婚姻动荡"理论认为约翰是罪魁祸首，因为他那令人毛骨悚然的爱好——收集有关坠机事件的信息——但爱德华怀疑可能是因为莱西变了，她的变化打破了两人之间的平衡。

"你们俩是怎么认识的？"谢伊问。

"我们？"莱西看起来很惊讶，"噢，天哪，我们是在上东区的一家意大利餐厅遇见的。我们有个共同的朋友，他介绍我们互相认识，后来我们跟许多人一起吃晚餐，我俩坐在一块儿。"

"当时在下雪。"约翰说。

"当时是在下雪。后来我们很快结婚了。"莱西微笑道，"你妈妈告诉我，我疯了，但我们两个都准备结婚了。"

谢伊眯起眼睛看着爱德华，他能听到她的想法："当时在下雪。莱西笑了。我认为他俩仍然喜欢对方。"可这对爱德华来说还不够令人信服，他记得自己的父母有时会在看似正常的谈话中间吵闹起来，他父亲额头一侧的青筋会凸出来，他母亲的声音则会高出几个八度。爱德华和哥哥会吃惊地面面相觑，仿佛在问：你预感到这一幕了没有？既然他连自己父母的婚姻都无法理解，又怎么能揣测理解姨妈和姨夫的相处模式呢？况且他现在已经到了乔丹的年龄，他哥哥可从来不是那种保持沉默的人。

于是爱德华对约翰说："你为什么在儿童房睡觉？"

此话一出，每个人都僵在了座位上，莱西把餐巾按在嘴边，谢伊和约翰停止了咀嚼，发觉目前的局面是自己造成的，爱德华甚至感到有些满意。

约翰黑着脸说："我打呼噜吵到莱西的时候，就会到那里睡觉。"

莱西紧握着拳头，餐巾夹在指缝里。"你为什么这么问呢？"这句话的尾音蓦然上扬，她似乎试图用轻快的语调说话。

爱德华说："我猜我是想确保一切都好。"

这句评论再次让房间里的空气凝固，爱德华在沉默中意识到一切都不好。莱西和约翰交换了一下眼色。

谢伊清了清嗓子，说："我听说有一种鼻夹，可以防止打呼噜，在药店就能买到。"

约翰说："谢谢你，谢伊。我会试一下的。"

"睡在哪里并不重要。"莱西看了爱德华一眼。这让他想起自己刚来这里时，姨妈不满意自己睡在谢伊家，也是用这样的表情对他说话的。

"现在吃蛋糕吧。"约翰说，似乎在下命令。

大家唱起生日歌，他姨夫把多层蛋糕搬过来，轻轻地放在爱德华面前。

"许个愿吧。"约翰说。

愿望是危险的，毫无意义，也是爱德华讨厌过生日的部分原因。他希望自己能问问姨夫，他在车库里收集的那些东西是不是为了帮他，但爱德华感觉他需要自己找到答案。他想："你这样做是为了保护我吗？它有效果吗？"

谢伊称赞蛋糕好吃。莱西说："这是我奶奶的蛋糕方子，爱德华从小就爱吃。"

"是的。"爱德华说，但其实她把他跟乔丹弄混了，最喜欢这种蛋糕的是乔丹，他们的妈妈会在乔丹生日那天给他做，而爱德华最喜欢的甜点——他父母还活着的时候——是冰激凌圣代。可既然莱西如此高兴，认为她记得他喜欢吃什么甜点，所以他永远无法告诉她真相。

爱德华把哥哥最喜欢的蛋糕咬进嘴里，他十三岁和十四岁生日的时候吃的也是这种蛋糕，他猜想自己十六岁的时候还会吃它。

约翰打了个哈欠，站了起来。

"你干什么？"莱西说，声音里透着不赞成。

约翰惊讶地看着她。"我很抱歉。"他说，然后坐下来，"这样做太粗鲁了，我不是故意催你们的。"

"你累了。"爱德华说。

他的姨夫皱着眉头，约翰的表情让爱德华明白，失眠和夜间的破坏行为不仅仅属于他一个人。在黑暗中，在单调沉寂的午夜，爱德华本以为自己是唯一醒着的人，唯一一个不得安宁的人，但现在他明白，小孩子在草坪上徘徊，约翰在卧室之间抉择，这两者本质上并无不同，况且爱德华又大了一岁，与故去的家人之间的距离又增加了一年。

午夜时分，当所有的成年人上床睡觉之后，过了一个多小时，爱德华和谢伊才来到车库，因为他们认为这样最安全。

谢伊拿穿运动鞋的脚踢了踢其中一个行李袋："我估计每个袋子大约十磅重，最多十五磅？它们看起来没有那么重，而且里面的东西似乎用很多纸包着，纸都起皱了。"

"可能只是他夏天的衣服，或者是准备捐给慈善商店的东西。"

"如果真是这样，他有必要把袋子锁起来吗？没人会这样做。里面肯定有重要的东西。"

两个人坐下来：爱德华坐在脚凳上，谢伊坐在椅子上。他们的计划是今晚看完所有文件夹——谢伊想把里面的内容记录下来——明天再研究如何打开行李袋。其中一个文件夹包含空客 A321 飞机的信息，有机体平面图、翼展测量值、发动机和燃料容量，以及这种飞机的历史和不同航空公司的使用频率，此外还有空客 A321 的下腹部照片、俯视图和一张在空中拍摄的照片。文件夹的底部则是坠机现场的照片，爱德华无法把视线聚焦过去，只能把照片交给谢伊，她把它们放回文件夹里。

另一个文件夹包含提及爱德华或失事航班的社交媒体账户的信息，是打印出来的网页。前半部分网页信息来自一个名为"奇迹男孩"的脸谱网账户，头像是爱德华在医院拍摄的唯一照片，他的头上缠着绷带，正朝旁边看。爱德华几乎无法认出照片中的自己。这个账号发的帖子大多是关于失事航班新闻的 URL 链接，但也有原创文字，这些文字也发表在同样名为"奇迹男孩"的推特账户上："我害怕。我很孤单。我想妈妈。我不知道为什么会发生这种事。也许上帝救了我，但我还是个孩子。"

"谁会写这种东西？"爱德华低声说，"他们竟然觉得这样做没问题？"

"我一开始就看到过这些。"谢伊说，"在网上看的。当时我们还不认识，所以我以为这些东西是你在医院里写的。"

"当时我几乎都要崩溃了。"他说，"还能注册推特账户吗？"但他也有点怀疑自己，当时的我真是这样的吗？毕竟他的大脑并不可靠，没有事实就无法证明这是真的。他想象自己躺在病床上，腿打着石膏，将自己的情绪写进 iPad。

谢伊双手握着手电筒，似乎在祷告些什么。最后她摇摇头，低声说："我们已经把文件全都看了一遍，该走了。"

离开车库之前，他们重读了乘客名单——检查第一个文件夹中是否有新的照片。约翰昨天就在里面加上了新照片，上面是个穿白大褂的红头发女人，脖子上挂着听诊器。她看着镜头，表情好像在说，她正在忙，不方便停下来拍照。她的名字写在背面：南希·路易斯医生，父母健在，居住在康涅狄格州。

爱德华认出了她，与之相关的许多回忆涌上心头，让他喉咙发紧。

"你认识她？"谢伊说。

"不。"他说。说出这个不字让他感到痛苦，医生的照片被放回文件夹之前，他又不自在地看了它一眼，然后走出门去，穿过寒冷的草坪。

第二天上午，上完数学课，玛格丽特来到他身边，说："有件事一直困扰着我，我必须找你问明白。你没有因为推了我而遇到麻烦，是不是？"

爱德华低头看着她。过去的六个月里，他长高了三英寸，走在大厅里时，他常常惊奇地发现自己竟然能看到同学们的头顶。"是的。"他说，"真的很抱歉，那是个错误。我当时吓坏了，所以我后来再也没去上体育课。"

然后他叹了口气，因为足球队长正朝这边走来。看见爱德华后，那孩子咧开嘴巴，露出所有牙齿——爱德华猜测他可能打算朝自己笑一笑——然后举起一只手，笨拙地摆出想要击掌的姿势。爱德华也举起手，拍了一下对方的手掌。当他回头看向玛格丽特时，发现她正嫌恶地看着他。"他不是我的朋友。"爱德华急忙解释。

"你打算在高中阶段预修几门大学课程？"她问。

"我不知道。"他惊讶地看着她，"你已经想好了吗？"

"七门。"

"哇哦。"爱德华不知道还能说些什么，他连高中可以预修多少大学课程都不清楚，现在才发现竟然有这么多。他真希望自己没在体育课上推过她，这样两人就不会有今天这段令他困窘的谈话，他感觉汗水已经顺着脖子后面流了下来。

"你那个航班上有十一位亚裔乘客。"玛格丽特低声说,"其中一个和我姑妈住在同一个镇。"

她的话让爱德华一下子想起了那份打印出来的乘客名单,他曾根据里面的十一个人名的拼写特点猜测这些乘客是亚裔,玛格丽特的话证实了他的设想,就像确定了一块拼图的位置,他很想感谢她,同时也意识到这才是她接近他的原因,也是她真正关心的问题。

"我知道他们的名字。"他用与她一样低沉的语气说。

他以为玛格丽特会要他把这些名字背出来,然而她只是点了点头,显然很满意,接着便走开了。

下午12:44

2977 次航班是大航空时代的产物,虽然早期怀有飞行梦想的人类先后经历了多个艰难发展的阶段——最初有人把金属翅膀捆在胳膊上尝试飞翔,称其为"扑翼飞机",后来又出现了滑翔机、热气球、空中蒸汽车、以西结飞艇等飞行器——但这个航班上的所有乘客在某种程度上都认为自己能够坐在天空中旅行是理所当然的。

从卫生间出来,本杰明不愿意回到座位上,他无法容忍在狭窄的座位上度过好几个小时,于是他站在机舱后部远离过道的地方,看着右边的小舷窗,水流在玻璃上形成树枝般的纹路,很快便消失在他的眼前:雨停了。天空像是松了一口气,一下子变得清亮起来。

随着天空变蓝,他觉得内心深处也起了变化,竟然破天荒地开始考虑这次旅行结束后该如何生活。洛莉会去机场接他,意识到这一点,他不愿再想太多,也许这就够了。

自从十二岁开始,他就不再和祖母住在一起,也不曾生活在她附近,也许他可以把人生的重点转向对她的感谢。即使他不值得被拯救——无论是在他父母公寓大楼的走廊里，还是在阿富汗的干燥旷野中枪倒地时——洛莉还是救下了四岁时的他，供他吃穿、给他洗澡、读书给他听、当他顶嘴或者缄默不言的时候朝他大喊大叫。

本杰明发现洛莉为他争取到军校的全额奖学金时，只是个十一岁的小男孩。为了惩罚洛莉，他变得沉默寡言，不许自己哭。在他做过的所有事情里面，洛莉最不能容忍的似乎就是他的沉默，于是她一天到晚总是朝他吼叫："张开嘴说话，孩子！不准装哑巴！如果你对生活有意见，那就说出来！我那样做是在帮你！是为了让你离开这个鬼地方！"

他始终不开口，不过心里在想："我喜欢这个地方，这里是我的家。"

也许他可以把今后的生活目标放在照顾她上，为此勉强接受征兵办公室的文职工作，投入金钱和空闲时间陪伴洛莉。他们可以去看电影。洛莉喜欢拼图——她的厨房桌子上总有正在完成的拼图；他每星期都可以给她买一套新拼图，这样她就不用重复拼那些从旧货商店淘来的二手拼图了。他们还可以开车去海边，她住的地方离大海只有几英里，但是他们街区没有人去过海边，仿佛那片蓝色的大洋不存在一样。

坐在过道对面的男孩——两兄弟中的弟弟——朝本杰明走来，在他旁边停了停。

"你等着用卫生间吗？"男孩问。本杰明摇了摇头。

"噢。"男孩说，然后把手伸进牛仔裤的口袋，"我想问问——你是军人吗？"

这孩子很瘦，神情忧郁，黑发蓬乱，本杰明在军校混日子的时候很可能和这男孩差不多大。当年的本杰明什么都不懂。班上年纪最大的男生常常取笑他，虽然他知道他们意图卑鄙，却无法理解何谓侮辱。没错，他们确实嘲笑了他，但究竟嘲笑什么？幸运的是，圣诞节休假回来后，他的体重增加了不少，超出同龄人的平均体重三十多磅，所以他们没敢再惹他。

然而本杰明从未掌握人际交往的语言，他每次文化课考试的成绩都很好，在社交方面却称得上愚蠢。假如他更精明一点，完全可以选择做军官，尝试打通进入西点军校的门路。虽说到西点去的大多是白人男孩，但为了数据好看，军队总是在寻找有进取心的年轻有色人种。总而言之，本杰明从未做出过正确的选择，甚至连什么是正确的选择都不知道。整个高中时期他始终沉默寡言，错失上升机会，后来只能去做士官——全都因为他思维混乱，以至于无法认清自己，不知道自己想要什么。本杰明又想起了加文，不由得感到深深的疼痛。

"我要离开军队了。"他说，内心的悲伤变成了怀疑。他突然很想听听这句话究竟意味着什么，于是提高声音，又说了一遍："我要离开军队了。我正在回家的路上。"

男孩点点头，仿佛这样回答才说得通。然而真的说得通吗？怎么会说得通呢？他没有专业知识，没有从军之外的经验。他摆弄起点50口径的步枪来可以比任何人都熟练，能背着七十五磅重的行李徒步穿越森林，不发出一点声音——可这些技能适用于平民生活吗？

男孩说："知道自己随时可能会死，压力肯定很大吧。"

"没错。"本杰明暗忖，似乎这也是个新冒出来的想法。

他打量着面前的男孩，感觉自己的少年时代仿佛已经过去了很久很久。"你在上学吗？"

"算是吧。我爸爸在家里教我哥哥和我。"

本杰明露出一个没有多少人能够察觉出来的微笑："你叫什么名字？"

"埃迪。"

"我是本杰明。"

"我得……"男孩指着卫生间的门。"很高兴见到你。先生。"最后两个字是他想了想才补充上去的。

"我也是，埃迪。"本杰明看着男孩走进其中一个隔间，关上了门。

空乘拎着一只垃圾袋出现在过道尽头，远处的琳达眼巴巴地望着她。快点，琳达想。请快一点。小桌板上的食物她一下都没有碰，它们飘出的味道让她想要呕吐。真希望这气味马上消失，最好连灰色的天空也一起消失，被蓝天取代。她还希望邻座的佛罗里达和自己遇到的麻烦事消失，她想离开这架飞机。她想象着自己抵达机场的那一刻：看到加里在一群陌生人之中等着她，手捧一束鲜花。这是几乎所有浪漫电影中都有的时刻：女孩从飞机上下来，妆容得体、清新水润，尽管经过了长途旅行却毫无疲色，等待她的男人一看到她，眼睛就亮了起来。

琳达低头打量自己：衣服不再像刚穿上时那样光鲜整洁，变得灰扑扑的；双手由于空气干燥而有些皲裂；连头发——她抬起手来摸了摸——也不再光滑，甚至打了结。她想象着加里的眼神因为惊愕而变得沮丧的样子，感觉自己就像一枝枯萎的花朵。

"你觉得她是干什么的？"佛罗里达问。

"谁？"

佛罗里达指指琳达右侧的女乘客——她依然在睡，蒙着蓝色的丝巾。

"真羡慕在这种场合都能睡着的人。"佛罗里达说，"我从记事起就一直失眠。"

"她一定很累吧。"琳达说，"也许她做着两份工作，从来没得到足够的休息。"

佛罗里达眯起眼睛，仿佛在进行数学计算："不，她的鞋很贵。我猜她可能是为了应付好几个男朋友才疲劳过度的，日子过得遮遮掩掩，本来就很累，更不用说还要有那么多的性生活了。"

琳达笑出声来，不过更像是惊讶地打了个嗝。

"亲爱的。"佛罗里达说。

"什么？"

"你应该多笑笑。你的笑声很动听。"

"嘘——"琳达说，"你会吵醒她的。"

她俩一起朝空乘咧嘴笑笑，空乘刚刚挪动到她们的座位旁，拎着垃圾袋。琳达如释重负，连忙把自己的食物托盘递了过去。

马克痛恨的事物包括：屈服于毒品、输掉斯巴达勇士赛、无法关注市场动态十六个小时以上，正是这种痛恨让他去年下定决心戒掉了可卡因，况且每次毒瘾获得满足之后都会带来副作用，比如头痛、皮下瘙痒、眼干和大脑呆滞。尽管如此，他依然喜欢毒品带来的快感，而且不愁买不到——他办公室里有个助理可以提供货源，这位助理是个很有前途、招人喜欢的小伙子——在药物引发的兴奋状态下，他的工作往往会有出色的表现。当然，他也见过那些邋遢懒散的瘾君子——甚至在每天的工作场合中都会遇到——习惯性地揉搓鼻子、瞳孔不自然地扩张、语速过快，以至于需要重复三次才能让别人听懂他们的话。不过没人看得出马克吸毒，对此他感到很自豪。好吧，确切地说，他兄弟能看出来，但贾克斯是个特例，他很少与马克见面，马克也努力不去想他——因为他同样讨厌想起贾克斯，既然现在已经戒掉了可卡因，他就要不惜一切代价避开那些让自己痛苦的事情。

马克被安全带困在座位上，他所不喜欢的那种感觉似乎又在死灰复燃。尽管身处顶层，但他仍然在追求性、刺激以及各种意料之外的惊喜感，他必须要么借此保持充沛的活力，要么闭目塞听、自甘堕落，因为他没有足够的方式来麻醉自己，所以唯一的选择只有继续前进。

他环顾四周。

"你还好吗？"邻座向他投来母亲般关怀的目光。

"上帝，"他想，"没门，算了吧。"别把这种事推到我身上。

他站起来。他想再找克里斯平拌嘴，但那个老头闭着眼睛，皮肤几乎是半透明的，薄纸般的表皮下方，静脉血管一目了然。马克不寒而栗。疾病、年老、衰弱——这些他全都无法接受。

他看见维罗妮卡待在驾驶舱旁边的厨房里，实际上他注意到——他的感觉过于敏锐，每一丝细节都不会放过——自己被若干道门包围。巨大的机舱入口在他身后六步之遥，左侧是驾驶舱门，他背后正对着的是头等舱卫生间门。

"嘿。"他努力用魅惑的语气说，同时努力挤出迷人的微笑，然而这两种努力都像掷飞镖一样，很难击中靶心。他觉得自己有80%的可能错过了得分机会。

维罗妮卡蜷缩在角落里，正在把玻璃纸折叠成方块，然后放进一个容器。听到马克的声音，她站起来，同时转过身，优雅的动作让他不由得屏住呼吸。

马克和贾克斯小的时候，母亲曾经硬要带兄弟俩去看芭蕾，马克表面上抱怨，其实他很喜欢那些美丽的舞蹈片段——芭蕾舞女演员旋转、飞跃，跳进另一个舞者的怀抱——同样美丽的维罗妮卡也给小小的机舱厨房施放了舞蹈般的魔法。

"我很感激你。"他说，随即骇然地想："我很感激你？老天爷，我说的是什么蠢话？"

"你说什么？"她看起来真的很困惑。

凭借着细致的观察力，马克注意到她先前转过身来时神色冷淡，这显然说明她不打算继续搭理他，但听到他说的话之后，她脸上又露出困惑和脆弱的表情。

他看到了另一扇门，它可能通往两个方向，他必须朝自己想要的那个方向推它，而且他当然知道该如何去推。

"你有工作要做。"他说，"我很感激。我保证不会再打扰你了。我想明天晚上带你去吃饭。在洛杉矶。"

她看着他，唇色完美，目光神圣。

"请答应我。"他说，"就这一次约会。"

她没有马上说话，他看得出她十分擅长停顿，于是静静地等着，带着他并不熟悉的耐心。

"好吧。"她最后说，"就这一次约会。"

"一次约会。"马克重复道，胸腔里的引擎隆隆作响。他惊讶地意识到，自己真的很感激这位女士。即将到来的沮丧感觉被挡在一边，他会在这场胜利中徘徊，直到明天晚上坐在她的对面。

乔丹盯着一本摊开的书，尝试集中注意力。他的弟弟和父亲正在做数独题，你来我往地在他面前讨论个不停，他可不想跟他们一样冒傻气。乔丹知道父亲不会在他看书时打扰他，于是就拿出一本，这是一本好书——《为欧文·米尼祈祷》——但他无法排除杂念，他的大脑一直朝着洛杉矶的方向前进。

与埃迪不同，他并不反对搬家。他的弟弟哭哭啼啼，请求留在纽约。"这是我们的家。"埃迪说，"我们不能在别的地方生活，洛杉矶有地震，每个人都得开车，我们还必须带上防晒霜。"父母答应埃迪，他们的新家会有一架钢琴和很多书，但他并没有被说服，最后之所以放弃抗议，只是因为他的所有物品都进了箱子。

想到洛杉矶有阳光、海滩和比基尼女孩，乔丹觉得还不错，但那里的生活究竟是什么样的呢？跟他同龄的孩子周末时真的都会去海边，带着毛巾和午餐吗？每个人都住在带草坪的房子里吗？然而，那里的街角没有熟食店，更没有马西拉。乔丹意识到，当他最后一次亲吻她时，其实早已默默假设会有一个新的马西拉奇迹般地出现在洛杉矶——以及他未来的每一个落脚点。

书里有句话他已经读了三遍，他又读了第四遍，心想，但那些嘴唇不会是她的。为什么他之前没有想到呢？除了对的人——至少得是他认为对的——他不想亲吻任何女孩，毕竟，他从未亲吻过马西拉以外的任何人。为了使自己显得比弟弟和父亲高，乔丹坐直了身体。在他心中，洛杉矶的阳光突然变得苍白而乏味。比基尼女孩也变得苍白乏味。马西拉选择了他，他很幸运。假如他的运气已经耗尽，或者只跟纽约市的那个马西拉有关联怎么办？

"爸爸，"埃迪说，"还记得你告诉我们，每个整数都可以写作素数的乘积吗？"

布鲁斯点点头。

"那是为什么？我是说，这太奇怪了，不是吗？它适用于每一个数字吗？"

他们的父亲注视着埃迪："你问我这为什么是真的？"

我想让这架飞机掉头，乔丹想。他觉得灰心丧气，认为自己愚蠢而幼稚。他能感觉到自身行为的虚伪。为了引人注目，他在过安检时挑三拣四、选择素食飞机餐、藐视父亲定下的规矩。他不曾亲吻马西拉，是她亲吻了他。这是她的想法，而不是他的，但这是他一生中私密而真诚的部分。否则，假如没有她，他就只是个吹牛大王和演员，在现实生活中扮演角色。乔丹以一种更新、更敏锐的方式想念她。那感觉犹如铁水在胸中翻滚。她一直是他的核心——也许她曾经是他的核心？——直到现在，他才意识到这一点。

"这是个很好的问题。"布鲁斯说，"但我不知道答案。我的意思是，万事万物因何而真实？"

乔丹合上手中的小说。

"你累了，伙计？"他父亲问。

他想："等飞机降落，我会给马西拉发短信，我会告诉她我的感受。"

"瞧。"埃迪激动地说，"雨停了。"

2016年1月

爱德华和谢伊最终不得不等到假期过后才打开行李袋，因为贝莎——这是谢伊的原话——每到圣诞节和新年都会发疯，这意味着她或多或少地会在一段时间内停止睡觉，所以他俩无法安全地去车库搞调查。凌晨两点，贝莎很有可能在厨房烤点心或者品尝葡萄酒。她会在某个时候走进起居室，在沙发上小睡一会儿，然后开始包装礼物或者重新装饰圣诞树。在她的堂表兄弟姊妹前来庆贺新年之前，她会用红色、黄色、绿色和白色的飘带点缀餐厅的墙壁——每种颜色代表不同的运气——还要烤制一种叫作"甜圣诞饼"的面包。新年前一天的午夜，她会敞开前门，拿扫帚扫走前一年的坏运气。"她每年都要这样吗？"爱德华问，因为他不记得贝莎在以前的假期中这样做过。谢伊不耐烦地点点头，她正准备把一大摞糕点搬进自己的房间当作存粮藏起来，以备不时之需。

爱德华的睡眠质量在假期里变得更加糟糕，他认为这主要是高糖饮食以及无法前往车库的挫败感导致的。他的眼睛下方出现了黑眼圈，姨妈告诉他，如果他的气色继续这么差劲下去，她就带他去看医生。为了能够很快睡着，他强迫自己吃羽衣甘蓝，睡觉前喝改善睡眠的茶，然后在地下室里举哑铃。他每天都会产生去偷莱西的安眠药的念头，认为它会解决他的睡眠问题，但这种药的强度让他裹足不前，担心假如吞下一片，自己可能永远不会醒来。

返校后的第一个星期一——无论如何，爱德华松了一口气，因为生活已经恢复正常，他和谢伊可以在当天晚上去车库——他几乎每节课都半睡半醒。最后的下课铃声响起，他特意绕了远路，来到阿伦迪校长的办公室，看看那些蕨类植物在假期的表现如何。他拿起放在门后的喷壶。

"新年快乐，爱德华。"校长说。

"新年快乐。"爱德华含糊地说，短短几个字在他喉咙里像弹珠一样乱滚，他这才意识到自己一整天都没怎么说话。

校长注视着蜘蛛蕨的茎，说："我一直想问你，你对加入数学俱乐部有什么看法？"

爱德华眨了眨眼："我？呃，我从来没考虑过数学俱乐部。"

"你是一位优秀的自然数学家。也许你应该考虑一下。"

"不了，谢谢。"

"那么辩论俱乐部呢？或者你喜欢哪种运动？我年轻时喜欢击剑，但我从来没能对这里的击剑俱乐部产生足够的兴趣。"校长的小胡子下垂片刻，好像是在悼念那次失败。

爱德华在植物四周慢慢地画圈浇水，最后让水流在茎秆的底部缩成一个较小的圆圈。

"我只是觉得，爱德华，加入某个团体可能对你有好处。扩大你的生活圈子。为了情绪健康，人类需要社群。我们需要彼此联系和归属感。我们是无法在孤立中茁壮成长的。"

"我不孤立。"爱德华说，"我有姨妈和姨夫，还有谢伊。"

"我自己就加入了一个植物俱乐部，每个月聚会两次。我们研究植物、分享信息、吃很好吃的饼干。"

爱德华说："谢伊觉得，只要我在论文里写写关于空难的事，就能被我想去的任何大学录取，你认为这是真的吗？"

校长转身面对他："她是这样说的吗？"

爱德华点点头。

阿伦迪校长摸了摸胡子："你不同意她的看法？"

"当然。这不公平。这意味着我被大学录取的原因并非我的成绩有多么好、学习多么努力，只是我遇到了一些不好的事。"

"有人认为这种录取方式是'反歧视行动'的一部分。"校长微笑着说，"如果它冒犯了你，爱德华，那么我建议你更加努力学习、提高你的成绩——我听说你的表现忽上忽下。"

"我不想加入什么团体。"

校长看着他："那就不加入。请不要以为我这是关心你的简历或者申请大学的进度，当我谈起这些事情的时候，心里或多或少地想的都是我的蕨类植物。"

爱德华觉得也许睡眠不足让他无法正确理解听到的信息："你的蕨类植物？"

"好吧，也可以说是所有活着的东西。蕨类植物假如不成长就会死亡，我愿意——"他顿了顿，若有所思，"我愿意尽我所能来确保你能继续成长。"

爱德华感到整个房间里都充溢着这个男人的善意，与此同时，他想到他所归属的那个团体、他的社群——都在车库的文件夹里，191个死在飞机上的人。照片中的那些男男女女凝视着他，向男孩提出他无法回答的问题：为什么活下来的是你而不是我？

"先生，我可以回去了吗？"

校长依然注视着他，面带忧伤。爱德华看得出，这是一种深切的悲伤，以至于连他自己的悲伤碎片也跟着蠢蠢欲动，想要浮出水面。

"当你产生疑惑的时候，记得读读书。"阿伦迪校长说，他说得很快，仿佛担心这可能是他分享想法的最后机会，"不要忘了教育自己，爱德华，教育始终在拯救我。学着理解那些谜团。"

男孩看着他，相信了他的话，相信教育能够拯救他自己，相信眼前的男人也曾经是一个需要拯救的人。"谢谢你，先生。"他说，然后转身离开。

回家的路上，爱德华发现自己能够区分草丛中不同的草叶了，天空中层云覆盖，他竟可以辨识云层间的界限——在目不暇接的疲惫之中，他已然具备了将一件事物与另一件事物分开的能力。比如虬结的老树是由许多部分组成的：树根、主干、旁枝和粗糙的树皮，这让爱德华联想到学校也像是一棵树，"树皮"下存在许多有机的部分——桌子、椅子、储物柜、年纪幼小到被人侮辱时会哭的孩子、老师、勤杂工、各种噪声、成长中的人类……其中当然不乏讨厌爱德华的学生，尽管他惨遭大难，那些人却觉得自己比他可怜。爱德华发现自己并没有因为别人的仇恨生气，也许他们的处境——父亲坐牢、身为棕色人种却生活在大部分是白人的小镇上、即便尽了全力也无法解决家庭作业中的难题——确实更加悲惨。总之他没有断言的权利。

车道上没有车，这说明莱西在医院，约翰也没下班。谢伊会在她的卧室读书，或者做作业。爱德华决定现在到车库去，哪怕天还没有黑。他不会去看行李袋，那是需要谢伊解决的谜题。我可以躺在地板上，他想。没人会看到我。他渴望靠近那些照片。不过他饿了，于是先进屋去找吃的。当爱德华急匆匆地钻进厨房时，他和莱西两个人同时发出了吃惊的抽气声。

"天哪！"莱西说。

"你的车没在外面。"爱德华用一种指责的语气说，来回打量着坐在桌边的姨妈。她穿着工作服——漂亮的休闲裤和他母亲的开襟羊毛衫——拿着约翰的啤酒。莱西从不喝酒。

"同事送我回来的，医院里有人办退休派对，我喝了几杯香槟。"

"噢。"爱德华站着不动，不知所措。

"过来和我坐坐。"莱西说。

他从柜台上的水果碗里拿出一个苹果，坐在他平时的座位上，面对着她，咬了一口苹果，咀嚼起来，至于苹果是什么味道，他并不关心。他们默默地坐了一会儿，爱德华想起来，以前每天这个时候，他放学回家，姨妈都会在沙发上等他一起看肥皂剧，他们已经很久没一起看《综合医院》了，两人似乎同时进入了冬眠状态，并排坐着看很容易就能猜透剧情走向的电视剧的日子一去不复返。不知道莱西姨妈是不是也怀念那段时光，反正他有时候是怀念的。

"你昨晚睡得好吗？"

"是的。"他连忙扯谎。

"很好，很好。"莱西的语速比平时慢，坐姿也没那么笔挺。她说："我有没有告诉过你，我在医院的育儿室里抱那些小婴儿时，会想起你小时候的样子？你当年是个让人难忘的小宝贝，因为你非常能哭。你爸妈说过你特别难照顾吗？"

爱德华把苹果压在嘴边，点点头。

"有一天，我记得，你妈妈把乔丹和你爸爸留在家里，带着你来找我。她以为坐在车上看看风景会让你感到舒服，但事实并非如此。"莱西咧了咧嘴，似乎想要笑笑，"简躺在沙发上睡觉，我带着你绕着房子转圈，你一直在尖叫。不过我不介意。哪怕你在哭，看起来也没什么大问题，你像是被设置在了愤怒模式，需要大喊大叫。需要帮助的反而是你妈妈，可我几乎没有机会帮助她，她却总是试图帮助我。"

爱德华尝试着想象那一幕：年轻许多也疲惫许多的妈妈躺在姨妈家的沙发上睡觉，年幼版本的他则在撕心裂肺地哭号；莱西把他扛在肩上，绕着屋子一圈又一圈地走。他妈妈给他讲过很多次他小时候是多么难带，却一次都没提过曾经领他到新泽西来。每次提起他的爱哭，她的最终目的似乎都是引出故事的美好结局——终于有一天，她早晨醒过来，发现爱德华正在亲吻她的脸颊，她的心为此融化。

"我不知道她带我到这里来过。"

"现在看来，人生真的很滑稽。"莱西说，仿佛在自言自语，"到头来，简和我分享了同一个孩子。"

分享。爱德华咀嚼着这个词，尝到了苦涩的味道。

莱西像个困倦的小孩那样揉揉眼睛："退休的那位女士，在我们医院工作了三十年，从事行政管理。她和丈夫打算环游世界，这难道不是个了不起的计划吗？"

爱德华点点头，因为她看起来需要回应。

"我觉得退休有点像看着你爱的人死去，它让你专注于自己想要的生活方式，让你重新开始，或者觉得自己应该重新开始。"她看着爱德华，似乎这才注意到他，"你妈妈一直想写一部电影。她喝醉时就会念叨这件事。你知道吗？"

"她在飞机上时就是在写电影剧本。"

"不，那不是她想写的剧本，不过是一次愚蠢的改编而已，她讨厌这种工作。她有自己喜欢的想法，为了它做了很多年的笔记，看到她把这个想法当宝贝，连我都有点嫉妒了。有时我甚至觉得我应该替她来写这部电影，然后才想起我不是作家。"

爱德华尽力表现出感同身受的模样，他不知道该说什么。他不喜欢跟姨妈谈这些，她的话就像一杯冷水，让他发现了自己一直不曾意识到的干渴。多谈谈我妈妈，他想。他知道，假如他大声说出来，这一刻就会结束，不会有更多的真相被吐露出来。

莱西研究着啤酒瓶上的标签。"如果你见了那位刚刚退休的女士，你永远想不到她竟然打算环游世界，她看起来好像永远不会离开这个小镇。"她打着哈欠，"你知道你姨夫在哪里吗？"

"在工作？"

莱西耸了耸肩，把酒瓶推到一边："这些天他就像变了个人。我要打个盹儿。吃饭的时候叫我一下好吗？"

爱德华点点头，出乎意料地，姨妈离开厨房时，弯下腰亲了亲他的脸，这是一个温柔的吻，她直起腰的时候还揉了揉他的头发。他之所以感到惊讶，部分是因为莱西很少亲吻他，还因为分离的那一瞬间让他想起了天空中的云层和地上的草叶，他看到并且感受到了两个不同的现实。

莱西亲吻爱德华的脸颊，就像他母亲活着的时候亲吻他的脸颊一样。这个吻像是刻意而为；莱西无法代替姐姐完成电影剧本，但这个吻是她可以做到的，而且莱西像亲吻她心心念念的婴儿那样亲吻了他，爱德华明白这一点，即使他无法解释为什么明白。仿佛被一阵怪异的微风吹着，"珍惜"这个词飘进他的脑海，随后缓缓飘走——莱西也离开厨房，爱德华独自留在桌边，捏着一颗苹果核。

午夜时分，他和谢伊坐在车库冰凉的地板上，面前摆着那几个行李袋。他们穿戴着冬天的外套和帽子，因为这个房间比外面暖和不了多少，爱德华甚至打起了寒战。他和谢伊交换了一个眼神，意思是，"我们终于要打开行李袋了。"

谢伊上网研究过袋子上的密码锁，因为互联网是她的强项。爱德华现在有了自己的笔记本电脑（用来做作业）和手机，他很少用手机，但有时候考克斯夫人会给他发短信，她的一个儿子教会了她如何发短信。有一次爱德华正在上数学课，手机嗡嗡地响起来，考克斯夫人发来一条短信："在你二十岁之前，可能需要去欧洲看看，趁你的思维尚未定型。"某个星期六晚上，她又发来短信："我建议你整理一份阅读书单，养成写阅读笔记的习惯。凡是没有拿笔记下来的东西，我全都忘光了，所以笔记非常重要。"考克斯夫人还在爱德华生日那天给他发短信，说送他一些储蓄债券作为生日礼物。

爱德华会在必要时使用谷歌搜索学习资料，但他从来没搜索过失事航班或他自己和家人的信息，谢伊开玩笑说，他像个老头子那样对待新科技，但她也理解他。每当像现在这样遇到可以收集的信息时，她不会漏过它们。根据网上的说法，行李袋上的锁是样式过时的廉价锁，所以假如忘记了密码，最好的办法是将它剪断。"要是剪了锁，约翰一定会发现。"谢伊说，"今天早上我突然想起来，我有一本讲撬锁的书来着，就在梳妆台后面把它找了出来。"她把自己的包拖过来，"但书里没说该怎么撬这种锁。约翰为什么会用这种便宜锁呢？"

"你为什么会有一本讲撬锁的书？"

"噢，好吧，我打算离家出走的时候买的，因为在穿越美国的路上，我得撬开别人家的门，躲进他们的衣橱里睡觉，这样在我需要休息的时候就不会没有地方可以去了。"

爱德华很喜欢想象小小的谢伊带着一本撬锁书、一脸坚决地离家出走的样子。"穿越美国？你想去哪里？"

她耸了耸肩："谁知道呢？我告诉过你，我知道自己从来不会真的去做。"

他却从她的动作中识破了真相：幼小的谢伊计划找到她的父亲。她的目的地是西部。但爱德华不清楚，假如找到父亲，她会跟他和解还是谴责他。他猜两者都可能有一点。

他拿手电筒指着离他们最近的行李袋，上面的锁带着四位数的密码，需要知道正确的四位数组合才能打开它。

谢伊翻着膝盖上的书："我认为，我们必须尝试各种可能的组合。"

爱德华看着她："有一万种可能性。"

"那么这事儿应该你来做，我可没这个耐心。"

爱德华靠过去，开始旋转密码锁上的拨盘，需要转动几下才能感觉到数字及其下方的轮子之间的牵引力，转到正确的数字时，手感是不一样的。

"约翰要是在这里铺上地毯就好了。"谢伊说，"我的屁股冻僵了。"

爱德华突然想起了什么。"等等。"他说，盯着密码锁，密码肯定是他姨夫设置的，这意味着它们不是随机数字。"我有个主意。"他旋转着四个拨盘，直到出现2977这个数字组合。

只听"砰"的一声，密码锁顺利开启，锁头掉进爱德华摊开的掌心。

"你成功了。"谢伊低声说。她向前倾身，拉开行李袋的拉链。这似乎需要很长时间。爱德华在一旁看着，他明白自己有点希望这些行李袋继续留在角落里，永远是谢伊心中的未解之谜，我想知道，而不是我知道。

"里面全都是纸。"谢伊说。

袋子里塞满了信封。谢伊抽出一个，爱德华在地址上方看到了手写的名字。

爱德华·阿德勒

这封信没有开封，地址他并不熟悉，是镇上的一个信箱。爱德华的心跳得更快了。谁会写信给他呢？谢伊又抽出一封信，也是写给他的，寄到同一个地址。

爱德华越过谢伊，将手臂伸进袋子里，一连翻看过许多封信上的地址。来信上的笔迹不同，信封和墨水的颜色也都各不相同，他随机挑出一封，发现邮戳是两年前的。

"它们都是写给你的。"谢伊平静地说。

每个信封上的收信人全是他。这么多封信。

肾上腺素点燃了爱德华的大脑，他感觉自己的思绪像炮弹一样向前发射，超出了他的控制范围。他想到了什么，于是脱口而出："他们不在家里收信。我从来没见过家里有信。我猜莱西会趁我在学校的时候出去收信？所有的信都来自那个信箱。"

"为什么？"他看着谢伊，心想。

"因为文件夹里的东西让他们产生了矛盾，大吵一架——还因为这些信，无论里面写了什么。"爱德华朝堆积如山的信件和信封上那些五花八门的邮戳挥了挥手，"我猜别的行李袋也装满了信。"

"你想让我拆开一封看看吗？"

"等一下。"

她在昏暗的光线下研究他的表情。

他想："我知道不可能的会变成可能的。我亲眼见过，亲身经历过。"

"什么？"她小声问。

当他说话时，声音也很小，仿佛他们的谈话已经被一场更宏大、更响亮的交谈盖过，所以他们开口之前需要获得新的许可。"如果这些信是我的父母、哥哥和那架飞机上遇难的所有人写来的呢？"

她似乎大吃一惊："你的意思是他们的鬼魂？"

"事情不总是都能说得通的，对吧？假如你对说不通的事情保持开放的心态，就能发现更多这种事。"

他能读懂谢伊的心思。他总是能够。现在她看起来既悲伤又担忧。她知道他希望这些信件来自他的父母和哥哥。她也希望这些信是他们写的，但她知道这是不可能的。飞机坠落时，她没在上面。她只是从电视里看到了事故的现场，在沙发上，和母亲坐在一起。

"我也相信事情不是全都可以说得通的。"她说，声音极其柔和，犹如落在车库架子上的灰尘那样轻软。

他点点头："拆开一封信来看看。"

下午1:40

飞机上不会有真正的安静：引擎轰鸣、顶部的通风口吹出空气、间歇性的咳嗽、音调压低的谈话、饮料车的轮子吱吱嘎嘎、卫生间的门砰然作响、小孩和婴儿断断续续的抱怨和哀号。安全带和狭窄的座位说：不要乱动。机舱里的空气说：听着。睡着的乘客更多了，有些人盖着外套或者毯子，像缩回壳子里的海龟，另外一些人似乎喜欢在睡眠中炫耀他们的脆弱，脸朝后仰、嘴巴微微张开、胳膊晃晃悠悠地探进过道，仿佛希望会有陌生人走过来，一把拉住他或她的手。

维罗妮卡在头等舱的过道里摇摇摆摆地向前走。"需要饮料吗？"她用唱歌般的语气说话，以免吵醒睡着了的人。她会和没睡着的人保持目光接触，因为目光接触能够让头等舱的乘客感觉自己是特别的，进而认为机票钱没有白花。

她迅速地瞥了马克一眼，随后就再也没往他那边看。坐在马克旁边的女人要一瓶水。

"当然可以。"

她转身察看那位老人和他的护士。从飞机起飞开始，这一排的气氛就始终有些怪异。老人显然富可敌国，认为自己遇到的每一个人都应该为他服务。维罗妮卡先前看到他的护士在哭，于是趁老人去卫生间的时候，偷偷塞给那个护士一包额外的烤坚果。

很多时候，维罗妮卡被视为二等公民，她非常清楚那是什么滋味，她知道烤坚果不会抹掉这种滋味，但她希望通过这个举动告诉护士，她并不孤单。维罗妮卡被人捏屁股和扇耳光的次数简直数不胜数，还有许多男人命令她微笑，仿佛他们天生有权控制她的表情和情绪。她穿过过道时，经常有男人故作漫不经心地往她身上靠，拿硬邦邦的阴茎顶着她的屁股。人们习惯叫她"甜心""亲爱的"和"宝贝"。尽管她是乘务长，路易斯才入行六个月，她和他却拿一样多的工资。在伏特加海洋中泡澡的男人喜欢色眯眯地打量她，她还要任由自己的工作——她是这一行中的佼佼者——被那些只是想找一项运动来打发时间的男人们评头论足。

当然，维罗妮卡知道如何处理这些情况：绝不允许男人贬低她、直接与他们周旋——这也许是她最大的禀赋，因此她同情那些并不熟稔这项特殊技艺的女性，眼前这位护士显然是这类女性中的一员。

回到厨房时，维罗妮卡早已整理好了裙子，她有点心神不宁，但这并不会影响她的工作。她需要重新回到惯常的游戏之中。然而当她闭上眼睛平复情绪时，却回想起了马克的眼睛。它们像是深蓝色的天鹅绒，熠熠生辉，刚才在卫生间时，这双眼睛让她惊艳，也许正是这意想不到的美丽使她动摇。她本以为自己只是单方面向他呈现她的美，没打算收取任何回报。

克里斯平陷入了一种他自己也说不清楚的感觉里面，仿佛置身一片走廊——这是他几十年来都不曾经历过的感受，也许可以从童年开始算起——墙面反射过来的闪闪烛光，照亮了这些黑暗扭曲的走廊。

克里斯平在缅因州的一座小房子里长大，有十二个兄弟姐妹。他儿时的家中没有走廊，走两步就到了厨房，再走两步是卫生间，继续走两步，你会来到起居室。克里斯平和他的五个兄弟睡在一间小卧室里。年纪最大的哥哥是个宗教恶霸，经常让克里斯平趴在地板上，自己则坐在他身上，大声朗读《圣经》，克里斯平的脸紧贴着粗糙的地板，嘴里嘟囔着各种脏话回敬哥哥。他的声音压得很低，所以母亲听不到他的咒骂，却足以让哥哥的耳朵变红。他很少回忆自己的童年，但假如回想起来，他会首先想到被迫趴在地板上的自己咬牙切齿地诅咒疯狂布道的哥哥。

所以他在幻觉中看到的走廊在哪里？它们简陋肮脏，远不及克里斯平成年后住过的所有房子的走廊。他总是会聘请室内设计师，总是跟固定类型的女人结婚。克里斯平从未具备创造美好事物的能力，但他一眼就能认出美好的东西。他家的走廊铺着奢华的壁纸和护墙板，被精美的壁灯和吊灯照亮。

幻象中的烛光和简陋的走廊让他回想起缅因州，他家拥有第一台电视机之前，全家人到了晚上都会围坐在收音机旁，听杰克·班尼播报的新闻。克里斯平总是坐在最靠近收音机的地方，扬声器传出的平缓震动是唯一能够让他暂时忘记自己生活的小镇、街区和多雪的缅因州的东西，他渴望离开那里。从克里斯平能说出完整的句子开始，他就想着出去了。他的大多数兄弟姐妹后来都和青梅竹马的对象结了婚，在本地的工厂上班。坐在他身上读《圣经》的那个哥哥创办了园林绿化的生意，但克里斯平一眼就看出那是个陷阱。经过一番寻觅，他申请到了寄宿学校的奖学金，在十四岁那年搬出了老屋，再也没有回去。

烛火跳动起来，也许举着蜡烛的人累了，步伐变得缓慢。幻象逐渐褪色，唯有忧伤的感觉久久不散，一如当年坐在克里斯平身上的暴戾兄长，死死地将他压在地板上。

佛罗里达环视周围的乘客。人们渐渐安静下来，飞机的嗡嗡声更加低沉，好像连它也进入了快速眼动睡眠状态。佛罗里达觉得自己的心也静了，注意力开始分散，思维和感受逐渐舒缓，她想知道鲍比是否意识到她不只去了纽约，甚至准备前往更远的地方。她把手机扔在了机场的垃圾桶，她并不害怕他，但他情绪激烈得令人生畏，不能让他知道她的去向。她嫁给了一个充满潜力的男人，他曾让她在床上兴奋地尖叫，但最终两人还是形同陌路，在她眼中，他成为无法预测的谜题，而正是判断力的缺乏最让她感到不安。

搞砸了一切的人是她，而不是他。这令她难过，她经历丰富、阅人无数，却没有变得更聪明。在她臆想的不断转世的过程中，她总结出了自己的一套理论。她仍然是个有缺陷的人，但进化程度更高。她明辨是非，知道什么重要，并且越来越深刻地体会到，最重要的是爱，然而她误读了爱情，因此导致一生的错位。佛罗里达瞥了一眼旁边那个睡着了的女人，围蓝色丝巾、穿昂贵鞋子的女人。还有琳达，她的金发扫过脸庞，嘴巴微微张开，看起来像个小女孩，即将生下自己的孩子的小女孩。

佛罗里达想象自己在蜿蜒的木质步道上滑行。她对新生活没有计划，但它充满了各种可能性。她可以加入乐队，与其他人一起创作音乐总能滋养她，她需要营养。她可以算塔罗牌，虽然她在这方面并非极为出色，但可以说擅长，顾客对她的预测结果和洞察力通常十分满意——其实她真正关注的是坐在对面的人，认真观察必然有所收获，透过他们的眼睛，佛罗里达总会发现掩藏不住的善良。有时善良是鹅卵石，有时则是烟花。

更重要的是，她前往加州的主要计划是去爱，爱的对象并不特别限于男人。她不会再结婚了，不愿再争吵或者冷战，也不会再吃西蓝花，因为鲍比喜欢西蓝花，希望她也吃。她会简简单单地去爱自己遇上的所有人，从她旁边的这个女孩开始。她将扮演琳达的母亲，这姑娘显然非常需要一位母亲，她肚里的孩子也需要一位祖母。

当琳达告诉佛罗里达，她的男朋友是研究鲸鱼的科学家时，佛罗里达迅速地展望了一下自己的未来。她很少这么做，反而总是在过去的日子里徘徊，偶尔才会向前看看。她的期许犹如一座悬索桥的钢索，朝一片尚未触及的土地延伸。她仿佛看到自己和琳达、加里站在广阔海洋中间的轮船上，四周是遥不可及的地平线和苍白的天幕。他们穿着浅黄色的雨衣、头戴雨帽，并排靠在栏杆上，远眺同一方向。离船五十码远的地方有一条鲸鱼，它破开水面，往空中喷水，然后再度潜入水中。三个人凝视着鲸鱼消失的地方，仿佛目睹了完美的奇迹。他们继续等待，耐心十足，片刻之后，似乎是为了奖励这份耐心，又一条体形庞大得不可思议的美丽鲸鱼跃向空中。

2016年1月

　　安静的车库里，撕开信封的声音显得异常刺耳，里面的信纸是白色的，很厚实，谢伊小心翼翼地展开它。

亲爱的爱德华：

　　展信佳。愿你早日从伤病中恢复过来。上帝赐福，保佑了你的生命。

　　我的女儿南希与你乘坐的是同一航班。她是我们唯一的孩子，她的死毁掉了她的爸爸和我自己。她早已成年——四十三岁，但女儿长大与否在我心中并没有什么不同，她依然是我的宝贝，我的红头发小姑娘。

　　她是一名医生——出色的医生——但她的爱好是摄影。我想拜托你帮个忙，请你代替她拍照。她见到什么拍什么：她的同事、宠物猫比泽斯（现在这只猫跟她爸爸和我住在一起，它也像我们一样深受打击）、建筑物、大自然……这是她的激情所在。

　　假如你真的能替她拍照，我心中的伤痛也会痊愈，因为相机没有被束之高阁，而是传承下去。但愿我的要求并不过分，每个人都会偶尔拍几张照片，对不对？这仅仅是我的一点小小建议，请你谨慎考虑。

　　祝一切安好，爱德华。谢谢你。

此致

珍妮特·路易斯

谢伊抬起头,睁大眼睛:"文件夹里的那个医生。"

"毁掉了。"爱德华想。

"再拆一封?"谢伊低声问。

另一封信写在灰色的信纸上,来自飞机上某位女乘客的丈夫。她给他撇下了三个孩子。这个男人请求爱德华给他的每一个孩子写信,告诉他们,他在飞机上遇见过他们的母亲。"我知道你可能没有见过她。谁会在飞机上随便结识陌生人?但我的孩子们不会知道这一点。他们会相信你。请告诉他们,她对你说过她有多么爱他们,并且知道他们会好好的。在写给查理的信里,请加上一句,说他的妈妈希望他保持阅读的好习惯。告诉我的小女儿,要一直都这么可爱。告诉康纳,她不希望他退出科学竞赛。"

信封里还有一张照片,谢伊把它抽出来,只见三个黑人小孩按照身高顺序站成一排,两个比较大的男孩穿着条纹毛衣,最小的是个女孩,穿着跟哥哥们配套的条纹连衣裙。他们对着镜头微笑。

"我的天。"谢伊说。

爱德华双手捂着脑袋,就像捧着一只篮球,十指张开。头上的血管一鼓一鼓的。

"再读几封信,然后今晚就到这里。"谢伊说。爱德华知道她想一直读下去,直到他们能心情略微轻松地结束这一天,无论这意味着什么。

下一封信来自一位母亲,她的女儿是遇难者之一。为了纪念自己的中国血统,她女儿的梦想是到中国的长城上走一走。"拜托你,爱德华,假如你愿意,请你替我的女儿实现这个梦想。"

原来,几乎所有这些信都对爱德华有所要求。接下来的那封信请他写一本小说,之后的信恳求他搬到伦敦,住进写信人的那套俯瞰圣詹姆斯公园的公寓。有位遇难者生前渴望成为喜剧脱口秀演员,他的母亲来信说，希望爱德华能在威斯康星州的一个小镇开一家喜剧俱乐部，并以那个死去的年轻人的名字命名。

看到谢伊的神色，爱德华意识到自己脸上的表情肯定也跟她一样：煎熬。他想，我们能受得了吗？他不得不强迫自己才能发出声音："你觉得一共有多少封信？"

"如果另一个袋子里也全都是信的话，那就是几百封。"谢伊依然拿着那三个黑人小孩的照片。

"他们为什么不给你发电子邮件？为什么动笔写信？"

"因为约翰给我申请的电子邮箱地址是匿名的，用户名是杂乱无章的数字和连字符，陌生人查不到我的联系方式。"

"你想告诉他或者莱西我们在这里发现了什么吗？"

爱德华紧抓着脑袋，说："你觉得这些信里的内容都会是这样的吗？"

爱德华说："买一台相机。给失去母亲的孩子写信。去中国、去英国、去威斯康星。"

"但愿不会。"谢伊在黑暗中说道。

当爱德华终于回到地下室时，已经是凌晨三点钟了。他机械地刷牙关灯、钻进被窝。出于责任感和习惯，他闭上眼睛，然而完全不指望自己能够睡着：他对此早已绝望。可闭上眼睛之后，他有了不同的感受，内心的黑暗呈现出新的阴影，它们更加丰富浓烈，滑腻如同天鹅绒，爱德华几乎无法清醒面对，只能像个坐着雪橇冲下山坡的孩子那样沉入睡眠。自从他的家人去世以来，他从未经历过这种感觉，更何况还有一种释然的轻松与之相伴。他迷迷糊糊地想：这是因为那些信。一定是因为它们，除了读过那些信，他的生活没有发生别的变化。然而这说不通，可他实在太累，无暇顾及，也因为过于放松。于是他睡着了，随着思绪的消失，他隐隐感觉到身体里的细胞在庆祝般地嗡嗡作响。

那天晚上，他的梦境如同现实一样真切：爱德华爬上一座位于世界另一侧的山，在山顶跟一位遇难者的家人视频通话。然后他跌跌跄跄地走过长满苔藓的岩石，将一个陌生人的骨灰撒进俄勒冈的溪流。他在奥运级别的游泳池中游泳，尝试打破某项世界纪录。他的汗水湿透了好几层床单。他看到自己在祷告，而他此前从来没有祷告过。

第二天，爱德华神情恍惚地连着上了几节课，完全听不见别人跟他说的话。谢伊不得不挎着他走，而且不止一次地在他傻愣愣地朝前走的时候拖着他拐弯，虽然由着她这么做，他的心里却想："就算我走错课堂又怎么样，英语课还是社会研究课，有区别吗？"

这天晚上，他们只等了十五分钟，所有的卧室就全部熄灯了。两人随即穿过草坪，来到车库。

进门之后，爱德华打开行李袋。谢伊说："我认为，我们应该定一些规矩。"

"规矩？"

"比如每天晚上只能读十封信，时间不超过一个小时什么的。它们……让人吃不消。我想我们应该把读过的信带走。当然，我们必须把行李袋留在这里，不过我可以往里面塞东西，让它们看上去还是满满的。我想记下这些信的内容，假如有必要，我们可以写回信。"

"你不觉得约翰会注意到吗？"

"他从来没拆开过任何一封信。我猜他打算让它们永远留在袋子里，或者等你长大之后再把它们交给你。"

爱德华已经不再听她说话，他的胳膊早就探进了行李袋。他捏住其中一封信，把它抽出来。

亲爱的爱德华：

今天的日出时间是凌晨四点五十五分，我已经有一周没见过琳达或者贝特西了。一年多来，全世界都不曾发现过蓝鲸宝宝的踪迹，我和我的同事可能是最后追踪过活着的蓝鲸的人。这是个不容乐观的设想，也许这就是自从上一次旅行结束后我始终没有下船的原因。我本应该休息一阵子——把我的笔记交给另一位科学家跟进研究，我自己则去看看电影、吃吃汉堡。但我不想那样做。老实说，我担心假如我把目光从那些蓝鲸姑娘身上移开，它们可能会永远消失。我知道这个想法很傻，但是自从我的琳达去世以来，我的陆地生活就已经结束，只有在船上，我才算是个有点用处的人。

无论如何，爱德华，希望你一切都好。能有个写信的对象，我觉得很感激。

衷心祝福你

加里

"噢，这封信很不错。"谢伊说，显然松了一口气，"你好，加里。"

"你好，加里。"爱德华说。

下一封信请求爱德华拜访阿拉巴马州的一个家庭，拥抱一位卧床不起的母亲，她儿子是遇难者。爱德华试着想象自己弯腰看着某个躺在床上的陌生人，将她虚弱濒死的身体抱在怀里。读完这封信，他把它递给谢伊。她带来一个笔记本，以便把所有来信中提到的请求汇编成电子表格。

后面两封信请求爱德华从事遇难者从事过的职业：护士和小提琴

手。一位女士请爱德华每天晚上睡觉前为她丈夫祈祷。她在信中手抄了《圣经·诗篇》节选，爱德华猜想她也希望他在睡前读它们。

"你可做不了这么多事情。"谢伊说。

"也许我可以？"每当读起一封信，爱德华就想："我必须做到这件事。我必须拉小提琴。我必须多笑笑。我必须学会钓鱼。"等到信件读完，他又觉得自己已经失败了。

亲爱的爱德华：

我母亲最近在华盛顿遇见了你。显然，她让你和你姨夫搭了个便车。她希望我和我的兄弟们跟她一起参加听证会，但我们都说自己忙。我想，无论她的要求是什么，我们只是已经习惯了对她说"不"，作为对她在我们童年时犯下罪过的惩罚。

我最小的弟弟正在戒毒，所以他是真的忙。那天下午我在干什么呢？读威廉·布莱克。我正在折磨我母亲，逼她支付我获取第二个博士学位（诗歌研究方向）的读书费用。我告诉她，这是她的错，因为她总是滔滔不绝地宣扬艺术的重要性，尽管她的实际意思是，艺术只能是富人的爱好，绝不能成为她的孩子的职业。

当我读诗时，我会忘记自己的父母。所以我才会在举行听证会的那个下午尝试读诗。我想要忘记那场事故，忘记我是两个罪孽深重的人生下的孩子。然而我总觉得自己应该在那辆车上跟你坐在一起，因为我应该陪同我年迈的母亲参加那种活动，这个想法令我困扰。另外，我知道你是我父亲在世时最后见到他的人——假设你经过他的座位时或者在机场候机时看见过坐在轮椅上的他。你活下来的这件事情本身就存在着某种诗意。

你很可能想知道我为什么要给你寄这封信。自从我父亲去世以来，我每天都会写点东西。我想制造点什么，而不仅仅是研究它们。今天我给你写信，是为了把我、我母亲、我父亲和你自己的人生连接起来。

此致

哈里森·考克斯

"你会告诉考克斯太太她的儿子给你写信了吗？"读完这封信，谢伊问。

爱德华摇摇头。这封信的内容比较特殊，如同校务秘书告诉他，她小时候偷偷喂过野生短吻鳄，又好比爱德华的实验室伙伴告诉他，他长大后想成为歌剧演唱家。这些都是秘密或者忏悔，因而非常神圣，他会将它们珍藏在心里。

爱德华盯着行李袋，目光呆滞，谢伊说："行了，今天就到这里吧。我们读的信早就超过十封了。"

爱德华拉起谢伊的时候，发现她的指尖沾了墨水。他觉得自己老了许多，或者说比走进车库时身体更加沉重，谢伊看起来也发生了变化，他无法形容的变化。他们一起来到室外，带着信上读来的话语走进暗沉的夜幕之中。

"没想到你能坚持这么长时间。"图安夫人对爱德华在镜中的倒影说道。

爱德华刚刚在举重凳上坐下，她的话吓了他一跳，因为在他记忆中，这是头一次有教练对他说除了训练口令之外的话。要是谢伊在这里就好了，这样她就能告诉他图安夫人究竟是什么意思。因为尽管他希望自己能够恰当地回应这句评论，但他完全不明白教练在说什么。

"嗯，什么？"他说。

"我以为你已经放弃了，跟校长诉苦，因为锻炼太难了。我差一点就要和他打赌，我觉得你来这里两个星期之后就会打退堂鼓，直接去自习室看书。"

爱德华晃晃脑袋，依然不明就里："但这不是强制性的吗？"

图安夫人在爱德华准备举起的杠铃一端加了一块小圆片："我是在夸奖你，孩子。你坚持锻炼了好几个月。你比我想象的坚强。你变得越来越强壮了。"

爱德华看着镜子里瘦削的自己。

她似乎在解读他的想法和皱眉的意思："能不能看到肌肉无所谓，我不在乎你能看到什么。反正你的大脑得到了重新训练，你可以加到一百磅。你明显强壮了许多。现在就开始，别浪费时间。"

爱德华躺在板凳上，两手紧握杠铃横杆。今天来上学之前，他读了许多封自己偷偷带进地下室的信。其中一封是个底特律的老太太写来的，她说她有二十七个孙子孙女，其中一个孙子死于这次空难，而且他一直是她私下里最喜欢的孙辈。她始终很想知道，那架飞机上所有去世的乘客是不是因为过于优秀才会死去，因为这个世界配不上他们。她想问问爱德华如何看待她的这个设想。

"用力。"图安夫人说，他举起杠铃。

写来另一封信的女人说，她在 NTSB 华盛顿听证会的会场外面亲吻过爱德华，然而他并不记得那天被人亲过。还有一封信来自一位母亲，她说她感到非常懊悔，因为女儿在世时自己对她过于挑剔。我告诉她应该停止摄入碳水化合物，嫌她的发型不好看。现在我想，为什么我会关心她的外貌呢？随后的几封信里包含了一些不合理的要求：

请不要浪费每分每秒，这都是上天给你的礼物。

确保你的生活过得有意义。

每一天都不要忘记那些死去的人。

爱德华最不喜欢这种类型的信——告诉他该如何过自己的生活。

"另外，"图安夫人说，"你这个年纪，新陈代谢率非常高，就像个烧得很旺的火炉。我觉得，假如你能保持这种有规律的提升，到了高年级的时候，你会得到20磅的肌肉。现在可以把它放下来了，慢一点。"

爱德华把杠铃放到胸前，想象着自己三年后的模样，胸膛宽厚、四肢粗大。他又想到行李袋里的那些还没拆开的信——每一封上面都写着他的名字——然后握紧杠铃上下推举，直到浑身上下酸痛起来。

晚餐时，爱德华发现姨妈和姨夫话少了许多。他不知道莱西把安眠药放在哪里，但他很想找到药瓶，丢进马桶里冲走。"你必须靠自己的努力争取睡眠。"他想告诉她，但爱德华知道，他的睡眠也并非自己争取来的，而是那些信件赠予的礼物。

他在心里当然是默默地支持姨夫的。约翰看起来心烦意乱，吃饭时看了两次手机，莱西向来讨厌他的这个习惯，见状不由得眯起眼睛。她告诉爱德华和丈夫，今天她做的工作比平时多，在育儿室里多花了一个小时抱婴儿。

"你闻过新生儿的味道吗？"她问爱德华。

"没有。"

"有机会你一定得跟我去医院闻一闻，简直太奇妙了。"

"我有许多封信要读。"他想，身体不知不觉地往姨夫那边倾斜。假如莱西像他母亲那样勇敢坚强，她的丈夫和外甥还会这么不安吗？

"真的是这样。"约翰表示赞同，然而接话的时机有点晚，"新生儿的味道非常奇妙。"

爱德华和莱西看着他，约翰脸上闪过惊恐的表情。爱德华对渴望这种情绪以及时间的错位相当敏感，因此他非常理解饭桌上的三个人当下的处境。莱西盯着丈夫，就好像他刚才不小心碰了她一下，抑或是说了些她几年前就希望他说的话——那时候她最大的渴望就是把自己的孩子抱在怀里——然而现在的她早已不需要他这样说了，所以她认为他的后知后觉是一种背叛。约翰茫然而惊惶地注视着莱西和爱德华，心想："亲爱的上帝，我把一切都搞砸了吗？"爱德华则一直想着车库里的那些信，这意味着他始终在考虑如何回答信中提出的问题，对来信者的脆弱感同身受，担心他们是否会平安无事。

吃完晚饭，爱德华走出门去，发现贝莎在车道上等着他。

"噢，嗨？"他说。

"我想知道你和我女儿在干什么。"

天很冷，但他们都没穿冬装。"我们最近的家庭作业特别多。"他颤抖着说。

"不要侮辱我的智商，亲爱的。"贝莎一直用西班牙语称呼他"亲爱的"，但爱德华感觉过去的一年里她对他的热情略微有些变淡。他现在比她高出很多，她仰起脖颈看着他，面有忧色。谢伊曾经告诉他，她母亲爱所有的孩子，但不相信男人。爱德华不安地意识到，他现在看起来就像个年轻男人。

他尽量表现得更加值得信赖："你应该问问谢伊，贝莎。"

她皱着眉头看他："你知道我已经问过她了，难道我会先问你吗？"

爱德华叹了口气。欺骗贝莎是不可能的。她脸上的每一条纹路仿佛都在叫嚣"我要知道真相"。他试图想出一些至少让人感觉真实的理由："我们正在完成学校布置的项目，是关于帮助别人的。"

她瞪着他，这个表情几乎跟谢伊一模一样，爱德华差点笑出来。

"大半夜的做项目？你以为我听不到你们两个四处乱窜？"

"噢。"爱德华说，"好吧，我们的项目——"

"你和谢伊上床了？"

他脸上的表情一定足以回答这个问题，因为贝莎的神色因为释然而变得柔和了。她向前倾身，摸了摸他的脸："对不起，小可怜，我不是故意吓唬你，我有我的担心，当然，现在看来是我错了。"

爱德华说不出话来，他的脸就像火烧一样。贝莎笑着握住他的胳膊，领着他往她家走："你们这么努力完成学校的任务，我很高兴。谢伊需要保持好成绩才能得到奖学金，多完成几个项目肯定对她有帮助。我们不需要告诉谢伊这件事，对不对？"

"对。"爱德华低声说，跟着她走进家门。

跨入谢伊的房间之前，为了平复心率和体温，他不得不在楼梯底部站了几分钟。看到她一如往常地坐在书桌前，背对着他，他松了一口气。

"我刚写完一封回信。"她说，没有转过身来。

他坐在她床上等着。谢伊转过身，递给他一个大信封。"你还好吗？你好像晒黑了。"她问。

"我很好。这里面有多少回信？"

"今天的只有一封。"

"我们不能忽视来自小孩或者跟小孩有关的信件。"打开第一个行李袋后的第二天早晨,她说。两人决定由她来撰写和打印回信,爱德华负责签名。谢伊从他们读过的第一封信开始回复,寄信人就是那位请爱德华给自己的三个孩子写信的父亲。几天的时间里,谢伊把三封回信反复重写了好几遍。我不能犯错,她说,这很重要,我需要说出完美的话。

爱德华从信封里抽出今天的回信,浏览了一遍。这是谢伊给南卡罗来纳州的一位修女的回复。修女在来信中说,爱德华的得救是非常美妙的奇迹,坚定了她的信仰。

"我知道修女不是小孩,但她显然是个非常可爱的人。"谢伊说,"而且她的年纪很大了,你不介意我给她回信吧?"

"给谁回信由你说了算。"

"修女说,她看过你在医院里照的照片,从你的头发可以看出,你真的是被上帝拯救的。"

"我的头发?"

"耶稣的头发是深色的,很有光泽,看上去湿湿的,那是上帝的膏抹,你的头发也是那样的。"

"我的头发看上去也很湿?"

"她相信这说明上帝也膏抹了你,从而使你免于死亡。"

爱德华差点要嘲笑修女的想法,但他没有力气笑出声来。

"我打算明天逃学。"他说,"莱西一整天都会在医院接受培训,我必须读完剩下的信,否则我会急得喘不动气。"

"没错,我也是。"

他知道她会这么说:"如果我们两个都逃学,那就太明显了,可能会被抓住。我几乎一节课都没缺过,所以假如只有我一个人逃学,他们是看不出来的。而且你还要保持好成绩。"说到这里，他的脸红了，想起贝莎在车道上的诘问。

谢伊脸颊上的酒窝变深了，这不是个好兆头。他竟然擅自计划一个人逃学——哪怕这件事微不足道——她被激怒了。

爱德华与她对视，他别无选择。他对学校没有意见，但上学是浪费时间。他应该花时间读信，每一封信对他而言都像是一本书中的一页，在他读完整本书之前，他不会完全理解它们的含义。他有种责无旁贷的感觉，这在他的人生中前所未有，他必须对这些信件做出回应，而且对于它们的关注似乎也在改变着爱德华，他觉得自己内心的力量正在汇聚，让他最终有勇气直视照片中那些人的眼睛。

下午2:04

飞机距离洛杉矶仅剩三分之一的航程，乘客们的意识向前伸展，在最后一段隧道中寻找些许光芒。终于熬过了旅程的大半段，大家的肩膀松弛下来，头痛逐渐消退，开始考虑落地后的物流问题，有人已经开始给负责接机的人发起了短信。

简刚刚重写了剧本中两个机器人进行战斗的一场戏，她从中唯一能够得到的乐趣就是将机器人的性别改为女性。"女孩的力量。"她厌恶地想。她把机器人想象成自己和莱西，姐妹关系意味着两人总是相爱相杀，不断试探对方的底线。简是第七个接手这个剧本的编剧，只有把其中的内容个人化，她才能忍受它。

驾驶舱的门开了，简清楚地看到了光线昏暗的舱内是什么样子：前方是一道巨大的挡风玻璃，灯光闪烁的仪表板上分布着各种操纵杆，此外还能看到副机长的肩膀。机长满头银发，胡须花白，朝维罗妮卡微笑着说了几句简听不见的话，随后就站起来走进卫生间，门在他身后关上了。

简继续看向电脑屏幕，写了三行对话，又把它们删掉，尝试再写。她觉得自己进入了一点状态。就在这时，她突然听到一声响亮的尖叫，于是抬起头来四下张望。"是小孩在叫吗？会不会是我的孩子？"她想，然后才意识到，"别傻了，他们早就不是小婴儿了，不再需要我去哄他们了。"

"飞机上有医生吗？"发出尖叫的那个声音问。尽管许多乘客都站起来朝那边看，维罗妮卡也挡在过道里，简还是能看到问话的是个护士，穿着白色制服，正在查看她旁边坐的那个老人的情况。老人的病情似乎很严重，至少是非常不对劲，皮肤看起来异常松弛，双眼紧闭，脸色比飞机的舱壁还要白。

简的双手下意识地离开电脑键盘，按住了她的胎记，十分用力，好像那是一个可以逆转时间的按钮，即使只是几分钟。

"该死。"马克说。

他微微向后退去，半个身体探到了简的座位上方。两人的屁股都离开了座位，伸着脖子看向焦虑不安的护士和围观的人群，护士抓着老人的手腕，仿佛那是一件她搞不清楚该如何演奏的乐器。

"他看起来很糟糕，不是吗？"马克说。

维罗妮卡平静舒缓的声音从扬声器中传来："女士们，先生们，请注意两件事。第一，系紧安全带的指示灯已经打开，飞机即将遭遇气流，请回到座位上坐好。第二，如果飞机上有医生，是否可以请您到头等舱来一下？"

简想："我要去找我的孩子们。"她很想立刻跑到机舱后部，越过病人和护士，把自己的空间让给马克，马克似乎巴不得尽可能地远离现场。

一个身材矮胖的红发女人带着个灰色的背包出现了，她从护士手中接过老人的手腕，另一只手搭在老人脖子的一侧，安静地等着，像等待播出新闻那样。

"医生？"维罗妮卡呢喃道。

头等舱的每个人都在看着。没有任何东西可以抓握的护士一副失魂落魄的样子。

最后，红头发女人伸出手臂，搭在老人胸部。她站起来，用一种既平静又能被众人听到的语调对维罗妮卡说："他死了。"

"死了？"维罗妮卡喘息着说，"你确定？"

"是的。"

简伸手扶住前排座位的靠背，因为她失去了平衡。过道上有一个死人。此前她只见过父母的尸体，但那是二十年前的事了，而且医生的诊断结果以及父母的日渐衰弱迫使她早就做好了心理准备，更何况他们的尸体一直在棺材里，她母亲涂着她最喜欢的粉色唇膏，双手交叉搭在腰间。

简过了一会儿才意识到马克已经跑到对面的座位上坐了下来，维罗妮卡不知所措地站在前面，又有人发出了尖叫声，但这一次护士安静地坐在座位上，像石头一样沉默。死去的老人摊手摊脚地躺在椅子上。

"气流。"有人喊了一声。在那个瞬间，简突然感到庆幸，幸好眼前的事情并非发生在她的身上，因为假如这种震动、倾斜和模糊的感觉来自她的身体内部的话，那可就要大祸临头了。

2016年1月

次日一早，爱德华假装去上学。他和姨妈、姨夫一起吃早餐，在楼上的卫生间洗漱，这样就能察看姨夫是否睡在儿童房——他发现房里的床单皱巴巴的，路易斯·拉摩的大部头小说《种族的最后一人》搁在床架上。爱德华眨眨眼睛，有那么一瞬，床、信件以及明净的窗玻璃外面的湖仿佛变成了没有区别的同一类东西，就像架子上的一排书，连重量和密度都几乎相同。所以，为什么他要为特定的东西感到开心或者不开心？它们是中立的。床是用来睡觉的，信是用来读的。"我要么是领悟了禅宗奥义，要么是得了抑郁症。"他想。

他像往常一样在人行道上等谢伊。他先朝贝莎挥挥手，然后和谢伊一起走出街区。谢伊脸上带着傲慢的表情，走路时少言寡语，但他知道她会为他在学校打掩护。

"谢谢你。"两人走到街角时，他说。

"不管你读到什么，都必须给我看。"她说。

"当然。"爱德华说。

他看着她向前走去，直到她穿过十字路口，这才钻进房子后面的树林。他知道约翰和莱西现在已经出门了，他可以从树林回家，不会被人发现。

"你小时候到这里来的时候，你和乔丹在树林里玩过。"姨妈曾经这样提到这片树林，"你觉得这里很棒，因为你以前从来没见过真正的树林。"爱德华对此没有记忆，但当他跨过一条条树根时，会不由自主地想象自己跟乔丹小时候在这里玩的样子。比如绕着粗壮的树干跑来跑去，乔丹领先，埃迪跟在后面，嘻嘻哈哈；两个男孩研究土块里的虫子，然后拿起两根大树枝对打，假装它们是剑。

来到车库后面的栅栏旁，爱德华停下脚步，因为他仿佛真的看到了在树林中玩耍的乔丹和埃迪，感觉那并不是他的想象，也许是受到了信件内容的影响，他最近一直在抵制现实。在自己的白日梦中，爱德华经常看到加里，加里金色的胡须里已经出现了银丝，他正在科考船的甲板上做笔记。前几天在健身室，爱德华认为自己在镜子里看到了正在举重的本杰明·斯蒂尔曼，本杰明穿着军服（跟他在飞机上穿的一样），不费吹灰之力地举起了极为沉重的杠铃，他看起来是那么真实，爱德华差点把手中的杠铃掉到地上。他回过神来，却只听见图安夫人的咆哮："阿德勒，注意！"当然，除了他俩，健身室里没有别人。

爱德华看着幻象中的乔丹，他大概只有九岁。正是在这个年纪，乔丹从车顶上跳下来，给谢伊留下了难忘的印象，他的黑发总是桀骜不驯地朝各个方向支棱着。爱德华可以轻而易举地回忆起哥哥的每一处面部特点，甚至连他父母当时的音容笑貌都仅仅成了背景，他不知道为什么乔丹会在他的心目中如此突出，或许是因为他始终认为哥哥是他自己的一部分，兄弟俩是不可分割的，即便现在。爱德华笑了，因为他看到哥哥对着手里拿的剑露出微笑。

他心中浮现出一个问题："我能为你做些什么？"

爱德华惊奇地发现，他竟然从来没有想到过这个问题，哪怕这么多的来信都在要求他为飞机上的那些陌生人做些什么，抑或是正因为读了这么多的信，他才恍然大悟。莱西为了她的姐姐亲吻他的脸颊，这意味着爱德华也可以为他的哥哥做点什么。他可以抽出一天的时间——比如今天——好好想想，假如乔丹在这里，他会想做什么？

爱德华一时找不到头绪，而且他又饿了，于是他决定从食物开始。他钻过栅栏的缝隙，来到院子里，确定约翰和莱西的车已经开走之后，他才走进厨房。他可以像哥哥那样吃东西，因此爱德华选了一些食物带到车库，它们正是乔丹在飞机上的最后一餐：胡萝卜条、一小罐苹果酱和一块鹰嘴豆泥三明治。

他打开车库的门，一个声音说道："什么？你竟然没给我带吃的？真是没有礼貌。"

谢伊盘腿坐在水泥地上，旁边是行李袋。"别生气。"她说，"我们不会惹麻烦的，我保证。如果有必要，我会撒个大谎，把他们骗得团团转。"

爱德华皱起眉头，但只是为了表示怀疑。他没有生气。

"而且，"谢伊说，"我们的阅读速度会加倍。"

他坐在她身边："给我一封信。"

她打开第二个行李袋，他们已经读过了袋子里三分之二的信，谢伊制作的表格就摆在旁边，用于记录信中的各种要求。

两人读了几分钟的信，然后谢伊说："别告诉我你不愿意见到我。"

他实话实说："我很高兴见到你。"

爱德华打开文件夹，似乎是为了寻找与来信对应的遇难者照片，其实他只是想瞥一眼乔丹的照片。爱德华认为自己今天可以为了乔丹待在家里，待在这里。逃学这种事怎么会少了他哥哥。迈出第一步之后，完整计划呼之欲出：乔丹会做些什么？我能为乔丹做什么？他现在跟去世的哥哥同龄了，爱德华感到——或者说希望——他能以新的方式进入哥哥的轨道。

他读了一些建议他该如何生活之类的信件。"实现每一个梦想。我儿子害怕失败，所以从未加入任何乐队。不要害怕冒险。"

"我女儿很懒，丢掉了她的梦想，因为她认为除了时间以外自己什么都没有。然后她乘飞机去探望她在洛杉矶的姐姐。她告诉我，等她从洛杉矶回来，一定努力工作。想想你的妈妈会多么地想念你，让她为你自豪吧。"

"请原谅我的唠叨——我刚才喝了威士忌——但我女朋友是我的一生至爱，她在面点学校上课，因为她很有烘焙天赋。真希望你能尝尝她做的法式煎饼，太他妈的好吃了。搞清楚你的天赋是什么，爱德华·阿德勒，然后拼命发展它。你欠我女朋友一份努力。"

通常情况下，这样的信会让爱德华感到沉重的压力，然而今天，吃着哥哥的三明治，坐在谢伊旁边，他感受到了乔丹那种拧巴而鼓噪的劲头，乔丹一抓住机会就要说：他妈的，没门儿，老子凭什么听你的。他正是以这样的姿态反抗父亲的期待和约束的，也正因如此，他才始终都不会盲目从众。虽然爱德华从来没有过这种倾向，但随着鹰嘴豆泥消化在肚子里，他似乎也摄取到了这种倾向的营养。"他妈的，没门儿。"他想，这是他第一次把这句话视为一种选择。"老子凭什么听你的。"他很想这样告诉那些教他如何生活的人。

他从口袋里掏出手机，给考克斯夫人发了一条短信。"真的很抱歉，我没有读你送的那本投资方面的书，我试过，但我对这种题材不感兴趣，因此读不下去。不过，谢伊和我真的很喜欢你送的那本传记，但愿你不要失望。"

按下发送键，爱德华立刻觉得轻松多了。自从收到这本书以来，他就为自己的毫无兴趣而感到内疚。他从袋子里拿出另一封信。

嘿，爱德华：

我母亲很久以前就患有抑郁症，我的兄弟马克就算没有死在你们那架该死的飞机上，也迟早会死于抑郁症。我只知道我可不打算那样死，这就是我玩冲浪和抽烟的原因，还有，假如我的卡车装不下哪样东西，我会把它扔掉，如果我不喜欢什么东西，也会把它扔掉。

马克在遗嘱里把所有的钱都留给了我，尽管我们三年没说过话，因为我们互相看不起彼此的生活方式。他想用数百万美元来束缚我——在我偿还了他欠下的荒唐债之后——逼着我买一套房子、一辆奔驰和一些花哨的花瓶来填满房子里的空架子。他想让我跟他一样，穷得只剩下钱，总是要还信用卡，但我可不会上当。我要把这些该死的负担甩掉。保险金也是。当然，做这件事之前，我得先修好我卡车的左后轮，买一块新冲浪板。

我女朋友信佛，她总是冲着海滩、海浪和日落说"谢谢你"。过去我觉得这些都是扯淡，但后来我发现自己也感谢过一棵树一两次，所以我意识到，就算这是扯淡，也是好的那种扯淡。

无论如何，她告诉我要谢谢马克，因为他的死让我重新获得了自由，让我意识到我选择的生活是多么重要。但我认为与其感谢马克，不如感谢你，孩子。谢谢你收到这封信，谢谢你活了下来，成为那个得救的人。

随信附上一张支票，里面是我从遗嘱和保险公司的人那里得到的钱。我想让你收下这笔钱。你可以自己留着，也可以给别人，都随你的便，我不在乎你怎么处置。你受了那么多的苦，这是你应得的，伙计。这些钱对我来说一点用处都没有。

所以，谢谢你，祝你平安，兄弟。

贾克斯·拉西奥

信封上的邮戳显示，这封信差不多是两年前寄出的，里面有一张7300000美元的支票，收款人是爱德华·阿德勒。

"呃。"爱德华说。

"什么？"谢伊接过他手里的信，迅速读了一遍，惊得张大了嘴巴。他凝视着长方形的支票和上面的数字。

"对着光看看它。"谢伊说，"电影里的人都这么干，我不知道为什么。"

爱德华朝向窗口举起支票，它还是那张支票，上面的一大串零没有任何变化，依然是如此不可思议。

"我的天。"谢伊说，"我的天，你觉得这是开玩笑吗？"

"不觉得。"爱德华翻开文件夹，找到马克·拉西奥的照片。这个男人傲慢的笑容让他看起来像是个经常登上杂志封面的名流，爱德华想起马克跟那个乘务员一前一后地从飞机的卫生间里出来，当时马克并没有在笑，但看起来志得意满，仿佛再度登上了杂志。真恶心，当时的埃迪对乔丹说。爱德华现在怎么会跟那个男人和他兄弟牵扯到一起呢？

"你甚至根本不需要这笔钱。"谢伊在他身后说，"真的是太疯狂了。"

第二天下午，当学校的扬声器召唤爱德华到校长办公室去一趟时，男孩猜想阿伦迪校长一定是知道了他逃课的事。在前往大厅的路上，爱德华寻觅谢伊，打算告诉她这是她的错，他俩是一起逃学的，既然他被抓到了，谢伊也逃不掉。

阿伦迪校长站在门口等候爱德华，他手里拿着喷壶，它以某种奇异的角度摇来晃去，好像一支香烟，他的西装皱皱巴巴，犹如一套睡衣。

"怎么了？"爱德华问，他意识到事情绝对与他逃学无关，因为校长看上去十分不知所措。

"一定是病毒的原因。过去的三天，死了六棵蕨类植物。六棵。我把受到影响的都移走了。"校长指着窗台上的空地说，其中的一只挂盆也消失了，"但愿这样能阻止病毒的蔓延。幸好我没在别的盆里发现生病的迹象。"他茫然地看着爱德华，"我能做的就是照顾剩下的植物。"

"我可以帮忙吗？"

"是的。"

阿伦迪校长似乎不打算多说，好像只要爱德华答应帮忙就行，没必要向他说明具体该怎么帮。"我该怎么做呢？"爱德华问。

"我希望你把袋鼠爪带回家，我不知道病毒的源头在哪里，我家里和这间办公室都有可能存在病毒，请把它带回家，直到我治好其他植物的病。"

爱德华看着角落里那棵养在浅黄色花盆里的古老蕨类"袋鼠爪"，它是阿伦迪校长最喜欢的植物，年纪也是最大的。"可要是我把它弄死了怎么办？"

"我相信你，爱德华。"校长说，"我完全信任你。"

爱德华回到家，在地下室专门腾出一块地方，把"袋鼠爪"放在窗台正下方的牌桌上，以便获得最好的光照。花盆旁边摆了一袋肥料和一只装有室温水的喷雾瓶。爱德华检查了花土，给叶子喷了一些水雾。

谢伊在地下室的另一边上蹿下跳。"我还是需要冷静一下。"发现他看了过来，她说，"七百万美元。"

"我知道。"他说。

"我用谷歌搜索过，你似乎可以把两年前的支票存进银行，只要这笔钱还待在原来的银行账户里。请你别再盯着那棵灌木看了好吗？"

"这是蕨类植物。"他说，"我不会那么做的。"

"你可以用这笔钱在镇上买大约十二套房子了。"她说,"或许还能买下整个岛!你打算怎么办?"

支票就放在爱德华的裤子后袋里。他不知道还能把它放在哪儿,随身携带似乎是最安全的。他条件反射地摸了摸裤袋,想象自己和贾克斯一起冲浪,他觉得贾克斯应该留着长发,像个电影明星。两人在海浪之间举着那张支票让来让去。

"我现在没法处理它。"

"我知道。读完那些信之前,你什么事都没法处理。"谢伊听起来很恼火,还因为一直在跳而气喘吁吁。

"你说得对。"爱德华用手指按了按花土,不知道袋鼠爪知不知道它来到了新的住处、会不会感到迷惑、是否想念阿伦迪校长。

这天晚上,谢伊留下来吃晚餐。他们在摆着猪排、西蓝花和土豆泥的餐桌前坐下,爱德华说:"我想我应该告诉你们,我现在是素食主义者。"

莱西皱起鼻子,仿佛他说了一句她闻所未闻的话。"素食主义者?"

谢伊说:"如果你做的土豆泥里面有牛奶的话,我就替他吃掉猪排和土豆泥。别担心,什么都不会浪费。"

"为什么要改吃素?"约翰问。

爱德华实话实说:"我是替我哥哥做这件事的。"他顿了顿,想起姨妈和姨夫可能还不知道乔丹后来决定吃素,于是补充道,"乔丹在他去世前几周就变成了素食主义者。"

姨妈和姨夫同时被他吓了一跳,爱德华知道这是因为他说了"去世"两个字,需要提到过世的家人时,他总会用"坠机"来代替"去世"这个词,他们都会这样。历史仿佛被一分为二:坠机之前和坠机之后。

"但你们不需要准备两种饭菜。"爱德华急忙补充,"你们吃什么蔬菜我就吃什么蔬菜，我会给自己做三明治的。"

"我不想让你们改变任何东西。"爱德华觉得自己的腔调很刺耳，但他无能为力。他厌烦自己必须向他们解释一切，也厌烦他们必须做出回应。这个选择，这个想法，只属于他和乔丹，与其他人无关。

"你希望为了哥哥做点什么，这个想法很好。"莱西说，但语气有些不确定。

"不要再担心了，不要再吃安眠药了，关心关心你的婚姻吧。"爱德华很想告诉姨妈，但是没有开口。

半夜来到车库，谢伊把最后一小堆没读过的信分成两份，一份交给爱德华，他随手拿起最上面的那封信。

亲爱的埃迪：

　　我叫马西拉，我叔叔是你和家人常去的那家熟食店的老板。不知道你是不是听说过我。乔丹说他没告诉任何人，但也许这个"任何人"不包括你。所以，我可能需要告诉你，我和乔丹交往过，他是我的第一个男朋友。当然，我不能代表你哥哥，无法决定他的感情，我只代表我自己——我要说，我爱乔丹。

　　他告诉我你们全家要搬到西海岸的那一刻，我决定去洛杉矶上大学。但我没告诉他这个想法，以免我的心愿无法实现。但我知道我们没有真正说再见。我想学习物理，洛杉矶有许多很有吸引力的奖学金项目。我想象过整个未来，想象过见到你的那一幕，因为你是他的弟弟。我想象过你和我成为朋友，一起站在海滩上。

我现在十八岁了，我告诉叔叔我要在上大学前休一年假，所以，我叔叔去巴基斯坦探亲时，我在熟食店上班。我为什么告诉你这个？我想这是因为我希望告诉乔丹。在他上飞机之前，如果我能告诉他我的未来计划就好了，当时我以为自己还有时间。我们这么年轻，怎么可能没有时间？我也想写信告诉你，每当提到你的名字，乔丹总是会露出微笑。假如我是你，一定愿意知道这件事。

祝福你，埃迪

马西拉

爱德华一遍又一遍地读着这封信。直到快要离开车库时，他还在盯着这张纸，谢伊问："这封信有什么问题吗？"

他把它交给她。

谢伊读了信，抬头问爱德华："你知道他有女朋友吗？"

"不。"这个字在他内心回响，他仿佛变成了一口空井。

"你根本不认识这个女孩吗？"

他摇了摇头："我可能在熟食店见过她，但我不记得了。"

"七百万美元和一个女朋友。"谢伊低声说道。

爱德华想象乔丹在树林中跑来跑去、从汽车顶上跳下来、在机场里展开双臂让人搜身。他感到疼痛自身体中心蔓延，就像地震前出现的断层线。他想："乔丹，我能为你做些什么？这是什么意思？我该怎么帮忙？"

答案立刻冒了出来：去见见那个女孩。

第三部分

"你中有我，我中有你，

无可救药，永永远远。"

——詹姆斯·鲍德温

下午2:07

冻雨撞击机身，引发了故障：皮托管（以 18 世纪早期法国工程师、发明家亨利·皮托的名字命名）——看起来像是飞机外部的一根小钢棒——结了冰。理论上讲，即使在极寒温度下，皮托管也不应该结冰，这条重要的事实将在七个月后的 NTSB 听证会上被人提出来。结冰状态下的皮托管无法完成它的工作——测算飞机的速度。虽然这很不幸，但飞机还有备用计划，正如当一台发动机出现故障时，另一台发动机会提供相应的动力，假如皮托管出现故障，自动驾驶系统会自行断开，飞机脱离巡航状态，此时飞行员需要检查仪表板上的传感器，评估飞机自身的速度和平衡情况。

雨已经停了，但是天气——水汽和气流搅成一片——仍然在发挥它的威力，无数个气旋围绕飞机转来转去，犹如迁徙的飞鸟。机长从卫生间回到驾驶舱，立刻坐进左侧的座位研究气象雷达，让副机长继续负责观察仪表。

机长开口道："旋流。比在雷达上看到的还要大。"他盯着屏幕，"向左拉一点，躲开小股气流。"

副机长做了十二年飞行助理，看起来非常担心："什么？"

"向左拉一点。我们在手动驾驶，是吗？"

副机长点点头，控制飞机向左倾斜。驾驶舱中涌起一股奇怪的香气，带着烧焦的味道，温度也随之升高。

"空调是不是坏了？"

"不是。"机长说，"这是天气的影响。"

滑流的声音更响了。

"没关系。"机长说，"机身外部积聚了冰晶。我们很好。降速吧。"

驾驶舱里响起警报声，时长 2.2 秒，提醒他们飞机不在自动驾驶模式。

一段时间以来，乔丹已经清楚地意识到他不再需要父母，他之所以还跟他们住在一起，是因为子女习惯于在家里待到十八岁。他知道自己可以轻松找到工作，继续通过阅读来进行自我教育，与马西拉一起，度过无人监督的幸福时光，完全自食其力。他甚至想象过自己的单间公寓是什么样子的：光线充足、高高的天花板、阁楼式的高架床……戴着眼镜的他像煞有介事地端着一杯咖啡——尽管他的视力很好，而咖啡因会让他出汗。

乔丹看着医生的身影消失在头等舱的遮帘后方，他知道自己和弟弟、父亲都在想同一件事：是不是妈妈出事了？

"前面有个生病的老人。"布鲁斯说，"很可能……"

气息似乎从他的嘴巴侧面跑了出来，飞机向右颠簸了一下，他没有说完的后半句话随之消失，如同落入池水、杳无踪迹的石头。

飞机的剧烈颠簸让乔丹突然领悟到了崭新的真相：我确实需要他们，他们三个我都需要。当飞机犹豫不决，仿佛在思考下一步的行动时，他想象中的公寓里出现了一张双层床，这是为他和弟弟准备的，还多出了一间卧室，他希望父母住进去。

2016年3月

乘坐巴士前往纽约的一路上，爱德华几乎全程闭着眼睛。他和谢伊读完了全部的来信，并且给它们分了类。现在是春假的第一个星期一，他们之所以能离开家，是因为莱西在上班，贝莎去了表姐家。然而爱德华却非常愤怒，因为他是为了哥哥而前往纽约的，乔丹吻了一个女孩，跟这个陌生的女孩相爱，爱德华却不知道这件事，这意味着乔丹要么不希望告诉爱德华，要么不相信弟弟能够保守秘密。

半路上，爱德华睁开眼睛，好像他的眼睛需要光线，如同肺部需要空气那样。"我会跳过下周末的大学预考模拟测试。"

"好吧。"谢伊说。

"你打算去考吗？"他觉得她在跟自己作对。巴士在林肯隧道长长的入口环路上转圈。

"我不知道自己想做什么，所以我会去的。"

"我也不知道自己想做什么。"

她耸了耸肩："你就没必要参加什么愚蠢的考试了。我跟你不一样，我只是个普通人。"

爱德华感到紧张不安，就像摄入了过多的咖啡因，可他连苏打水都没喝。巴士现在进了隧道，他没告诉姨妈和姨夫他要去哪里。除了谢伊家，莱西和约翰不会想到他还会去更远的地方，毕竟他从来没出过远门。

这是他第一次回到纽约，但他不想大声说出来。

"我们刚认识那年夏天，你告诉我，我不正常，你也不正常。"他说。

"听着。"她说，"如果我想有机会做几件大事的话，必须得有大学学位。"她的座位靠窗,他能看到她的半张脸和侧影,她看起来完全像个年轻女人了,而不是一个女孩。

他们从港务局乘出租车到熟食店。车子沿着曼哈顿的网格街道一路向北,上东区在爱德华面前铺展,这里正是他和家人生活过的地方。出租车经过熟悉的干洗店、砖砌的图书馆、破旧的杂货店,他们家的大部分食物都是从这里买的,更远处是他父亲买肉和奶酪的高档超市。

他们路过一家古董店,他母亲曾经在这里买过一个时钟,她把它放在梳妆台上,说这让她想起加拿大的祖母。爱德华又看到路旁的一个邮箱,想起那年四月他和父亲来这里寄纳税支票。他斜倚在邮箱上,布鲁斯打开上面的小蓝门,一边把支票放进去,一边抱怨他纳的税却被拿去打仗,这不公平。"假如我能指定自己交的钱花到哪里的话,"他父亲说,"我会热情地缴税的。"

爱德华拉紧安全带,仿佛是在保护自己免受记忆的伤害。

"你有计划吗?"谢伊说,"我们只是去见她吗?"

爱德华耸了耸肩。他只知道自己必须见到马西拉。原因有两个。第一,因为乔丹想要见她;第二,因为她是除了爱德华之外,唯一深爱着乔丹的活着的人。他失去了乔丹,她也失去了他。

他说:"我们不会待很久。"

出租车停在红灯处。爱德华认为自己是在探访一个真相——跟他原本以为不存在的某个人见面。马西拉的信在他的生活中开启了一扇门,就好像他在自家的厨房里发现了一个新房间,里面是乔丹的女朋友。是不是还有别的他没注意到的门?这个想法令人不安,但也很有吸引力。他无法挽回已经失去的东西——他的家人——但也许他可以找到那些他此前不知道的相关者。

出租车在七十二街和列克星敦大道的交叉口停下来，爱德华站在人行道上，谢伊付钱给司机。他的表情一定很吓人，因为当谢伊走近时，她瞪大了眼睛。"不会有事的。"谢伊说，"我会帮你的。"

"谢谢你。"他想。爱德华看着谢伊转过身，朝熟食店的门口走去，看着他的新生活走进他的旧生活。

熟食店是个狭窄的长方形建筑，中间有一排长长的架子，室内整洁明亮。每当有了零用钱，爱德华会去买摆在角落冰箱里的 Yoo-hoos 巧克力。家里急缺卫生纸、除臭剂和牛奶时，他还会和爸爸一起来买。这里也是他和乔丹偷偷来买糖果的地方——乔丹几乎总是买特趣糖棒，爱德华则最喜欢小熊橡皮糖。这是父母允许他们独自前往的第一个地方，布鲁斯会打发他们来熟食店买某个特定物品，然后用手表定好十五分钟的倒计时，兄弟俩的任务是在计时器关闭之前回家。

爱德华跨进门槛，没有继续往里走，对哥哥的想念攫住了他，令他窒息，为什么到头来只有他一个人站在这里？

柜台后面没有人。一个穿足球运动衫的男孩站在角落里的杂志架前，爱德华想知道乔丹是否也认识这个孩子。一切皆有可能。从男孩的身量来看，爱德华一家住在附近的时候，他可能在上小学。也许乔丹帮小男孩的父母照顾过他，却没把这份兼职告诉爱德华。

"我查了一下。"一个女孩的声音从店铺后面传来，"那本杂志还没来，明天吧。"

"好的。"男孩说，"谢谢。"他从爱德华和谢伊身旁走过，推门出去了。

爱德华看向谢伊，这才发觉她一只手里托着两个汤罐头，胳膊底下夹着一条面包，还有一袋椒盐脆饼。

"怎么了？"她低声说，"我觉得我们应该买点东西，这样我们看起来才不会那么奇怪。"

"相信我。"他说，"我们现在看起来也很奇怪。"但是他依然感激她，因为她的到来，因为她陪他一起紧张，即使她无法完全理解他所有的奇怪的焦虑。

他察觉到空气中有一种变化，只见一个女孩从后面的房间走出来，看到他的同时，她停下了脚步。

她在发抖，浑身都在颤抖，仿佛刚刚从冰冷的湖里爬上来。"埃迪·阿德勒？"她说。

他点点头。

"你看起来很像他。"

"抱歉。"他说，但听到她的评论，他还是觉得很高兴。已经很久没有人把他和他的哥哥相比较了。他打量着她。黑色及肩长发、桃心形的面庞、肤色比谢伊深一些。乔丹爱你，他想。

"我收到了你的信。"他说，"我不知道你和我哥哥……"

她点点头，平静下来；她控制住了自己。"我也觉得你可能不知道。"她看着谢伊，"我是马西拉。"她说，"我可以先帮你保管那些东西吗？你看起来很不舒服。"

谢伊走过去，尴尬地将食物放在柜台上。"我是爱德华的朋友。"她说，"谢伊。"

马西拉的额头皱了起来。"爱德华？"她说，"我以为你……"

"你可以叫我埃迪。"他说，"如果你愿意。"

他们身后的门打开了，几个人循声望去，只见一个穿联邦快递制服的男人在地上放下三个大箱子。"明天见。"他说。

"明天见！"马西拉喊道。男人刚走，门又开了，一个女人推着婴儿车来到店里。她用唱歌般的低沉声音跟小婴儿说着话，径直走向放尿布的货架。

谢伊说："呃，你住在这里吗？"

"我住在楼上的公寓。"马西拉指着天花板，"你现在在新泽西州，跟姨妈和姨夫一起生活？他们好不好？你过得怎么样？"

"很好。"爱德华说，"他们很好。"

推婴儿车的女人来到柜台旁，谢伊和爱德华赶紧给她让路。女人拿出钱包，飞快地瞥了他们一眼，仿佛在说："你们这些小年轻在这里商量什么阴谋诡计？"

爱德华看着车里的婴儿，发现小孩也在盯着他看。他的蓝眼睛特别大，脸颊肥嘟嘟的，一根头发都没有。婴儿一边盯着爱德华，一边把大半只手塞进嘴巴里，发出吹哨般的声音，然后抽出手指，咧着嘴巴笑起来。

"你真可爱。"谢伊礼貌地说。

女人付了钱，把尿布塞到婴儿车下面，推着孩子离开了。

"也许我得暂时关一下店，我们才能好好聊聊，再这样下去，一半的邻居都要来了。"马西拉说，"有个爱传闲话的邻居每天下午准时来买口香糖；我猜她会跟我叔叔告密。所以我们最好还是避开她。"

她把门上的"营业/休息"指示牌翻转过来，一连上了两道门锁。"你现在十五岁了？"她问。

爱德华盯着门锁，他宁愿门是敞开的，这样自己就能轻而易举地逃走，无须应付尴尬的挑战。他点点头："和我哥哥约会的时候，你也是十五岁。"

和我哥哥约会，这些话听起来是如此难以置信。

马西拉走到柜台边，靠在上面。"你看起来确实很像他。"她说，"但你的声音和他不一样，眼睛也是。"

爱德华感到一阵痛苦，他知道这疼痛是他代替乔丹承受的，现在应该站在这里的是他哥哥。假如他是乔丹，他会走到柜台前拥抱她，他现在应该为了哥哥那样做吗？

他瞥了一眼谢伊。谢伊值得依赖。谢伊真实可信。她站在摆着各种口味薯片的货架前看着爱德华和马西拉，脸上挂着考试前看书复习时的表情。

马西拉说："你穿的……是不是你哥哥的外套？"

爱德华低头看着身上的橙色大衣。它现在非常合他的身，但肘部和接缝的地方已经磨损了。莱西一直威胁说要换掉这件衣服。"是的。"他说，"我有他所有的衣服。"

"当然。这不奇怪。"她语调平淡，目光却在闪烁。

爱德华希望这是正常人之间进行的正常交谈，尽管他知道这是不可能的。"你在信里说，你正在休年假？"

马西拉点点头。"秋天的时候我就要到亨特学院上学了，它离这里只有几个街区，而且学费便宜。我喜欢科学。"她说，"一直都是。而且我叔叔希望我成为工程师。"

爱德华痛苦地意识到，与马西拉相反，他完全不了解自己是什么样的人，不知何故，他知道马西拉也有同样的感觉。乔丹站在他们中间，是吸引他们彼此接近的渴望之源，他并非鬼魂，而是渴望的化身。"我和马西拉加起来等同于消失的乔丹。"爱德华想，但"消失"这个词还不够，"乔丹"这个名字也不够。

闪闪发光的乔丹，带着他们所有失去的东西，对爱德华说："废话少说。"

爱德华问："你是怎么知道坠机的消息的？你听说这个消息的时候在哪里？"

他一直小心翼翼地从身边的人那里收集这些信息。爱德华认为这就像是标出地图上的点，捕捉同一时间内每个人的位置。约翰几乎第一时间在推特上获知了坠机的消息，他当时正在给一家零售公司做IT项目，但当他看到新闻标题时，立刻收拾好东西，去停车场给莱西打电话。他不确定那是不是爱德华一家乘坐的航班，就在电话中等着莱西去查姐姐发给她的最后一封电子邮件，那封邮件中有航班号。当时，谢伊正在床上读《绿山墙的安妮》第三册，她听到电话铃声，然后听到母亲用西班牙语大喊大叫。她和贝莎在起居室的电视上看到了坠机现场的镜头，为了听清报道，谢伊不得不把音量调高，让记者的声音盖过贝莎的呜咽。考克斯夫人当时在纽约九十二街的犹太青年活动中心（92Y）参加"埃莉诺·罗斯福的传承"主题讲座，司机走过来碰了碰她的胳膊，她跟着他走进大厅，他给她看他手机上的坠机新闻。迈克医生那时候在开会，直到会议结束，打开车里的收音机时才得知消息。

"噢。"马西拉转过脸，望向后面的储藏室，"我从学校回家的路上。我总是会从八十三街拐角的那个体育酒吧门口经过，酒吧里有覆盖整面墙的电视屏幕，平时只播两三种体育比赛，橄榄球、足球、冰球什么的。可是——"她迟疑道，"那天，所有的屏幕上都是一架躺在田野里的飞机，我就停下来看，因为那个画面太不寻常了，尤其是连酒吧里也在播。我走进去，那是我第一次进去，酒保告诉我发生了什么。"讲到这里，她伸出双手，仿佛准备接受什么东西：硬币、礼物，也可能是圣餐。片刻之后，她把手放在大腿上，继续道："回到家里，在熟食店，新闻说有个男孩幸免于难。"

爱德华消化着她的话，说："你觉得那可能是乔丹。"

她没有回应。爱德华脑中浮现出一个新的想象：乔丹才是幸存下来的那个人，他出院后没有跟姨妈和姨夫回家，而是坚持要去熟食店楼上的公寓里和马西拉一起休假。爱德华能想象出，乔丹躺在一张单人床上，一条腿打着石膏，面孔因疼痛而扭曲，但他正在看着马西拉。他与马西拉一起经历丧失之痛，并且从共处中找到了安慰。因此尽管飞机坠毁，他并没有失去一切。

"我很抱歉。"爱德华说。

"你和我应该在加利福尼亚的海滩上见面。"马西拉笑着说，然而这是个苦涩的笑容，"有一件怪事，你们想不想听？"

一直没说话的谢伊这时却开了口："想听，请说。"

"我经常找几个街区以外的一个女人帮我算塔罗牌，她的窗口有一盏紫色的灯，门口挂着铃铛。虽然这很荒唐，我一点都不信，但我还是忍不住去找她。"

"她告诉你什么？"

马西拉的脸颊变成淡淡的粉红色："一部分是童话故事。她提到了乔丹和我们的爱情，我猜这就是我一直找她的原因。我找不到别的人跟我谈论这件事。我叔叔也不会听到他的名字。"

"乔丹。"爱德华条件反射地说。

"乔丹。"马西拉用她跟联邦快递小哥说"明天见"的语气——谨慎而威严——说出这个名字。

敲门声响起，三个人同时吓了一跳。透过花纹玻璃，可以看到门外站着一个人，他抬起手来想要再敲一次门，却放了下来，然后便离开了。

爱德华想知道那个算塔罗牌的女人会跟马西拉说些什么，他喜欢有人跟他谈论他哥哥的爱情。他说："你能告诉我，为什么你和乔丹要偷偷谈恋爱吗？他为什么不告诉我？"

她摇了摇头："老实说，我们从来没谈到那么多。我担心一旦说多了，我会讲出些蠢话来。我一直以为，总有一天我会跟他好好谈谈、向他提问、告诉他一切。"

"你以为你还有时间。"谢伊说。

"是的。"

爱德华想起那些信件和那些向他提问的人，试图说服自己相信，他们最终能够找到问题的答案或者解决方案，治愈他们破碎的心。面前这个孤独的女孩和来信中字里行间的痛苦让他的胸口跟着疼起来，他微微地弓起身子。

"我该重新开店了。"马西拉说。

"没问题。"他说。

但是，在道别之前，三个人还是一起默默地站了几分钟。

那天晚上，两人走进车库时，谢伊说："你为什么不跟约翰在家里谈？像个文明人那样，在早餐桌上和他谈谈？我们甚至不知道他每天多早来到这里，我们也许得等上好几个小时。"

"我必须在这里和他谈。避开莱西。"爱德华坐在脚凳上，他觉得这个脚凳是自己的，而椅子属于谢伊。

"你最近变得专横了，我不知道自己该不该高兴。"

爱德华笑了："你可以睡一觉，直到他过来。"

"噢，我会的。"谢伊在扶手椅上扭动，仿佛在寻找最舒适的地方。"你今天是不是差点亲了马西拉？"她说。

爱德华僵了一秒钟，脸泛红晕。"我考虑过这么做。为了乔丹。"他急促地吸了一口气，"我不确定自己能够或者应该为他做些什么。"

"我看出来你考虑过。"

"怎么看出来的？我看起来什么样？"

她微笑着耸了耸肩："我无法用语言描述。"

他看向她的眼睛，那里面有新的东西。爱德华曾经认为发生的事情只发生在他的身上，但他知道谢伊变了，那些写信来的人肯定也会有所改变，所以涟漪效应的影响范围可能是无限的。从谢伊的酒窝里，他也仿佛看到了无限。

两人一时间没有说话，谢伊关掉手电筒，在黑暗中说："晚安。"

她转身背对爱德华，蜷缩进椅子里。他坐在脚凳上，保持背部挺直。他与谢伊之间的空气充满了电流，微小的粒子不断膨胀，带来全新的可能性。他知道——不知怎么——他们都想象过亲吻对方。他想象自己把头侧向一边，倾身向前，他们的嘴唇彼此触碰。他想起那天下午他跟马西拉之间的气氛——哥哥乔丹闪闪发光地站在他们中间，终于意识到他们究竟失去了什么。

爱德华的科学老师最近给他们讲了瑞士的大型强子对撞机，这是有史以来最大的机器。"它正在研究不同粒子的物理规律，"老师说，"科学家认为，他们很快就能理解两个人之间的空气中究竟会发生什么，为什么有些人会让我们厌恶，有些人会吸引我们——以及介于两者之间的反应。总而言之，我们之间的空气并不是虚无的平静空间。"

爱德华全身的细胞都明白，谢伊的身体离他只有几英尺远。他不打算找个舒适的位置睡一觉，反而想要保持清醒，直到姨夫来到车库。

他凝视着眼前的黑暗，不由自主地回想拜访熟食店的经过。失去哥哥的悲痛在这一天结束时达到了极点，这是他未曾想到的，因为爱德华过去只是为了自己而想念乔丹，那是仅就他个人而言的可怕损失，而现在他也在为乔丹的损失感到遗憾——乔丹永远不会再和一个女孩坐在一起，浑身酥麻，仿佛有电流经过。

约翰打开车库门时，天空布满紫色的云带。他站在门口，看着室内的一幕：疲惫的男孩和沉睡的女孩。

"早上好。"约翰用谨慎的声音说道。

"嗨。"爱德华从凳子上站起来，"别担心。"他说，"没出什么事。我只是想告诉你，我看了你的文件夹。我是偶然发现它们的。然后我们又打开了行李袋，读了那些信。"

约翰面露惊讶，还夹杂着一点别的东西——也许是害怕？"你们打开了行李袋？"他问，然后又说，"我准备等你长大一些再把它们交给你。我知道它属于你。我只读过其中的一小部分，刚刚有信寄来的时候。他们竟然给年纪这么小的孩子写这样的信，我觉得太离谱了。"

"我们也是这么猜想的。"

约翰叹了口气，听起来就像小石头从山上滚下来："那些甚至都不是全部。"

爱德华愣了一秒才反应过来："还有更多的信？"

"不是很多，都是最近寄来的，藏在大厅的壁橱后面。现在还有信寄过来，但是速度变慢了。我每个星期五都会到邮局去取。"

谢伊在椅子上翻了个身，看到她继续睡了过去，爱德华这才说："你为什么要用邮箱收信？"

"收到他们寄来的私人物品之后，我们就设置了一个邮箱。我们觉得不让邮件直接寄到家里会更安全。我们不希望你偶然发现任何我们没来得及率先查看的东西。"

爱德华看着他的姨夫，觉得约翰似乎只是年纪比他大了许多，然而知道的东西却不见得比他多。约翰和莱西扮演着他们被分配到的角色：丈夫、妻子、姨妈、姨夫。当谢伊催他告诉约翰和莱西这些信件的事时，他拒绝了，因为在询问成年人之前，他打算先弄清楚自己究竟想怎么做——爱德华如此考虑的前提是，他设想约翰和莱西将会给他提供一个坚实可信的答案，但他现在看到和感受到的情况却并非如此。

他说："你和莱西会没事吧？"

约翰苦笑了一下。"她一直对我有意见。可以理解。"他耸耸肩，"当你和某个人一起生活了很久……没有什么是想当然的。莱西和我经常会被一些困难弄得心烦意乱，但我们两个做出反应的时间总是不一致。当我冷静下来的时候，她会崩溃，等她冷静下来，我依然没事。可是这一次……属于婚姻问题。"

"这个问题比较复杂。"爱德华接话道，因为他想帮忙。

"如果活得够久，你会发现一切都很复杂。"约翰挥了挥手，意思是这个"一切"是指着所有东西说的：包括那些照片、来信、中年危机和婚姻。

爱德华想起自己和谢伊之间已然生出了错综复杂、绝非想当然的纠缠。尽管乔丹已经死了，他和马西拉之间的纠缠也仍然在继续发展。他听着谢伊轻微的呼吸声，说："我想，如果你一开始就把所有东西给我看，那样会更好。我认为这很重要……看到每个死去的人。他们和你我一样重要。我想记住他们。"

爱德华看着若有所思的约翰。"有意思的是，"约翰说，"也许我确实应该全都给你看，但我觉得自己做不到。"在柔和的晨曦映照下，他的姨夫看起来苍老了许多。"你得理解我最大的恐惧是什么，我们最大的恐惧是什么……"他犹豫了。

"什么？"爱德华说。

约翰微微转过头，看着日出，而不是他的外甥。他说："你可能决定停止活下去。迈克医生说这是真正令人担忧的问题，你刚来这里的时候就差点饿死，后来又在外面晕倒了。你非常抑郁。"

爱德华眨眨眼，试图理解他的话："你们担心我会自杀？"

"我们做出的所有决定，都是为了预防这一点。我不希望你周围出现任何可能让你更难过的东西。莱西觉得我太苛刻了，以至于偏离了保护你的本意，最终对这种行为本身产生了痴迷。"他揉了揉脸，"女人比我们聪明，你知道的。"

在一次治疗期间，迈克医生曾经告诉爱德华，不能把自杀当成一个选项。爱德华没有回应，而且不明白医生为什么提到这个，但现在他终于想明白阿伦迪校长为什么小心翼翼、莱西为什么服用安眠药、约翰脸上为什么添了新的皱纹，想到这里，他摇了摇头："我从来没打算那样做。"

约翰耸了耸肩，好像在说："也许吧，但我不能确定。"

姨夫眼中的疲惫让爱德华第一次意识到，为什么约翰需要不惜一切代价拯救他。他的姨夫——连同他的所有意志、关注和关心——无法拯救任何其他人，包括莱西曾经怀过的孩子、简和布鲁斯、他最大的外甥乔丹。所以约翰宁愿以破坏自己的生活甚至婚姻为代价，确保来到他们家的小外甥能够好好活下去。

"我不会那样对你们的。"爱德华看着姨夫说，又看向谢伊，这句话也是对她说的，"因为我知道孤孤单单地留在世界上是什么滋味。"

这句话让他浑身颤抖，喘不过气，说出真相仿佛抽走了他身体里的某些东西。他感到一阵恐惧，随即看到了姨夫脸上的表情。约翰张开双臂，爱德华向他走去。

下午2:08

不知是被警报和气流吓得惊慌失措，还是因为缺少手动驾驶的经验——大多数飞行员只接受过手动起飞和降落的培训——副机长做出了一个不合理的决定。他拉回侧杆，操纵飞机大角度爬升，机长坐在左边，看不清副机长右臂的动作，没能发现同事做出了如此不明智的决定。

"稳住。"机长说。

"收到。"

几乎在副机长拉杆的同时，飞机上的电脑做出反应，警报声响起，提醒他们脱离了设定高度，接着响起的是失速警告——它是合成出来的人声，用英语反复喊叫"失速！"而且每次都伴随着一声更加响亮刺耳的警报。失速是一种潜在的危险情况，可能是飞得太慢所导致的，当飞行速度降到一定的临界点，机翼无法产生足够的升力，飞机就会急速下坠。在这种情况下，依然拉着侧杆的副机长一身冷汗，呼吸急促。他试图掩饰自己的恐慌。

维罗妮卡脚下的地板震荡起来。"请回到您的座位上。"她对红头发的医生说。她看了死去的老人一眼，然后用更柔和的目光注视着护士："我几分钟后回来。"

她走向自己的座位，它就在头等舱的拐角处。她跌坐在坚硬的长方形椅面上，将安全带拉到胸前，回想起克里斯平·考克斯的模样，他的喉咙不再呼吸，血液不再流动。她此前所在的飞机从来没死过人。相关规定有哪些？她读过所有的规定，对于这种情况，首先是提醒机长，一旦能够启动对讲系统，她就会这样做。然后，如果可能的话，应该将尸体移到空出来的一排座位上，远离其他乘客。在这次飞行中，这是不可能的。但她读到过，有时机组人员会以礼貌的方式将尸体放进壁橱，直到飞行结束。机舱后部有个壁橱或许能用——假如她清走其中的几个容器的话。

她设想自己和艾伦抬着尸体穿过整个机舱，来到壁橱前，她的双手放在老人的腋窝下，艾伦抱着他的脚。路易斯在壁橱旁等着帮忙。

飞机像用力咳嗽那样剧烈地抖动了一下，机鼻摇晃起来。维罗妮卡将注意力转移到这台庞大机器的抱怨和叮当声上，她知道这与她自己的身体密切相关。她想，你想告诉我什么？

2016年4月

对爱德华来说，现在只有两个让他觉得真实的职责：在新的信件到达时阅读它们；照顾阿伦迪校长的蕨类植物。近四个月来，爱德华一直在照顾那盆袋鼠爪，它在地下室窗前的桌子上蓬勃生长，绿意盎然，平和宁静。爱德华给它拍照，把照片带给校长看，让他知道植物非常健康。校长办公室现在看起来更像是办公室了，不再像个温室。事实证明，这次的植物病毒侵袭历时漫长，非常令人厌烦，足足持续了三波，后来病毒终于偃旗息鼓的时候，办公室里的植物已经死了十三株，仅剩零星几盆，散落在窗台和边桌上。

"我必须重建。"校长说，"我正在考虑买一些兰花。奇妙的植物，兰花。你不觉得吗？"他叹了口气，爱德华看得出，校长的心思其实不在重建，他只是说说而已。为了安全起见，阿伦迪校长要求爱德华再坚持照顾袋鼠爪几个星期。

一周之中，星期五是爱德华唯一不想被别人找到的日子，因为那天约翰会把新寄来的信拿回家。谢伊如今和南卡罗来纳州的修女结为笔友，爱德华给加里写信，询问他有关鲸鱼的问题。他和谢伊都与马西拉保持短信联系。所有孩子的来信都得到了答复。爱德华认为他们必须对涉及"两个极端"——非常老的老人、非常年轻的孩子——的来信予以回复，至于介于两者之间的数百封来信，他还没想好如何处置，但他知道，假如他满足了其中任何一封来信的要求，就必须满足所有来信的要求，而且，正如谢伊的电子表格所显示的那样，这在技术上是不可能的，他无法同时生活在世界上的多个地方，同时从事医生、图书管理员、厨师、社会活动家、小说家、摄影师、文学教授、服装设计师、战地记者、侍酒师和社工等职业的工作。他会把要求有所矛盾的信件按照它们来自的时区进行分类。

他这天早晨读到的信来自失事航班副机长的妻子，内容非常简短，几乎难以理解。在信中，副机长的妻子讲述了她和丈夫在大学里相遇的故事，对于丈夫在飞行中犯下的错误，她感到非常歉疚，在信的结尾，她写道："我的丈夫杀了 191 个人，你能想象我现在的感受吗？"

在爱德华读过的所有信件中，这是唯一一封他认为不应该寄出的信：她的丈夫杀了他的家人，她怎么能觉得自己还可以给他写信呢？是为了验证事实还是出于同情？他认为自己应该对她生气，但事实并非如此，她与已经发生的事情毫无关系，而且也是痛失所爱、独自留在世上的可怜人，而且，无论爱德华愿意与否，他都能想象出她现在的感受。他想象得到她的愧疚，也许她晚上睡觉时，会觉得飞机碎片沉重地压在自己身上，折磨得她难以入眠。

爱德华走在教学楼的主过道里，环顾四周的那些赶着上社会研究课的学生。社会研究课三分钟之后开始，这些学生正在学习法国大革命的历史。他知道他们非常希望在本学期取得好成绩，这并非因为他们对历史感兴趣，而是为了明年申请修习大学预科的历史课程做准备——最好的大学希望学生提前学习过至少三门预科课程。过道的尽头有个出口，爱德华走了出去。

他来到大街上，感觉身后的学校像云一样缓缓飘走。他知道，当谢伊发现自己没去上社会研究课——甚至连人都不在学校时，会感到困扰和担忧。虽然觉得愧疚，他还是继续向前走。登上进城的巴士，爱德华给马西拉发短信，向她打听算塔罗牌的女人的地址。

"你今天不是应该在上学吗？"她回复道。

"没错。"

"哈。"她把地址发给他，又加了一句，"别忘了，这种东西都是胡说八道。"

他乘出租车来到马西拉说的那个地方，这里位于上东区，是一条绿树成荫的小街，爱德华在街角下了出租车。他意识到自己在过去六个月中的旅行里程比之前的三年还要多，仿佛到了乔丹的年纪，他也被哥哥逼得活泼好动了，变得急于知道尚不清楚的事情。

看到房子门口的门牌号之前，首先映入爱德华眼中的是女人窗前的紫色台灯，那是一幢中型公寓楼的底层窗户，窗口的右下角挂着个白色的小牌子，用黑色字母写着：胜利女士为您预知未来，访客请按门铃。

"真的是胡说八道。"他想，再次感到焦灼无望。他站在街对面，想着："等我回到家，要给副机长的妻子写信，告诉她我理解她的处境。"做出这个决定之后，爱德华突然有了动力，他穿过小街，登上台阶，按响门铃。

他听到"咔嗒"一声，于是推开公寓楼的两扇前门，走进铺着绿色地毯的大厅，大厅的墙纸是树叶花纹的。爱德华左手边的一扇房门虚掩着，他把门完全推开。

"你好？"他说。室内像是个昏暗的餐厅，有一张圆形的木桌，周围是四把椅子，靠墙摆着一张书桌，远侧的墙上装饰着文艺复兴风格的挂毯，上面绣了一只独角兽，后腿别在牲畜围栏里，畜栏四周鲜花环绕。爱德华想起自己很小的时候看过一部关于独角兽的电影，并且一度沉迷于神话中的动物。他的一部分痴迷源于这样一个事实：他的父母向来重视教育儿子们区分现实与虚幻，并且为此感到自豪，所以当他问父母独角兽是不是真的存在时，他们显得很不耐烦。也许吧？他母亲这样回答，也许它们真的存在，但那是很久以前的事了。

"等一下，亲爱的。"一个女人说。爱德华听到铃响，看向窗户，金属风铃正在颤抖，是女人的声音让它摇晃起来的吗？他胳膊上起了鸡皮疙瘩，就在这时，她出现在他面前。

她个子很高——至少六英尺——包着彩色头巾，棕褐色的皮肤、棕色眼睛、笑容灿烂，穿着一条亮黄色的裙子和一件拉链连帽运动衫。

"坐下，帅哥。"她说，朝其中一把椅子挥挥手，"交三十美元现金，可以和胜利女士谈话十五分钟，希望你能知道。"

"好的。"爱德华说，因为身体处于高度戒备状态，他犹豫着该不该坐下。角落里的风铃依然在响，但不像先前那样狂野。他无法破译身体传递给自己的信息，只感到肾上腺素飙升，似乎在说：小心；危险；离开。但无论如何，他还是坐进椅子里。

胜利女士坐在桌子对面："你想算塔罗牌还是看手相？"

"我不知道。"

她第一次看向他的脸。他难以直视她的眼睛，但也无法往旁边看，身体里的肾上腺素仍未消退。风铃还在响着，仿佛有个两岁的小孩在拨弄它。爱德华在椅子上扭动，试图坐得舒服一点。他知道是她在控制他的身体，但不知道这是为什么。他的大脑在想，我认识你吗？当然，他不认识她。

"嗯。"她说，"我想给你看看手相。请把你的手给我，亲爱的。"

他伸出胳膊，它虽然瘦削，抬起来时却很沉重。他在微微颤抖，把手交给另一个人，他觉得这样过于亲密。她握住他的手，她的皮肤干燥温暖。

"你让我觉得很熟悉。"她说。

"我的朋友来找过你。"当然，他知道马西拉不是他的朋友，但他也不知道该如何称呼她——是"我死去的哥哥的女朋友但我以前从来没听说过她"，还是"曾经爱过乔丹的另一个人"？

胜利女士点点头，仿佛她早就知道了这件事。她研究着他的手，用食指碰了碰他的掌心。"埃迪。"她低声说。

他以为自己听错了："你说什么？"

她没有重复刚才的话，于是他问："马西拉告诉你我要来吗？"

"马西拉？"她摇摇头，抚摸着他所有的指头肚。"我通常不会问顾客这个。"她说，"但是，亲爱的，你想听什么？"

"你在说什么？"他很困惑，"我以为你会预言我的未来……难道还有其他选择？"

她没有回应，只是盯着他的手掌，不去看他的脸。

"我想知道该怎么做。"他听到自己说，就像终于决定给副机长的妻子写信时那样，他如释重负——他真的想知道该怎么做。

她轻轻拍打着他的掌心："这很简单。做我们都必须做的那件事。反思我们到底是什么样的人、我们拥有什么，然后好好利用它。"

他在脑海里重复了几遍她的话，然后说："但是你可以跟任何人说这样的话。"

她笑了："没错，我可以。我想告诉所有人这些话，遗憾的是，不是所有人都会来找我，但是你来了。你的年龄和经历可以让更多的人知道我的建议。"

爱德华感觉手机在口袋里嗡嗡作响，意识到学校已经结束了当天的课程，因为这是谢伊发来的短信："你在哪儿？你没事吧？"他说："你应该按照步骤来：搞清楚你想学什么专业，然后进入你能进入的最好的大学，然后读最好的研究生院。然后找到最好的工作。"

他的话让胜利女士露出惊喜的表情，在爱德华的注视下，她的笑容逐渐变大，最后，她终于忍不住哈哈大笑起来，她的笑声很温暖，像冒泡泡的声音，充满了整个房间，角落里的风铃也应声而动。爱德华也忍不住笑了起来，他从没听到过自己发出现在这种咯咯的笑声。

胜利女士的笑声慢慢停住时，灯光也微微变暗了。她说："你非常理智，埃迪，对吗？"

"请叫我爱德华。你能告诉我，你是怎么知道我的名字的吗？"

"亲爱的孩子，你需要知道的是，你试图穿过的这片灌木丛，它的本质是无法用理智来理解的。这不是一道你可以推理的数学难题，你需要用一种不同的智慧来提升自己。"

"这是什么意思？"

"十五分钟到了。"她的语气变了。

"我再付十五美元。"

"恐怕今天不行，我跟老顾客有约。如果你愿意，可以下次再来。"她依然握着他的手，现在她的手盖在了他的手掌上，温暖的感觉透入他的皮肤和手臂。"我很期待。"她说，仿佛自言自语，"给你一些蘑菇。"

"蘑菇？"爱德华想起约翰和莱西后院的树根之间冒出来的蘑菇。

"尖顶裸盖菇。"她说，"它们能让你敞开心扉，理解我提到的不同种类的智慧。但是，不，我不打算这样做了。你已经具备了敞开心扉的能力，埃迪。我相信你会自己弄明白的。"

"我不明白。"爱德华说。

她笑了："你高估了这个问题的难度。"

胜利女士站起身来，爱德华只好跟着站起来。角落里铃声再次响起，他从口袋里掏出钱包。

胜利女士摇了摇头，走了过来。他感到她手上的温暖离开了他的整个身体，她身上有肉桂的味道。"第一次不收费，这是送给你的礼物。"

胜利女士拉着他的胳膊朝门口走去，敞开房门之前，她附在他耳边说："发生在你身上的事情是没有理由的，埃迪。你要么已经死了，要么活下来，这只是愚蠢的运气而已，并没有谁因为特殊的原因选中了你，所以你想做什么就尽管去做。"

门打开了，爱德华走了出去，站在大厅的中间，他这才意识到这里被装饰成了一片森林的模样。

下午2:09

机长第一次提高了声音："检查你的速度！"

飞机以每分钟七千英尺的幅度爬升，虽然高度正在增加，速度却在下降，最后一直降到了 93 节，这种速度更像是塞斯纳这样的小飞机飞出来的，而非民航客机。

机长："注意你的速度，注意你的速度。"

副机长："好的，好的，我正在下降。"

机长："稳住。"

幸好除冰系统起了作用，其中一个皮托管恢复了工作，仪表板再次显示出有效的速度信息。

"好了，我们正在下降。"

"慢一点。"

"明白。"

副机长不再用力拉动操纵杆，爬升角度变小，飞机得以重新加速，达到223节。失速警报解除。两位飞行员暂时重新获得了飞机的控制权，但他们没有很好地沟通，所以并不知道自己距离灾难仅有咫尺之遥，副机长也不知道，假如他不曾再次向后拉杆，一切都将平安无事，他们会如期抵达洛杉矶。

　　马克看不到维罗妮卡。他坐在座位上，摸索着松动的扣子，简在他旁边发出夸张的吸气声。

　　"不过是些气流而已。"他的声调随着飞机的晃动起起伏伏，"从来没有因为气流坠落的飞机，我在什么地方读到过。"

　　"我知道。"简说，"我只希望我能和后面的家人坐在一起。"

　　马克想起他和贾克斯小时候跟着母亲坐飞机：九岁的他和兄弟分享糖果、很想踢前排座位的靠背却只能忍着，一路上都在努力保持安静。

　　"我是个作家。"简说，"我习惯于设想出事态发展的所有可能性，无论如何，总会存在至少一种非常糟糕的可能性。"

　　"别这样想。"他说，"专注于眼前的事情。"

　　然而他自己的注意力被维罗妮卡分走了许多，他迫不及待地想要见到她，也在想着洛杉矶之行要做的交易，他提出了一项谨慎而复杂的闭合策略，并非他惯常的风格，他能感受到自己的技术不断提升，通过这笔交易，他将向那些怀疑他在没有可卡因的情况下无法发挥最高水平的同事证明自己，证明那些认为他的成功只是昙花一现的媒体大错特错。假如像考克斯这样的人离开了世界舞台，那么他会做好接管的准备，然后维罗妮卡会和他上床，每个活着的女人都会想要和他上床。这些气流——还有过道上躺着的那个死去的英雄——全都无法阻止他。没有什么能够阻止他。

2016年5月

谢伊常常会毫无征兆地突然趴在爱德华耳边，对他低语："七百万美元。"比如他们一起去杂货店或者到商场买运动鞋的时候。每次他都会做个鬼脸，说："还没有呢。"那张支票被爱德华安全地保存在贾克斯的信封里，跟其他来信一起放在他的床底下。每天下午放学后，他要么在健身室举重，要么和谢伊一起绕着湖跑一圈。如果天气暖和，他们就顺路跑到游乐场，坐在秋千上休息。爱德华每天都会迫不及待地做数学作业——因为学年中期来了个新数学老师，给大家布置的作业既有挑战性又有趣味性，非常对爱德华的胃口。钻研难题的时候，爱德华仿佛能感觉到父亲在身后看着他，为他提供解题思路。

爱德华不知道自己在等待什么，直到他从约翰星期五取回的来信中读到了那个消息。爱德华从姨夫手中接过那封信，在前厅的走廊里拆开了它。他通常会等到自己跟谢伊独处时才会读信，然而看到信封上歪斜的笔迹，他不由自主地打开了它，尽管当时马上就要吃晚饭了，而且约翰还站在他的面前。

亲爱的爱德华：

你应该知道，贾克斯常常谈起你。一想到你，他就觉得开心。他把钱寄给你的同时，从你那里得到了自由。贾克斯认为，一定要把这笔钱交给你，这很重要。我保留着你寄给他的回信，你在信里问他是否确定，想不想把钱要回去。他从来都不想要那笔钱。

他真的太爱冲浪了，所以我们去年搬到了加州的一个著名冲浪点附近。他很喜欢那里，可他三个月前去世了。一个浪头打过来，他消失了。几个小时以后，他们发现了他，他的冲浪板的带子卡在了礁石底下。

律师告诉我，因为贾克斯去世，原来的那张支票可能没法存了，所以我附上了相同金额的新支票。请不要回信说你很遗憾，因为没什么可遗憾的。这不是一个悲剧。一个人独自看着电视，死在自己家沙发上才是悲剧。做着你最爱的事，在你身体的每个部分都投入其中的时候死去，这是不可思议的奇迹。祝你成为不可思议的人，爱德华。

塔希提

爱德华从信纸上抬起头来。

"你在哭吗？"约翰说。而在同一时刻，谢伊正从前门走进来，爱德华对她说："贾克斯死了。"

谢伊抬手捂住嘴巴："不。怎么回事？"

约翰说："发生了什么？"

"等等。"爱德华跑到楼下，拿出贾克斯寄来的第一封信，递给他的姨夫，约翰读了一遍，爱德华又把塔希提的信和新的支票交给他。

看完这些东西，约翰朝厨房走去，两个孩子跟在后面。莱西在炉子旁做饭。她正戴着耳塞哼着歌，看到他们三个进来，就把耳塞摘了。自从爱德华在车库跟姨夫谈过之后，家里的气氛就发生了变化：他们的生活翻开了同一页，哪怕这一页正处于某个正在进行、结局尚不确定的故事中间。莱西和约翰的关系也有所缓和。几天前，爱德华无意中听到姨妈又叫姨夫"小熊"，约翰的脸幸福地红了起来。

"你不会相信的。"约翰对莱西说。

他把事情的原委告诉她，她看着约翰递过来的几张纸，不停地小声感叹："天哪。"

他们围坐在厨房的桌子旁。两封信和支票摆在桌上，因为形状的关系，它们看起来像是两个餐垫和一张餐巾纸。

"你们以前告诉过我，"爱德华说，"每个遇难者的家庭会得到一百万美元的保险赔偿金，当我年满二十一岁，能得到五百万美元，是这样的吗？"

"没错。"约翰说。

"所以，比方说，本杰明·斯蒂尔曼的祖母就得到了一百万美元。"

听到这个陌生的名字，莱西愣了一下——她不像另外三个人那么熟悉乘客名单的内容——但什么都没说。

爱德华最近在和姨夫完善文件夹中的信息。合作的建议是由约翰提出来的。一天下午，他找到爱德华，说："我一直在考虑你那天在车库里说的话，我想我们应该把飞机上每个人的信息收集完全，让每一个人——像你说的那样——被大家看到。我非常喜欢这个主意。"他羞涩地看了外甥一眼，"你能帮我完成这份工作吗？"

爱德华把自己所了解的全部乘客信息告诉了约翰，包括那个去头等舱帮助病人的红发医生、他与本杰明的谈话、裙子上挂着铃铛的女人、加里的女朋友，甚至还有马克和维罗妮卡共用卫生间的事。爱德华口述，约翰做笔记，将信息添加到乘客照片的背面。

在佛罗里达的照片背面写备注时，约翰说："你知道吗，我和她的丈夫有联系，他告诉我，佛罗里达患有精神分裂症，相信转世，她自以为已经活了几百辈子。她丈夫——我相信他的名字是鲍比——在事故发生后卖掉房子，买了一辆露营车，现在他正开车在全国各地寻找她的'转世化身'。"

爱德华的第一个反应是，假如他们能找到佛罗里达的新化身的照片，也可以把它添加进文件夹。然后他又摇摇头，觉得这不可能，可当他看向姨夫时，意识到约翰也在想着同样的事情。于是两人会心一笑——这是他们开始合作后经常发生的一幕——这说明他们同样疯狂，而且都对某些事情满不在乎。

约翰说："洛莉·斯蒂尔曼得到了一百万美元，没错。但你为什么要问？"

四个人肩并肩站着，低头看着支票和两封信——贾克斯·拉西奥的出现和告别。爱德华感到自己的肩膀不再那么紧绷，因为他又向姨妈和姨夫交出了一个秘密。他也不再对秘密感兴趣了。

睡觉之前，爱德华给蕨类植物喷水、检查土壤，从桌子底下的袋子里舀出一勺肥料加在花盆里。阿伦迪校长告诉他，他希望爱德华永远留着袋鼠爪。"蕨类植物不喜欢到处搬家。"他摸着胡子，悲伤地说道，"你已经照顾了它很长时间，你现在就是它的家。"

爱德华刷了牙，用过牙线，穿上作为睡衣的运动裤。在上床睡觉前，他又察看了一次袋鼠爪。在完成这些步骤的同时，一个成熟的想法浮现在他的脑中。他可以用贾克斯的钱给阿伦迪校长买一些真正稀有和昂贵的蕨类植物，以补充他的藏品。这个想法让爱德华微笑着躺进枕头里。

塔希提的来信让他感到难过，但这也是一种解脱，好比一个连续长句中的标点符号。爱德华现在终于可以放下了。贾克斯的钱始终让他感到不安，主要是因为它毫无意义。贾克斯一定知道爱德华在事故发生后会得到保险金，他一定知道爱德华不需要钱。钱可能是事故之后爱德华最不需要的东西，但无论如何，贾克斯已经选择将钱交给他，也许爱德华能够本着同样的精神放弃它？所以，能否顺从内心的感觉，把它交给对的人呢？

为阿伦迪校长买蕨类植物，这个想法感觉很对。爱德华甚至可以在校长的房子后面盖一座温室，往里面装满植物。他微笑起来，却发现自己早就不由自主地露出了微笑。考克斯夫人那样的人会觉得这种想法非常疯狂，她认为金钱是创造更多金钱的基础，是一种可以用来建立繁荣生活的工具。她也支持慈善事业，但仅限于向博物馆之类特定的、有声望的实体给予捐助，而对于爱德华所做的这种"轻浮而愚蠢"的决定，她向来嗤之以鼻。另外，虽然他永远不会直接批判她，但"轻浮而愚蠢"的想法所带来的喜悦已经让爱德华得出结论，自己选择了正确的道路。

还有谁是"对的人"呢？哪怕道理上说不通，也总有人会让他有"对的感觉"。爱德华可以用这笔钱来帮助那些受到事故影响却没能从航空公司和保险公司获得赔偿的人，比如支付谢伊的大学学费（贝莎负担不起），为马西拉交学费，给加里研究鲸鱼的钱——加里不是琳达的配偶，无法得到赔偿。他还想给本杰明的祖母钱，即使她已经收到了保险金。只要她愿意，她可以把钱给别人。

他仿佛听到谢伊说："别忘了我的修女，还有我们读的第一封信里的三个孩子。"

还有谁？还有什么？

爱德华的身体逐渐陷进床垫里，眼睛也闭上了。他睡着了。他的最后一个想法是，必须用匿名的方式把钱送出去，不能让别人追查到他。否则他就是个浑蛋了。

下午2:10

　　飞机已经爬升到超出初始高度 2512 英尺的位置，尽管它继续以危险的幅度快速爬升，但仍然处于可以接受的飞行范围之内——然而，在这样的情况下，副机长再次加大了拉杆力度，抬起机鼻，飞机逐渐失速。后来调查 2977 次航班黑匣子的飞行员中，没有人相信训练有素的副机长竟然重复犯下这样的错误。可他就是这样做的。

　　失速警报响起。

　　"注意。"机长说。

　　"好的。"

　　飞行员们忽视了警报，原因也许是他们认为自己的操作不可能导致飞机失速，所以出现这种情况是完全不合理的。这架飞机拥有电传操纵系统；操作输入直接传送到计算机，计算机控制执行器移动方向舵、升降舵、副翼和襟翼。大部分情况下，计算机都会按照"常规法则"运转，这意味着它不会采取可能导致飞机脱离飞行范围的操作。根据常规法则，控制飞行的计算机不会允许飞机失速。

　　但是，计算机一旦丢失了空速数据，就会断开自动驾驶仪的连接，将"常规法则"切换为"替代法则"，这时飞行员可以在相对较少的限制下操纵飞机。在"替代法则"下，飞行员可以让飞机失速，而副机长的拉杆动作恰恰导致了飞机的失速。

　　"发生什么了？"本杰明旁边的老太太问他，"到底怎么回事？"

　　她瞪大眼睛，抬头看着他，左手紧握着他的手臂，他明白，这是她无意识的动作。

　　"遇到了气流，女士。这很常见。"

飞机跳动了两下，犹如硬质手提箱猛烈撞击地面。本杰明轻轻地吹了一声口哨。他想："我可不想跟这个挂在我胳膊上的白人老太太死在一起。拜托了，上帝。"

"我有十四个孩子。"她说。

"十四个？"

看到自己让他吃了一惊，她很高兴："好吧，只有九个还活着。"

"我很抱歉。"

"你有母亲吗？"

砰。飞机再次跳动。"不，夫人，我没有。"

"噢。"她看起来很失望。

他瞥了一眼过道对面的那家人。小埃迪看起来很害怕，抓着他哥哥的手。本杰明觉得心里的一小块部分变软了。可怜的孩子，他想。这个想法几乎将他撕成两半，他意识到自己不仅是在同情过道对面的那个孩子，还在同情跟埃迪一样大时的自己。"可怜的孩子。"

他说："照顾一大家子人，肯定很不容易。"

"没错。你是男人，所以你永远不会知道那有多么辛苦，只有女人明白。"

飞机侧身滑行。"我们脱离航线了。"他想。

"我的大女儿会去机场接我。我要跟她一起住。我有个计划。"

"有计划是好事。"

"这就是我的退休生活。"她说，"我要彻底休息，读读杂志、喝杜松子酒和奎宁水。"她嘟起嘴巴，"我现在就想喝一杯。"

本杰明又瞥了一眼过道对面的那家人。他想起了加文，镜片后面的眼睛朝他微笑。他想要离开军队，叠起制服，锁进行李箱。他想跟洛莉在厨房拼拼图，在街上的便利店后面亲吻某个人。

在学校和营地，他总是会被"穿上靴子，士兵！"这样的命令吵醒，他的一个指挥官还喜欢在黎明之前走进军营，大喊："敌人在哪里？"

这些相当于他的起床号和闹钟，他一生中的大部分时间都在奉命行事。敌人在哪里？他也很想知道。他感到非常悲伤。老太太"彻底休息"的计划让他感到厌恶，他要始终保持警惕，不会脱下脚上的靴子。

2016年7月

十年级开学前的夏天，爱德华和谢伊成了镇上日间夏令营活动的辅导员。爱德华负责照看年龄最大的营员，第一天上午，他站在一群十二岁男孩面前，他正打算先做自我介绍，然后点名，就在这时，他的心突然一颤。

他看看其中一个男孩，又看看另一个，直视着他们的眼睛。一个男孩留着拖把头，眼睛是棕色的，另一个的眼睛是蓝色的。大约半数男孩的脸都被头发挡着，但透过这些刻意垂下来的头发帘子，爱德华看出他们的眼神里藏着东西。他不知道那是什么，但他无法移开视线。

"我妈妈说，你经历过飞机失事。"一个孩子说。

"是的，没错。"

"疼吗？"

"是的，很疼。"

男孩们发出一阵嗤笑，爱德华意识到这些孩子跟事故发生时的他同龄。十二岁时的他被坠机事件彻底击碎，而这些孩子眼睛里也有着某种破碎的东西。

"有什么不对吗？"一个孩子问。

"没有。按照身高顺序排队。"

他们匆匆忙忙地排成一列，背包互相碰撞。其实爱德华不需要他们排队，他只是在争取时间。他看着他们像洗牌一样各就其位。

"就是这个年纪吗？"

"这就是告别童年之前的时刻吗？"

那天下午，他跟男孩们一起游泳，因为他没法让他们离湖远一点，但无论如何，游泳都是营地计划的一部分，不能更改。在他们下水之前，他强调了安全问题。"不准打闹。专心划水。你们知道谁是自己的搭档，对吧？注意你的搭档，不要看别人。我们游到黄色浮标，然后回来。没有拐弯，一直游，不要走神，明白了吗？"

游出不到五十码，他就意识到所有营员都是合格的游泳健将，他松了一口气，但这并不意味着不会出现意外或者错误。他在侧面跟他们并排游，随时察看他们的表情，确保没有人溺水。男孩们把湿淋淋的脑袋转向他，微笑着。

那天晚上，他对谢伊说："我想当老师。也许是七年级数学老师。"

她笑了，然后注意到他的表情，问："你是认真的？"

"我想是的。"

"那些戴着牙套、脸上长痘痘的熊孩子。"她说，"那个年纪的人都是一团糟。你还记得我傻乎乎的刘海吗？"

"好像记得。"

"你为什么想跟十二岁的小孩一起度过人生？"

"也许我可以帮助他们。我十二岁的时候，你就照看过我。你有个记事本，用来写下你观察到的东西，还记得吗？也许每个人在那个年纪都需要某种关注。我也可以准备一个记事本。"

她若有所思地看着他，脸颊上的酒窝更深了。

他想："她现在还带着那个记事本。"

下一个周末，爱德华帮约翰把儿童房改造成家庭办公室。单人床和摇椅捐了出去，他们把墙壁刷成一种特殊的灰白色，颜色是莱西选的。约翰和爱德华边抱怨边试图强行用六角扳手把一张宜家书桌跟一堆螺钉和螺帽组合起来。他们身后，莱西正在把那张绿色扶手椅从房间的一个角落推到另一个角落，想看看放在哪个位置风水更好。终于选好位置之后，她又决定把装有西部小说的书柜放在扶手椅旁边。

几个星期前车库就被清理干净了，所有信件全部经过了整理，爱德华希望把它们保留在地下室的床底下。约翰关掉了设在镇上的邮箱，现在所有的邮件都会直接寄到家里来。收拾这个房间是最后一步。

房间收拾完毕，虽然早已筋疲力尽、浑身是汗，但爱德华、约翰和莱西还是站在门口，惊奇地打量着焕然一新的室内空间，仿佛它是一个突然降临的惊喜，而非他们的劳动成果。

夏天即将结束的那个星期五的晚上，谢伊和爱德华晚饭后来到湖边，两人盘腿坐在柔软的草地上。他们能看到爱德华每天跟营员一起游泳的那片水面。这是一个格外美丽的夏夜，湖面像夕阳下的硬币一样闪烁着耀眼的光芒。

"离开学还有两周。"谢伊说。

爱德华凝视着闪闪发光的湖泊，对岸的树林暗沉幽深。"我来到这里的第一天，"他说，"约翰把我领到楼上的儿童房，让我看看这个湖。那次之后我很久没有看到它，因为我从来不到楼上去。但我记得他说，等我感觉好一点，我们可以去湖里游泳。我觉得那就像是登上月球一样遥远。"

谢伊用双臂抱住膝盖："你那时候很虚弱，而且很瘦，连走出街区的力气都没有。"

"我今年夏天几乎每天都在湖里游泳。"爱德华说，但他毫无成就感，只觉得人生的种种变幻、算塔罗牌的女人对他说的话、那些令人心碎的来信、与姨夫建立的新友谊、在湖里游泳，这些全都是无法预知的意外。

"我没告诉我妈我们要来这里。"谢伊仰面躺在草地上。

"她不会介意的。"

"我介意。"

想到谢伊不愿意跟母亲分享自己的任何人生经历——无论大小——爱德华笑了，看来她们家的生活注定要成为两个女人之间的拉锯战，这场战役虽然爱德华看不明白，但是他喜欢看。他哥哥跟父亲的关系也曾如此紧张过。爱德华之所以没有过这样的经历，是不是因为当时年纪还太小？以至于现在他只能想象出自己跟父母拥抱的样子，错过了体验更复杂的亲子关系的机会，这未尝不是另外一种损失。

"我不知道今天的气温。"谢伊说，"但现在的温度真是完美。"

爱德华伸出手，感受着空气的温度，认为她是对的。他也躺在柔软的草地上。"谢伊？"他说。

"嗯？"

他看不见她，只能看到昏暗的天空："我爱你。"

"我也爱你。"

他笑了，因为他们从来没有大声说出这句话，他意识到其中的荒谬。他知道自己一直都爱着她，也会永远爱她，哪怕又一架飞机坠毁她遭遇车祸得了心脏病他得了癌症动脉瘤让他们大脑破裂全球变暖导致所有水分蒸发他们必须为了生存抢夺资源直到饿死或者渴死。

"我真的很累。"谢伊说。

"我也是，因为那个白痴比赛，我给那些小孩划了三个小时的独木船。”

“独木船？”

“大概是吧，反正是我划船载着他们。”

两人安静了一阵子。也许爱德华打起了瞌睡，但他能清晰地察知周围的动静，感觉到湖的几何形状——包括它的表面积和深度——还有月亮，它刚刚升到半空。他能感觉到自己失去了兄弟，如同身后的树林那样真实。爱德华吸进一口气，当他呼气时，能感觉到体内的分子进入了周围的空气中。我可能快要睡着了，他想。他知道谢伊在旁边，她的分子与他的混在一起，他不仅仅是他自己，他身上也有她的一部分，这意味着他也是由其他所有人组成的——跟他握手、拥抱或者击过掌的每个人，这意味着他体内也拥有来自他的父母、乔丹以及飞机上的其他人的分子。

爱德华早就想过，他必须始终背负那些信件的重担——为了那么多逝去的生命，留下的空缺必须由他填补，因为 191 个死去的人犹如一顶降落伞，挽救了爱德华的生命，并且永远地留在了他的身后。但既然他们也是他的一部分，所有的时空和人相互联系，那么他的存在也昭示了其他人的存在，或许在他的头顶，2977 次航班正飞翔于无垠的高空，在云层深处穿行。

他在车库里向约翰坦白真相，承诺他永远不会丢下任何一个人，而现在这个想法有所扩大。飞机上有哥哥坐在他的旁边，地面上则是谢伊与他躺在一起，乔丹跟他们的父亲讨论人类对动物的伤害，亲吻十五岁的马西拉，现在，熟食店柜台后那个成熟许多的马西拉仍然爱着他。

“谢伊？”他说。

“嗯——哼。”

"我曾经有过一个疯狂的想法……"他停顿了一下,"我猜我现在还是这么想的,只要我留在地面,那架飞机就会留在天上,继续飞向洛杉矶,我是它的平衡物。只要我活在下面,他们就会一直活在上面。"

"十二岁的你也在上面?"

埃迪,他想,然后点点头。

"我看得出来。"她睡意蒙眬地说,"非常有道理。"

他闭着眼睛笑起来,因为谢伊也明白这一点。他想象母亲坐在头等舱,手指按着彗星形状的胎记,他父亲思考着数学问题,脸上露出跟他一样的惊讶表情。爱德华又想象未来的自己在阿伦迪校长的学校给十二岁的孩子们上课,告诉他们告别童年并不可怕。未来的爱德华穿着帅气的斜纹软呢外套,他告诉学生,要帮助需要帮助的人,并且在自己需要帮助时接受来自别人的帮助。

爱德华想起开心大笑的胜利女士,她的脸上洋溢着快乐,仿佛又听到她对自己说:"并没有谁因为特殊的原因选中了你。"听到夏令营的男孩问他:"疼吗?"他感到自己的手握着谢伊的手指,月光透过眼睑照了进来,他仿佛又看到了那个湖,这些年来,他一直在这片痛苦与丧失的水域游泳,然而在月光下,他发现痛苦原来是爱,这两种情感始终彼此交织,是同一枚闪闪发光的硬币的两面。

那天晚上,他和谢伊慢慢走回家,他们在粗壮的老树下和安静的交叉小径上徘徊。当他们来到街上,爱德华站在姨妈和姨夫家门口,抬头望向原来那间儿童房的窗户,那里从未真正成为儿童房,也永远不会是。他想起自己曾经站在那扇窗前,架着拐杖,忍受痛苦的侵蚀。他又向更高处看去——在超出他的视野的地方,他看到一个小男孩坐在一架飞机上,对于即将发生的事情一无所知。

下午2:11

副机长说："我在 TOGA 模式，对吗？"

TOGA 是起飞／盘旋的缩写，当飞机起飞或中止降落——盘旋——的时候，必须尽可能有效地获得速度与高度。在这个关键的飞行阶段，训练有素的飞行员会将发动机速度提高至 TOGA 水平，同时抬高机鼻到一定的俯仰角度。

副机长想要提高速度，同时向上爬升，远离危险，但他所处的位置并非海平面，而是在 37500 英尺的高空，发动机在这里产生的推力和机翼产生的升力都比较小，这时将机鼻抬到一定的角度，并不意味着飞机会沿着相同的角度爬升，反而会导致飞机下降。

副机长的操作虽然并不合理，但也情有可原。强烈的心理压力使得负责创造性思维的脑区被迫关闭，当疲惫不堪时，人们倾向于机械地重复已经熟练的行为。按照要求，作为经常性训练的一部分，飞行员必须练习飞行各阶段的手动驾驶，然而在日常训练中，他们的手动驾驶都是在低空进行的——包括完成起飞、降落和机动等一系列动作。因此副机长按照低空操作的习惯来控制飞机的做法不足为奇，即使这样的反应并不适合当下的情况。

飞机现在达到了最大高度，发动机处于全功率状态，机鼻以 18 度角向上倾斜，飞机首先水平移动了一下，然后开始朝地面下落。

机长说："到底发生了什么？我不明白发生了什么！"

琳达说："我要去卫生间。"

佛罗里达说："你疯了，姑娘？你不能离开座位。"

"那个医生不过是去了次头等舱，现在她回来了。"琳达的脚在三英寸宽的狭小空间中拖动，她知道自己听起来像个脾气暴躁的小孩，她觉得自己的确像个小孩。随着飞机的震颤，佛罗里达裙子上的铃铛也响起来，好像在发出警报。琳达坐立不安，被安全带箍得难受，她觉得自己的脚后跟可能起了水疱。她被困在这里，飞机又乱晃个不停，她从未经历过如此可怕的气流。她想给加里打电话，问问他是否遇见过这样的事情。

佛罗里达看着她，说："那位女士到前面去，是因为有人死了。"琳达惊呆了。

"这不是真的。你怎么能这么说？"

"她回来得太快，这点时间根本救不了任何人，她知道自己无能为力。"

琳达扭动着身体，想要坐得舒服一点。她的邻座一定是在说疯话，根本没必要与之争辩，这架飞机上没有人死，不可能发生这样的事。她不能跟一个死人待在这颗飞行中的金属子弹上，她不允许自己的宝宝遇到这样的事。

等到降落之后，她会投诉，但并不确定要投诉谁，因为她觉得飞行员还是值得尊敬的。但是，肯定有人犯了个错误，现在她怀着孕，还要忍受令人烦躁的铃铛声。

2016年12月

爱德华和迈克医生进行了一次特别的交流，在余生中，他经常回想起这次对话。那天是个周六，并非治疗时间，他们是在州际购物中心偶然遇到的。

那天上午，爱德华和谢伊来到购物中心——为了惹恼贝莎，谢伊要把头发染成亮粉色的。"你应该记住我现在的样子。"走进美发店之前，谢伊对爱德华说。爱德华于是开始认真地打量谢伊：面前的这个十几岁的女孩身高五英尺半，有着跑步者的纤细身材，穿着牛仔裤和滑雪夹克，即使她没有滑雪板，也从来没滑过雪，她的棕色头发长到下巴，她看起来很快就会成为她想要变成的那种大人——有着善良的眼神，不过，假如有人敢欺负她，她的目光立刻会变得凶狠。谢伊的酒窝依然是爱德华用来评估她的心情的晴雨表。

"记住了吗？"谢伊说。

"记住了。"

"好了，没事了。"

染头发需要九十分钟，爱德华要等一个多小时，于是在商场里闲逛起来，就在这时他看到了迈克医生，两人惊讶地相视一笑，爱德华发现自己如今已经比迈克医生高出好几英寸了。迈克医生提议请他喝茶或者咖啡，爱德华欣然接受。

点完饮料，他们站在咖啡店漂亮的橱窗边，也许是因为不期而遇，抑或是几天前刚满十六岁——他哥哥没有活到这个年龄——让爱德华感觉不舒服，他向迈克医生坦白了自己的感受。"其他人都忘记了那场空难。无论如何，至少是大部分人忘记了。我却始终在想着它。"

迈克医生慢慢地搅拌着杯子里的咖啡，窗外不时有路人经过。三个络腮胡男人低头看着手机，鱼贯而过，一个孕妇跟一个非裔小孩并肩走着。爱德华觉得心脏在胸腔中捶打，茶水的温暖透过杯子渗入他手上的皮肤。

迈克医生说："发生过的事情已经烙印在了你的骨子里，爱德华。它活在你的身体里面，永远不会消失。它是你的一部分，每时每刻都在你身上，直到你死去。从我第一次见到你开始，你一直都在学习如何与它相处。"

下午2:12

因为副机长一直向后拉杆，机鼻始终翘得很高，飞机向前的速度不够，操作难以生效。气流还在继续裹挟飞机，机翼几乎无法保持水平。

副机长说："该死，我无法控制飞机。我完全控制不住它！"

"我来接手控制权，左座接管。"机长说，这是他第一次进行手动驾驶。

"这根本说不通。"副机长滑进座位，"自从切换到手动驾驶以来，我一直向后拉杆。"

"什么？"机长睁大了眼睛，"你一直向后拉杆——不！"他连忙向前推杆，但为时已晚。现在修正已经来不及了，机鼻倾斜成40度角，飞机向下坠落，失速警告持续响起。

"我们无法控制飞机了！"

"我们完全失去了控制！"

飞机摇晃着向前俯冲，佛罗里达想起动画片里悬崖边缘摇摇欲坠的汽车，一阵微风或是落在引擎盖上的小鸟都会让它失去平衡，坠入深渊，而她竟然会在看到那一幕的时候觉得有趣。

她把温暖的手掌搭在琳达冰凉的手背上，两人的胳膊互相挎着。

"别慌张，宝贝。"她说，"我们做得到。"

"好的。"琳达轻声说道。

佛罗里达吃惊地发现，琳达旁边出现了一个陌生人，对方正惊恐地盯着她们。原来她是一直盖着蓝丝巾睡觉的那位乘客，从外貌看是印度裔，她没有说话，只是看着她俩，似乎在等待别人宣判她的命运。

佛罗里达可以感受到这个女人内心的尖叫，于是试图安抚她。"我是佛罗里达。"她说，"这是琳达，我们需要互相帮助。"

女人点点头，她大概有五十五岁，声音柔和："我睡过头了，醒过来的时候还以为自己坐错了飞机。"

"我们正在前往洛杉矶。"琳达说。

"洛杉矶。"女人说，"洛杉矶是对的。感谢上帝。"

她转身望向窗外，那里只有一堆灰色的云，没什么好看的。她回头看着另外两个女人。"可是？"她说。

说来话长。

"我们不知道。"佛罗里达说。

"我们什么都不知道。"琳达说。

飞机正在快速下降。机鼻向上倾斜 15 度，前进速度 100 节，下降速度每分钟 10000 英尺，下降角度 41.5 度。虽然皮托管的功能已经完全恢复，前进的空速也非常低——不到 60 节——攻角输入数据不再被视为有效，失速警报暂时关闭。

两位飞行员难以置信地讨论他们究竟是在爬升还是下降，最终得出结论，他们在下降。飞机下降到接近 10000 英尺的高度时，机鼻依然翘得很高。

"爬升！爬升！"

维罗妮卡被安全带捆在了座位上，徒劳地想要站起来。机身以她前所未见的夸张角度倾斜着。她真心希望自己此时能够回到卫生间和马克亲热，与他肢体交缠。驾驶舱里的那些白痴到底是怎么搞的？她很想出去安抚和帮助机上的乘客，让他们冷静下来。

马克从他的座位上滑了下来——他的安全带松了，没能勒住他的腰，反而挂在腋下。他望向天花板——他觉得那应该是天花板——想起了贾克斯，想起他们之前发生的那次愚蠢的争吵。但他知道自己并没有完蛋，他还活着。

简浑身蜷作一团，双手捂脸。飞机的剧烈震颤让她无法起身寻找家人，她只能在脑海中想象他们的样子，在最后一刻精神上与他们同在。她幻想自己坐在布鲁斯的膝头，感觉到他的腿支撑着她的双腿，她安静地看着他的眼睛，因为两人再也没有多余的话语需要倾诉，然后她想象着自己亲吻了两个儿子，一遍一遍又一遍，就像埃迪还是个小婴儿的时候亲吻她那样。

飞机下降到接近 2000 英尺高度时，传感器检测到下方不远处的地面，触发了新的警报，已经来不及用压低机鼻向下俯冲的方式提升速度了。

机长："这不可能！"

"但是发生了什么？"

"十度……"

1.4 秒之后，驾驶舱的录音机停止了记录。

布鲁斯想起他的数学研究，其中包括一道难题，他足足思考了六年，连完美表述它的方法都不曾找到，更不用说解决它了。这架飞机上有他积攒了一整个行李袋的数学期刊和笔记，里面有一页纸，记录着他去年八月时取得的一些突破性进展，他想起那天晚上，为了庆祝，他和简开了一瓶马尔贝克葡萄酒。他原以为这次突破意味着胜利在望，可实际上他只是走进了一小片林中空地，并非森林的边缘。

　　意识到这一点，再加上几个月后没能获得终身教职，他深受打击，被挫折与失败压垮，但他依然试图瞒着妻子。他自问："你为什么这么在意？"答案非常简单："为了孩子们。"他希望孩子们看到他的努力——他们确实看到了——也看到他通过努力取得了一点值得纪念的成就。他希望他们为他感到骄傲，他想做一些值得他们骄傲的事情。

　　飞机直线下坠，他握住两个孩子的手，心想：我需要更多时间。

　　亲爱的爱德华：

　　　　我叫莱尔，曾经在科罗拉多州的格里利做救护员，2977次航班坠机事故发生时，因为我所在的救援队距离事发地最近，我参与了那次事故的救援行动。接到求援电话的那天，我还在当地的 Shop Rite 超市上班，是超市肉案众多切肉工中的一员。当时我正在切一只鸡，脑子里只想着这鸡的肉有点老，也许口感不会好——瞧，人类就是如此古怪，无论遇到什么情况，类似这样的滑稽念头都有可能莫名其妙地冒出来，徘徊在你的脑海里挥之不去。

　　　　那是我在 Shop Rite 工作的最后一天，也是担任救护员的最后一天，因为这一天过去之后，我就再也无法工作了。一位医生说这是抑郁的表现，另一位说我得了创伤后应激障碍，无论这究竟是怎么回事，我都再也不愿提起那一天的经历。为此，虽然我和家人一直居住在科罗拉多州北部，饱受折磨的我还是决定搬走，甚至曾经打算搬到遥远的俄亥俄州首府哥伦布去，但最终我选择在得克萨斯定居——根据自己目前的精神状况，我需要较为宽敞的开放空间，即使这里的环境相对科罗拉多而言更加干燥，植被也更稀疏。在得克萨斯，我重操旧业，依然做了切肉工。

我之所以给你写这封信，是因为始终无法摆脱那一天的记忆。我总会梦到你像那天一样从飞机的残骸中挣扎着爬起来，大声呼救。假如你没能坚持着读到这一段，假如你在读到这里之前就已经想要把我撕碎——或者是撕掉这封信——我也完全理解，因为我希望自己也能这样做。

事故发生时，我们镇上只有四名志愿救护员，当然，以坠机事故的规模来看，应该还有许多地方同样接到了求援电话，但我们距离事故现场最近，所以是第一支抵达那里的队伍。我是开着自己的车去的，奥莉薇娅和鲍勃则乘坐救护车赶到了现场。至于另外那位救护员，我总是记不住他的名字。我们到达现场后，一辆十分高级的消防车也紧跟着来了，记得为了购置这辆车，县里花了不少钱，购车的预算是经过许多年的努力才争取来的，难怪终于有机会让这辆车真正派上用场的消防队长显得异常激动。

现场的情景犹如好莱坞电影中的经典镜头一般：一架飞机断裂的机舱部分横躺在我曾开车经过不下数百次的那座乳牛场中央，仿佛搁浅在沙滩上的巨大鲸鱼，令人唏嘘惊骇、难以置信。乍看到这一幕，我的第一个念头竟然是："我们得让它重新回到天上去。"好像这是一个再也合理不过的想法。

此前，我参与救援的最严重的一次紧急情况是一位老人在睡梦中心脏病发作，他的妻子拨打了911电话，我们赶到现场，老人得救了。虽然参加过相关的救援培训，但我们从未遇到过如此严重的事故。奥莉薇娅当天的举动很了不起，她沉着地大声提醒我们尽快行动起来，四人分头展开搜索、援救需要帮助的人，于是我去了机舱最右侧靠近机尾的地方，机尾早已支离破碎，与飞机主体分离。我匍匐在堆积成山的金属断块、泡在水坑里的残破座位和各种模糊难辨的物体中搜寻了至少一个小时，时而被废墟中冒出的烟雾刺激得呛咳不止，每当听到其他救援者的呼喊——"有人吗？有人吗？"的时候，我都会不由自主地祈求同事们比我走运，能够发现幸存者。

就在我感到搜寻无望，开始考虑应该以何种易于为人接受的方式退场——比如找个理由逃回我的车里——的时候，我听到了你的声音……

爱德华竭力避免回想起坠机事件，然而那段记忆有时会像顽疾一样突然复发，一旦重现，他就无法逃脱：它会在那些不眠之夜的至暗时刻悄悄降临，也会偶尔在他难得放松下来的时候慢慢潜入，或者在他听到某声巨响吓得心搏骤停时倏忽闪现。

每逢这些时刻，那架飞机都会如同幽灵般出现在他的心底深处，然后毫无预警地倾斜、下坠。

他抓住父亲的手，还有乔丹的手，三个人的手臂连接成了一条绳索，当他们头顶的行李架舱门砰然敞开，其中的行李砸落下来的时候，埃迪紧盯着这条绳索，他不确定此刻的飞机是向上还是向下倾斜。

"我爱你们两个。"布鲁斯急切而激动地说，"我在这里陪着你们，我爱你们。"

"我也爱你们。"埃迪说。

"我爱你们。"乔丹说。

在气流的啸叫和沉闷的撞击声中，不知道他们是否听到了彼此的话语。也许某个地方开了一扇门。也许向上就是向下。

"简！"布鲁斯在喧闹中大喊。

埃迪听见周围的人发出了他以前从未听过，也永远不会再次听到的声音：一曲集结了呜咽、尖叫与哭泣的大合唱，与之相伴的还有震耳欲聋的断裂声，整个世界仿佛被劈成两半。他发现有泪滴溅落到自己的胳膊上——这眼泪究竟是他的，还是乔丹的？

噪声轰然作响，气流压迫着他的面部和皮肤，无法睁开眼睛，这样也好，他无须目睹近在咫尺的惨剧。他，以及每个人，一齐向下坠落。

……爱德华，起初我并不相信自己听到了你的声音，我只敢肯定刚才确实听到了什么，但你锲而不舍的呼救声一次又一次地响起，宛如磁石一般将我引到你所在的方向。

"我在这里！"

"我在这里！"

我掀起一块金属板，感觉就像打开了一扇门，你果然就在那里，怒容满面，似乎在责怪救援的迟延，失去了等候的耐心，与我对视一眼之后，你再次喊道："我在这里！"

我凝视着你——腰间依然系着安全带的瘦小男孩——直到你又一次喊叫起来。我上前一步抱起了你，你搂住我的脖子。救起你的那个瞬间，我觉得你也在同时拯救了我。

我们一起走回去找其他人，一路上，你的嘴里还在不停地重复：我在这里。我在这里。我在这里……尽管声音比刚才压低了许多，语气却是同样地倔强。

尾声

2019年6月

爱德华和谢伊驾车穿越全国，讴歌车的窗户敞开着，这是他们用贾克斯的钱买的二手车。

爱德华已经用这笔钱实现了他那天晚上在地下室里许下的大部分愿望，比如支付谢伊和马西拉的大学和研究生学费——马西拉是通过一个援助有色人种女孩的慈善机构得到这笔钱的，所以她不知道它来自爱德华。事实证明，莱西从她在医院的工作中获得了很好的管理技能，因而为如何分配这笔资金提供了许多有创意的想法和帮助。她与阿伦迪校长所在的植物俱乐部取得了联系，转给他们一笔钱，叮嘱他们不要告诉校长钱的来历。俱乐部设计建造了一个独立的温室，他们可以在那里开会，展示个人收藏品，包括东海岸地区最漂亮的蕨类植物。莱西还斥资建立了一个致力于帮助事故幸存者的小型慈善机构，以便向爱德华指定的人赠送礼物，包括加里和他受雇的鲸鱼保护基金会、洛莉·斯蒂尔曼、修女和谢伊一直挂念的那三个孩子。

讴歌车的空调不太靠谱，所以哪怕外面的气温经常高达九十华氏度，他们也尽量不去用它。两人喜欢在高速路上开快车。谢伊开车的时候，她的头发——现在又是棕色的了——被风吹得在脸上甩来甩去，她每次都会选择听嘻哈音乐，而且边开车边跟着用嘴打节奏，逗得爱德华哈哈大笑。当轮到他开车时，他选择的音乐风格就不那么固定了，他会根据自己的心情做决定：有时听播客，有时是巴赫，有时什么也不听。

两周前他们高中毕业了，毕业仪式在一座小山顶上的白色帐篷里举行。阿伦迪校长颁发文凭，考克斯夫人和迈克医生也到场参加，当然还有莱西、约翰和贝莎。六个月前爱德华就不再是迈克医生的病人了，看到自己昔日的治疗师，他出乎意料地感到很高兴。考克斯夫人给他的毕业礼物是一本她儿子新出版的诗集。拆开包装纸时，爱德华和谢伊笑得很开心。"哈里森非常有才华。"考克斯夫人说，她举着书，好让每个人都能看到它的封面，"他获得了沃尔特·惠特曼奖，这个奖非常有名。"

阿伦迪校长履行完他的官方职责之后，他们一起外出享用丰盛的晚餐，大人们喝了许多葡萄酒，但考克斯夫人除外，因为她只喝马丁尼。迈克医生和阿伦迪校长围绕着他们小时候看过的棒球赛长篇大论地交流起来，考克斯夫人误以为他们在谈论大都会博物馆，于是向大家宣布，她已经看过了大都会博物馆的当季展览。由于场合特殊，经过长辈的允许，爱德华和谢伊每人喝了一杯葡萄酒。

吃甜点的时候，爱德华突然想要致辞，他拿着杯子站起来，这个动作让他自己和在场的所有人吃了一惊，大家纷纷转过脸来看着他，那些熟悉的面孔让他放松下来。他说："我想感谢你们，谢谢每一个人。非常感谢。"片刻的安静之后，谢伊举起杯子，其他人也跟着举杯，大家都哭了。约翰看着莱西，说："我们做到了。"莱西的眼里闪着泪光，笑着说："我想是这样的。"莱西靠过去亲吻丈夫，爱德华坐进椅子里，桌边的每个人都鼓起了掌。

在科罗拉多州，谢伊和爱德华开车来到离空难现场最近的旅馆，办理了入住手续。前台接待看了他们一眼，仿佛在说："你们是不是年纪还小？"两人带着身份证明，但接待员紧接着无所谓地耸了耸肩，所以他们没必要拿出来。这次旅行是爱德华和谢伊跟大人们软磨硬泡了好几周才争取来的。

"过一两年再说。"贝莎说，"为什么必须是现在？你们才十八岁。"

莱西说："你们觉得十八岁已经很老了吗？才不是呢。而且你们需要更多的驾驶经验，不要拿这样的旅行冒险。"

爱德华说："我得在上大学之前出去看看，我要和谢伊一起去。"除此之外他说不出更好的理由。他只知道这是他必须做的事情，而现在正是该这么做的时候。他和谢伊将在秋天一起上大学。正如谢伊预测的那样，爱德华感兴趣的所有学校都愿意录取他，但他最终决定跟谢伊申请同一所大学，所以他只需要等待谢伊被她申请的大学录取，然后再和她一起去报到就可以了。

直到谢伊承诺在旅途中不会拒接母亲的电话或者不回复她的短信，贝莎才同意这次旅行。贝莎还在谢伊的手机上安装了跟踪程序。"万一你们迷路了，"她说，"我可以去找你们。"

他们在室内游泳池游泳。两人的房间相邻。他们在爱德华房间的大床上玩金拉米，去酒店旁边的餐厅吃饭。第二天早晨，太阳还没有完全跃出地平线，他们就爬上讴歌，开了十二分钟车，来到空难现场。爱德华在途中感到有些恶心。这次旅行是他的决定，因为他觉得别无选择。可现在他也开始怀疑，回到自己奇迹般死里逃生的地方可能不是个好主意，如果他再一次走不出来怎么办？他曾经在噩梦中看见那个地方变成一只怪物打量着他，摇了摇它毛发蓬松的脑袋，一口把他吞进肚子里。

场地旁边有个没铺水泥的小型停车场，天空映衬着粉色和黄色的云层，太阳还在继续升高。这里空无一人。他们之所以在星期二过来，是因为谢伊经过研究，发现星期二这里的访客最少。

"我们不希望任何人认出你。"她说。他们在网上读到一篇关于空难纪念雕塑的文章，创作它的年轻雕塑家因为这件作品成名，文章中提到，凡是去看雕塑的十四岁到三十岁之间的男性，都会被人询问是不是爱德华·阿德勒。

低矮的木栅栏将停车区与草地隔开。爱德华钻出车外，空气很新鲜，他猛吸几口。前方是场地的中心，竖立着那座雕塑。191 只银色的麻雀组成一架飞机的形状，向空中飞去。

"太美了。"谢伊低声说。

他们一起穿过田野。两人穿着短裤和运动衫，高高的草叶掠过他们的小腿。爱德华来到鸟儿飞机的尾部，停住脚步抬头看。银色的鸟群在他面前伸展，最低处的几只小鸟伸手可及。这座雕塑比各种照片上的看起来要小，长度相当于一架小型塞斯纳飞机，而不是商用飞机。

爱德华转了一圈。除了纪念雕塑，现场没有任何遭到破坏的迹象，绿草向各个方向蔓延。他可以看到他们开车来到这里的路、他们的车，以及广阔柔和的天空。天空是如此之大，他感到自己无比渺小，仿佛整个世界都压缩进了一条纤细的地平线。

"爱德华。"谢伊说。他看到她走到雕塑的前部，那里的鸟儿直指天空，还立着一根带铭牌的金属桩。爱德华没有走过去，因为他知道牌子上写着什么：日期、航班号、遇难人数。

他们读过的文章里包括一张雕塑揭幕那天拍摄的照片——五十几个遇难者的亲属围着这群鸟儿的合影：他们仰着脸，等待金属雕塑上的幕布拉开。这些人有着不同的肤色和年纪，唯一一个没有抬头的是个卷发的幼童，她正在草地上爬来爬去，探索着这个地方。

爱德华花了很多时间研究那张照片，他小心翼翼地注视着这些面孔，寻找那个可能是本杰明·斯蒂尔曼的祖母的女人，以及那个可能正在寻找佛罗里达新的"转世化身"的男人，还有那个可能名叫哈里森·考克斯的诗人。

"我们去山上坐坐。"爱德华说。

谢伊查看谷歌地图，发现距离纪念雕塑五十码的地方有个小山丘，看起来像是个休息的好地方。如果今天还有别的人拜访这里，他们不太可能去到山丘附近。

两人来到山上，爱德华一屁股坐下，因为他腿上已经没了力气。他觉得很奇怪，但他早就料到自己今天会变得奇怪。毕竟他来之前还曾经怀疑这个地方会张开大口把他吞下去，以此纠正之前放走他的错误。爱德华的头脑里仿佛藏着一个时钟，他清楚地知道，六年之前那个电光石火的瞬间，飞机彻底解体的前一刻，里面的人都还活着。

作为连接现实与那个瞬间的纽带，他回来了。他的个子已经超过了哥哥和父亲，卧推时能举起与自己体重相当的杠铃，他的眼睛肖似母亲。重返此地的他创造了一个闭环，一个完整的圆圈。他离开时会带走这个圆圈——此时此地包含的一切——把它抱在怀里。

爱德华闭上眼睛。他是那个被安全带捆在座位上的男孩，抓着哥哥和父亲，他也是坐在飞机坠毁现场的年轻人。埃迪，以及爱德华。

睁开眼睛时，他意识到自己研究过的那张照片正是从这个角度拍摄的，也许那位摄影师当时就站在这座山上，用的是长焦镜头。后来爱德华终于承认，他无法识别出照片中的任何一个人，他只知道他们所爱的人的样子，但不认识他们。那个红发医生的父母也是红头发吗？他不知道。照片里有几位老妇人是深色皮肤——哪一位与那个士兵有关系？照片里又有多少人给他写过信？

田野里飘荡着绿草的清香，微光闪烁，仿佛来自那天死去的人和来到此地纪念他们的亲属，点点光芒与银色的鸟儿遥相辉映，整座雕塑就像一把完美抛光的汤勺。爱德华想，胜利女士说得对："我并不特别。我不是什么被选中的人。"

坐在他旁边的谢伊手肘撑在膝盖上，说："你很幸运。"

他看了她一眼，因为她说出了他正在想的事。

她用非常诱人的语气说："我的意思是，我也很幸运，因为那个幸运儿是你。"

如果平时听到这种话，爱德华的本能反应是耸耸肩，不置可否，但他现在聪明了许多，连忙制止了自己的本能。谢伊是爱德华的存在支柱，正如他要承担失去哥哥的痛苦一样。爱德华知道失去乔丹将永远在他心中留下空缺，哪怕他已经逐渐不再纠结父母的离去，毕竟他长大后也要离开父母，就像他上大学后要离开约翰和莱西那样。这是自然秩序的一部分。然而爱德华离不开乔丹，他们本应一起成长，这种伴随着痛苦的失落永远无法得到彻底的安抚。所以他也能客观地认识到，假如没有他，谢伊的生活也不会出现本质上的改变，无非是跟不同的人交朋友、出于不同的原因跟贝莎吵嘴、读不一样的书、有着不同的挣扎而已。

仿佛再次听到了他的想法，谢伊说："我可能一直计划离家出走，却从来没能真的走掉。我也不会给那些孩子写信。"她仰望天空，"我会错过许多东西。"

　　因为有他，谢伊才是现在的谢伊。因为有她，他才活着——不仅仅是生存，而是活着。他想知道，那些研究大型强子对撞机的科学家是否不仅希望发现两个人之间的空气里的奥秘，还想弄清楚这些神奇的空气是如何让人的身体内部发生变化的。他想起科学老师曾经说："我们之间的空气并不是虚无的平静空间。"

　　爱德华觉得吹在脸上的风柔和了许多，银色的小鸟飞向天空。他和谢伊一起看着这一幕。在某个特定的时间点，他望向谢伊，发现她已经在看着他了。她脸颊上的酒窝深不见底。

　　"怎么了？"他问。

　　她没有说话，然而两人能够明显感到轰鸣的暗流——那些没有说出口的话——在他们之间不断地流淌。爱德华第一次走进谢伊房间时，她还是个穿着粉红云朵图案睡衣的小女孩，十年之后，她将生下他们的女儿。她现在已经是个年轻女人了。她的表情平静坦率，他能从中汲取到自己需要的一切。

　　爱德华听到内心传来哥哥的声音，乔丹告诉他，不要浪费任何时间，不要浪费任何爱。他看着谢伊朝自己靠过来，当她亲吻他时，整个天空都被她遮挡起来。

致谢

作为母亲，最大的惊喜莫过于观察我的儿子们之间深刻而慷慨的爱。这部小说中的两兄弟与我的儿子们不太相似，但他们的爱完全是以我的孩子之间的关系为原型的。谢谢你们，马拉奇和亨德里克斯，你们向我展示了我原本不知道的爱的层次。

当一架飞机坠毁后，"什么人得到什么东西"——对于这个问题，感谢艾丽西亚·巴特勒向我提供的专业法律建议，如果我在这方面犯了错误，那么责任一定在我。非常感谢我的朋友艾比·马策尔把艾丽西亚介绍给我。感谢弗兰克·费尔让我了解了军队的知识。感谢罗伯特·齐默曼向我提供有关飞机和飞行驾驶的宝贵信息，他在本书写作开始时回答了我的所有问题，并在最后纠正了我的错误，因此，本书中出现的其他与飞行员有关的错误都应该怪我。

我了不起的经纪人朱莉·巴尔，感谢你出现在我的人生中，谢谢你和 The Book Group 的每个人的帮助与支持，特别感谢珍妮·梅耶、卡斯平·德尼斯、妮可·坎宁安和海蒂·高尔。

惠特尼·弗里克和我一样爱这本书，她引导我完成了令人愉悦的编辑过程，我很高兴让她成为我的编辑。苏珊·卡米尔非常出色，有机会和她一起工作，我很感激。还要感谢克里奥·撒拉菲姆为本书所做的工作，很高兴这本书能够交到英国 Viking Penguin 的薇妮莎·巴特菲尔德手中。

感谢布雷特·布鲁姆和科特尼·苏利文对我和我的工作的无条件信任，这是一份慷慨的礼物，我喜欢它们。同样感谢斯特西·博斯沃茨和利比·弗雷的帮助。我很幸运，在我的人生中有许多凶悍、可怕的女人。

感谢一直支持我的父母，我很幸运能成为他们的女儿，没有人比凯茜和吉姆·纳波利塔诺为我做过更多的事情。我的侄女安妮让我在书中感谢她，所以：谢谢，安妮！还有凯蒂。

我喜欢在《One Story》（欢迎订阅《One Story》！）工作，因为那里的人。感谢玛丽贝丝·巴查、莉娜·瓦伦西亚和帕特里克·瑞恩。我是阿迪娜·塔夫－古德曼的数百名铁粉之一，她本应该写出更多杰作，在无数书封上大放异彩，所以我想把她的名字放在这里。我想念你，阿迪娜。

感谢海伦·埃利斯、汉娜·丁提，她们和我组成了一只三条腿的凳子。自 1996 年以来，我们一直在阅读彼此的作品，我在修改本书时采纳了她们的建议。假如没有她们，我的人生必然有所损失，我的一切也会变得不同。